U0620866

王昆◎著

陕西新华出版　陕西人民出版社

图书在版编目（CIP）数据

北埕子 / 王昆著. -- 西安：陕西人民出版社，
2025. -- ISBN 978-7-224-15808-3

Ⅰ. I267

中国国家版本馆 CIP 数据核字第 20254RW155 号

责任编辑：姜一慧
封面设计：李渊博
封面题字：马河声
插页绘画：楚番茄

北 埕 子
BEI ANZI

作　　者　王　昆
出版发行　陕西人民出版社
　　　　　（西安市北大街 147 号　邮编：710003）
印　　刷　西安市建明工贸有限责任公司
开　　本　787 毫米 × 1092 毫米　1/32
印　　张　10.5
字　　数　220 千字
版　　次　2025 年 6 月第 1 版
印　　次　2025 年 6 月第 1 次印刷
书　　号　ISBN 978-7-224-15808-3
定　　价　59.00 元

"一切的写作，都是面向故乡的精神扎根。"

　　《北埡子》浓缩了来自出生地的全部原点记忆，是我写作经验积累最丰厚的"储备库"，也是我写作的"精神根据地"。"北埡子"曾是自己的一方"乐土"和"圣地"，童年时，常带着"队伍"，在此穿梭田间，撒欢打闹，任意驰骋，酣畅呼喊。少年时，则往往独自走出村子，来到"北埡子"，无数次站在破败的窑顶上，俯瞰碧野无际，仰望苍穹浩瀚，想自己何时走出病痛魔咒，重回健康，想父亲何时能平反昭雪，重见天日。"北埡子"虽是地理坐标，但我的文字有她的滋养，当然也有着她的气色和相貌。

序一

王新义

作为王昆的老父亲，在我生命的晚场还能捧起儿子的散文集《北垾子》，咀嚼和品味其苦难、欢笑、情境、温存、感悟……这无疑为我单调的暮年生活注入了一抹亮色，这是儿子最厚重的精神馈赠，也是他践行孝道的另一种高级形态。

活到古稀之年，身体机能的退化更加明显，行动力和听力都急转直下，心理上的脆弱和孤独感也甚嚣尘上，时常主宰着我的情绪走向。但每当从手机微信里欣喜地发现儿子给我发来的文章时，在满心期待中逐字逐句阅读，感受着文字里浓厚的情感和清新的思想。只有在此时，阴郁的情绪被强力驱散，心理空间被无限的欣慰和幸福所充盈。

《北垞子》里的多篇散文作品中，都出现了我的身影，像《跟着父亲去"跑事"》《求医岁月》《听戏》等篇，深读这一行行打开我记忆闸门的文字，重新回味那蹉跎岁月的一个个艰难细节时，不由得感怀万千，泪湿衣襟。自然联想到苏轼的名句："惆怅东栏一株雪，人生看得几清明。"最近几年，在阅读王昆的文章时，也常掩卷沉思，他每一篇写我的文字，不是在烘托伟大，而是透过一个个有质感的细节，在揭示着人间最可贵的平凡之举。同时，也给我传递着一个清晰的信号，儿子在追逐自己文学梦想的同时，也在潜意识地替我完成着那久远年代的文学心愿。

王昆对文字产生兴趣，是在他大约十岁时。我虽下放农村，但和大学时期同学的书信来往比较频繁。无论是我写完的书信，还是收到的书信，王昆都要求自己通读一遍，不懂的字词让我讲解。他每读完书信，咬着手指头，眼珠子轱辘翻转时，我知道他是在自己揣摩和消化着书信中的文字意义。1984年，我复职后在兴平县南郊高级中学任政治教师。1989年秋季，王昆开始在南郊中学高一（七）班上学。我记得在县南街邮局门前有两家书摊，每逢周末，王昆就拿着笔记本来到书摊抄录一些文学书籍的精彩段落，回到学校再逐篇背诵。

我退休后，曾先后两次去儿子的工作单位西安广播电视台，在不同的场合碰见过几个王昆的老前辈，他们对我儿子的评价几乎一致，都说"您儿子人很踏实、厚道，能与人为善"。追溯我们父子之间多年的相处体会，回想起这件微小之事，再联系到《北垏子》里的每一篇散文作品，王昆散文写作的一个基本特质就是他把这种踏实、厚道、真诚的行事风格，自然顺畅地移植到了散文写作当中，每篇文章看不见华丽悬浮之风，都显露着踏实沉稳之气。前段时间，我看到作家穆涛关于散文写作的观点，很是赞同："写散文，就是一个人在说话，散文的写作技巧，就是人说话的技巧。必须说好五个方面的话，要说人话，说家常话，说实话，说中肯话，说有个性、有水平的话。"这段话，既通俗，又透彻，我把它记在一张卡片上，常领会其中的应有之义。所以我认为，王昆在为人和为文上有着一脉相承的天然衔接，做到了"形"与"象"的内在统一。

王昆散文写作还有一个鲜明特点就是非常注重用细节来表达思想和情感。《八大的"戏"》《春进龙王沟》《观锅瓷》《糊涂的娘》等篇，都是用细节里所隐含的道德观念和价值取向来烘托主题，给人留下无限的回味空间。

作为王昆的父亲和他的读者，当《北垏子》要正式出版发行时，我的内心还是思绪万端，心潮澎湃。因为这部集子毕竟是他这几年对人生、对人性、对当下社会生活所有思考和感悟的一次集中表达。毫无疑问，作品倾注着他的心血和汗水，饱含着他的理想信念和审美情趣。我由衷地祝贺他的首部个人散文集出版发行，期盼能获得更广泛读者的阅读分享。但客观地讲，王昆真正从事文学写作也就是近几年的事，起步晚，在写作手法、知识储备和经验积累方面都常显薄弱或不足。我年事已高，再无力对儿子的作品提出很专业的提升意见，拜托王昆文学界的前辈和文友能不吝赐教，经常交流点拨，不断给他以动力和方向，是为序。

2024 年 12 月 2 日于陈皮村

序 二

王小狼

　　这是我第一次给一本书写序言。这本书对我的意义很大，因为在小学五年级的时候，我就跟班上所有人吹牛说我爸要出书了，一晃就过去快八年了。去年暑假回来，看我爸去了两次出版社，得知这事才最终敲定。他终于把对文学的热爱，编织成一本承载着青葱岁月和乡土情韵的书。虽然墨迹难产，更让我等得心慌，但总算有了结果。

　　我小的时候，每次看书都只喜欢看图片，而不是文字，总感觉那么多话还不如一张图片来得直接。随着自己一天天成长，原来的认识也在变化。我发现文字是有情绪的，有画面的，是一种多维度的表达形式。在我读《北埤子》里的几篇散文时，可能是对家乡的地理环境熟悉的缘故，画面感非常强，读着读着就会有一连串的场景出现在脑海里。尤其是家乡那片土地上的风土人情，都有格外清晰的印象。小时候回老家过年，可以在村子放很多很大的烟花，家人们在一起做饭，贴春联。除夕之夜，我们小孩就在房间里看春晚，把刚收的红包藏在自己裤腿里。前几年春节再回老家，很多传统民俗都已消失殆尽，村落萧条冷清，再也看不到我童年时那种喜庆浓厚的年味了。我们无法抵挡时代的变迁，但完全可以通过文字来记录，来留住这些珍贵的记忆。在《北埠子》里可以找到我们"00后"错过了的乡村生活和乡土文化，这些逼真、带有回归复原性质的文字，至少能从一个横断面窥探到那个年月的人情世故和时代印记。对于我来说这是一段弥足珍贵的童年记忆，而对于没有乡村经历的年轻读者而言，这或许是一种崭新的阅读体验。

去年利用寒假，我到芝加哥研学，在融入这里的环境、社团以及文化的过程中，常会遇到各种挑战，如果靠运动把每天的痛苦和情绪都发泄出来，那我得天天跑十多公里，我也不怎么会画画，也不愿意把自己的脆弱告诉父母，所以写作就成了我最好的工具。有一件事印象非常深刻，到芝加哥一月有余，某天我从行李箱里拿出了妈妈给我准备的一床厚被子。当我抱起那床被子时，一股熟悉的带着太阳煦暖的气味散发出来，这是来自西安家乡的气味，这是妈妈在楼顶晾晒被子时的气味。思乡的情绪被瞬间唤起，我再也无法控制自己，闭上眼睛，脸紧紧地贴着那床被子，久久不愿放下，一个人在那个孤独的空间，想念着我的家乡和亲人。当天晚上，我拿起笔，把这种从未有过的感受书写下来，也就从那一刻起，我真正懂得和理解了我爸为什么这么多年坚持要写作。回过头再看我之前写的内容，每一个字都带着那个时刻独一无二的情绪与思考，随便看看就知道那一天我是怎么过的。我把我所有的快乐与痛苦，都倾注于文字之中，既是对自我的倾诉，也是希望某个或许并不存在的灵魂能够共鸣。这些看似不经意的人生瞬间，恰恰忠实地记录着一个人生命的足迹。所以我很能体会到《北埠子》这本书对我爸而言，都镌刻了哪些记忆与回望，凝聚了哪些悲欢与思索。其中的每一篇故事，仿佛都是一座通向苦难年代的桥梁，带领着我们探寻岁月长河中逐渐模糊的温存与感动。我真诚地邀请每一位年轻的读者，能和我一起打开通往父辈世界的窗口。在文字的背后，找到属于自己的启示与慰藉。

好像序言不能写得太多，以免喧宾夺主。我由衷地为我爸感到高兴，我也可以把书自豪地递给我的小学同学。

2025 年 1 月 20 日于西安

目 录
CONTENTS

散　文

随笔述评

长安约读

人物专访

文学评论

散 文

八大的"戏"

八大（叔父）也算是个整天说说笑笑的人，且常以吼几句很有韵味的乱弹而舒坦自得。可就是这样一个"乐天派"，却最终还是没有解开自己心里的疙瘩，早早走到了人生的尽头。30多年过去了，想起八大的那几段拿手戏，我仍然觉得滋味不减，意味悠长。

八大确实是个唱戏的料，天生一副好嗓子，唱起戏来清亮而浑厚，且以唱须生戏见长。听村里人讲，八大还在上小学时，县剧团来我们公社招收有培养前途的好苗子，他逃课去了招生现场，随口唱了几句《红灯记》里李玉和的唱段，主考官就惊喜地要留下八大。回去征求父母意见，家里以劳力少为由而极力阻拦，八大吃公家饭的梦想也就落空了。虽然没如愿地当上县剧团的专业演员，但他的心思却一天到晚还泡在戏里。平时在地里干活，只要听到村里大喇叭播放着秦腔名家唱段，八大就马上停下来，圪蹴着抽根烟，跟着大喇叭学唱起来。天长日久，就摸出了一些窍门，像秦腔"袁派"创始人袁克勤先生在《打镇台》《下河东》等剧目里，那富有特色的拖腔和满口音，像秦腔"任派"创始人任哲中在《周仁回府》《祝福》等剧目里那苍劲奔放又时而迂回的鼻腔音，八大都模仿得有模有样，一点儿都不输专业行家。有年夏天放暑假不久，我正在村东壕地里看守着菜园，远远看见八大骑着自行车就喊："卫东（我小名），跟大到油郭看戏走，厚生（一名享誉关中地区的秦腔民间艺人）的《放饭》。"我虽还不懂戏，但一听是名家，很是好奇，菜园也顾不上看了，等八大骑到跟前，就顺势跨到他车子后座上，摇晃着看戏去了。厚生在我们当地确实名气大，戏台下黑压压一大片的戏迷都奔他而来。八大攘着我的手，猫着腰，硬是在人窝里钻窜着，挤到了临近台柱的侧面，抢占了一点儿空间，仰着头，踮着脚，兴冲冲地看着木偶戏《放饭》。场面越大，观众越热烈，名家的激情就更容易被点燃。那天厚生唱得格外卖力，台底下的戏迷不停地鼓掌叫好。戏刚落台，只见八大拉着我又冲到戏台的后面，见到了他崇拜已久的名家。还没来得及缓口气，八大就满脸堆笑地说："我也唱几句《放饭》，您帮我指教一下。"此刻，也顾不上戏散场后的各种嘈杂声，就清唱了一段。刚唱罢，厚生眼睛一亮，便问："你是哪个剧团的？"八大赶紧解释："我是没上过几天学的庄稼汉，业余时间爱唱戏。"厚生拍了几下他的肩膀说道："真没想到你的唱功这么好，声腔很有特点，今后只要把气息处理得当就是个大把式了。"得到了名家的鼓励和肯定，回家的路上，八大把车子蹬得更欢了，我坐在后面，只听到耳旁嗖嗖的风声。

八大戏唱得好，名气都传到了村外，有几个自乐班也曾找过他，希望能带着他去附近的村子赶红白喜事，挣个外快，但都被他回绝了，原因是感觉低人一等。八大给自己村里人唱戏，才完全能放得开，也感觉那才是属于自己的一块可施展的天地。有年三夏大忙，傍晚时分，村里人把刚收割的麦子一车接一车地拉回来后，堆放到麦场上，时刻准备着碾打。忙了整整一天，村组长们商量完打麦的事，清闲下来，就吵哄着八大来几段秦腔。整个村子里的男女老少听到八大要露两手了，都加紧着脚步往麦场上赶。《血泪仇》里的"手托孙女好悲伤"，《二堂舍子》里的"刘彦昌哭得两泪汪"，《葫芦峪》里的"后帐里转来了诸葛孔明"，每一段戏，八大都唱得苍劲悲凉、淳厚醇畅，每一个剧情人物都拿捏得火候正好。麦场上围着的乡亲们，好久都没有这样轻松惬意了，大家早都忘记了割一天麦的困乏，一曲唱罢，都争着喊："老八，再来一段！"那一晚，八大那粗犷豪迈的秦声秦韵久久地回荡在麦场上空，那一晚，很神气的八大成了全村人心中的"明星大腕"。在我们村，八大出身贫寒，家底微薄，再加上有四个孩子，负担就更重了。为了摆脱窘境，他也曾筹借些本钱，远赴旬邑贩运土豆。和人打交道很厚道且没有任何经商头脑的八大，很快就赔了个精光。那段时间，我在玉米地里碰见过他一次。八大一边锄地，一边唱着《赵氏孤儿》里

"忠义人一个个画成图像……"这次我没有听出一丝的欢快，唱腔里透出的是难以掩饰的沉闷和凄苦。没过多久，有天周末，我从县上南郊中学回来。刚到村口，母亲就告诉我说："你八大思想出了些问题，住到西安吴家坟的精神病院了……"我很吃惊，但平缓了一会儿后，还是接受了这个事实。出院后，八大曾经一度完全恢复了正常，重新焕发了活力，有时在田间地畔还能听到他那几句攒劲的乱弹，味道还是那样的纯正。

可世间总有那种"旦夕祸福"的猝然之事，八大最终还是没有从他那沉闷的世界里走出，决然了断了自己。曾经有很长一段时间，当我独自一人走在村野的小径上，总是隐隐能听到八大那亲切如故的唱戏声从玉米地里飘荡而来，萦绕在我的耳畔。我极力地寻找着声音的方向，长久地沉浸其中，不愿被任何外来事物所打扰。我相信八大唱戏时的腔调，这种特殊符号的乡音早已情归于这片土地，融进了故乡的血液里。八大钟爱一生、寄情一世的乱弹，虽然最终没有疏通他思想的梗塞，没有成为挽留他自己的良方，但记忆中岁月的烙印，注定会沉淀为一种难以忘怀的生命永恒。

糊涂的娘

　　整整 90 岁的娘（我的伯母），真是老了。不仅眼花耳背，记忆力也大不如前，总是丢三落四，没有了往常的精干劲。前天晚上梦见娘又稀里糊涂地走失，全村人四处在找，还是没个下落。被急醒的我，满头汗珠地爬起来，靠在床头再无睡意。周日一大早，我急急地去超市买了些豆奶和软香酥，就回乡下去看望娘。

　　走进伯和娘生活的院落，厢房前生长了 30 多年的梧桐树，枝柯交错着，淡紫色的花儿开得正盛，蓬蓬勃勃的气势使整个院子都充溢着桐花的清香，身浸其中便有了微醺的感觉。伯和娘坐在门楼底下，可能因为每说一句话相互听起来都格外吃力，干脆就默不作声闭目养神。身旁的大黄猫也习惯了这样的清静，并不寻思着逮鼠扑雀，而是拉长着腿，舒展着身躯，头不停地在娘的腿上来回蹭着。我蹲在伯和娘的跟前，顺便打开软香酥的包装，递给他们吃。娘转向伯问："卫东回来了？"伯凑近娘的耳朵大声地应和着。娘欣然地攥起我的手说："快让你伯装些玉米，给你到村西头碾糁糁去。"我忙给娘说："晚上不做饭，不用拿。"娘带着不解"哦"了一声。没隔两分钟，娘又重复着"让你伯装些玉米，给你到村西头碾糁糁去"，我依旧笑着给娘做着解释。伯家的后院，是伯和娘精心收拾的一大块菜地。一场春雨过后，地里的菠菜、苜蓿、韭菜、芹菜、莴笋等都带着崭新的绿意竞相释放着生命的强劲活力。伯拄着拐杖指着一坨莴笋说："村里人来拔菜，你娘总跟在后面，生怕谁拔了这坨长得最旺实的莴笋，说专门给你留着呢。"走过来的娘忙给伯搭着话："快给娃割韭菜，拔莴笋。"我把盛满了各种蔬菜的布袋放到了车的后备厢。

离开伯和娘住的院落，一种怅然若失的心绪笼罩着我。多少年来，每次回村子，娘见我的第一句话都是："咱晌午洗拌汤，就在这儿吃。"这句话是延续着我故土情结永不褪色的记忆链条，也让我在外想家时，常因念起娘的这句话而感到踏实温暖。可岁月不饶人呀，娘毕竟年纪大了，常犯糊涂，说东忘西成了常态。最近的多半年时间里，几次回老家，再也听不到娘的那句最熟悉的话，吃不上娘亲手做的拌汤了。每当跨出伯家的门槛，心情就难以抑制的酸楚和失落，在极不情愿中接受一种无法回避的现实。就在此时，忽然隐隐听见娘在唤我的名字。赶紧跑出门外，发现娘正靠在路口的电杆上，吃力地向我家的方向眺望着。我搀扶着娘说："莴笋已经放到车上，您不操心了。"娘却说："晌午咱洗拌汤。"在愣怔之中，我极力掩饰着内心不断翻腾的股股暖意，说道："我屋的饭马上就好了，您和我伯也过来一起吃吧。"此时的娘，又焕发出几分不减当年的精干和神采来，似乎在竭力地延伸着自己最朴素的心愿。语气中透露出不容更改的坚定："你过来吃，娘晌午能做。"

伯把一撮麦秸点燃，塞进了灶膛，房顶上冒出的青烟，便飘飘绕绕地升入空中。娘从面口袋里挖出两勺面粉放到铝盆里，用加盐的温水不停地揉拌着面团，洗出想要的面筋。我清洗着黄花菜、木耳里的细沙，把粉条用开水浸泡好。锅里的水在翻滚着，娘端起面盆把面筋顺着锅沿往下溜着。在灶火的映照下，能清晰看到娘撕面筋的手，僵硬无力地弯曲着，在轻微抖动中尝试几下才能撕下一小块面筋来。我用勺子使劲画着圈儿搅着咕咕作响的拌汤，感觉着稀稠。这时，娘把满满一碗还没有炒的黄花菜、木耳顺势倒进了锅里。伯发现后，喊着欲制止，但还是慢了半拍。娘反应过来后，不停叹气："唉，真是糊涂不中用了，你看咋弄个这事。"在烟熏火燎中，熬好的拌汤终于要出锅了，娘却摁住伯的手死活不让往碗里舀。只见娘在灶膛前焦急不安地来回走动，好像在极力回想着什么。持续了几分钟后，娘从炕头的箱盖上取下一个玻璃瓶说道："这是过年亲戚拿来的核桃，娘全压成核桃碎了，等你回来给拌汤里撒些，很提味。"阳光轻柔地洒在院落，我、伯和娘围坐在饭桌旁，吃着饭，说着话。

　　傍晚时分，当我走出家门准备回西安时，娘早已忘了给过我的菜，早早就守候在我的车前，手里又提着一篮子的莴笋兴冲冲地说："快把这莴笋给你带回去，嫩得很，叶子可以蒸麦饭。"我接过娘满满一篮子的莴笋，控制着快要涌出的泪水，踏上了返程的路。

求医岁月

　　一向精神健硕的老父亲，出门转悠时，突然脚下发软，瘫坐在了村后古庙门前的一块大石上。接到母亲打来的紧急电话，我火速赶回家中，把父亲接到西安的医院住院检查。初冬季节，西斜的太阳急切地被淹没在林立的楼群里，阴冷昏暗之下，住院病区的灯光倒显得格外明亮和温暖。当我把晚餐给父亲带到病房时，老人家正起兴着给邻床的几个病友夸赞着我。见此情形，我放下晚餐，赶紧虚掩上门，退出了房间。

　　父亲是一个喜怒于色，豁达耿直，毫不隐藏自己感受和观点的人。听母亲讲，父亲常把我从西安带回来的甜点或茶叶分享给村里的左邻右舍，总是不忘带着一种满满的自豪感把我炫耀几句。母亲说起父亲夸赞，我都会目光躲闪，自愧而回避这样的加誉。脑海里会瞬间地被童年时期那一幕幕跟随着父母四处求医的艰难情景所牵引和占据。在岁月不居、时节如流的感慨之中不由得凑近都已体弱年迈的父母，胳膊顺势搭在父亲的肩膀上，或攥攥母亲的双手，享受作为儿子的真实时光。

在我八岁那年秋天的一个很平常的清晨，睡梦中听到婆在厨房唤着我起来吃饭。正准备爬起来，可眼睛怎么都不听使唤地睁不开，只留有一条线丝般的缝隙，能吃力地看见房子顶棚上灯泡发出的微光。感觉眼部一夜之间压了什么重物，沉得让人喘不过气来。喊来了母亲，她在惊慌失措中发现我的眼皮肿胀得厉害，也预感到不同寻常，就毫不迟疑地背起我，脚步急促地奔向乡卫生院。做了简单的尿样检查，大夫带着沉重的语气对母亲说："娃是肾炎，这病常复发，得抓紧到大医院看，别把娃耽搁了。"母亲听到这话，拉着我的手颤抖个不停，煞白的脸上瞬间布满惊恐的汗珠。容不得缓口气，母亲又迈开比来时更急切的脚步，抄着小路赶回家，准备收拾东西住院。正在织布机上的婆，看见母亲焦急的脸色，手脚也慌乱起来，竟忘了接住从密集的线缝中快速穿过的梭子，只听"咣当"一声，梭子掉在地上。婆赶紧从机子上下来，转身搂着我接连说："我娃不咋地，我娃不咋地……"

在布兜里塞了几件换洗的衣服和碗筷后，母亲又找村小学的出纳（母亲当时是村小学的民办教师）借了150块钱，就从西吴镇搭上去咸阳方向的班车，赶天黑前还算顺利地住进了父亲当代理教师的西北橡胶厂职工医院。半个多月连续的青霉素加激素治疗，尿蛋白指数总算降了下来，病情趋于稳定。住院期间连着两个晚上，我都梦见婆（我的奶奶）满面愁容地坐守在门墩上，望眼欲穿地盯着村口的方向，盼着我康复回家。第一次离家这么久，我也实在待不下去了。出院前医生告诫："尿蛋白还没有完全转阴，可以回家服药静养，但一定注意避免感冒和劳累，不能让病情出现反复。"出院那天下午，沉郁多日的父亲也显出些许的轻松，通过熟人叫来橡胶厂里一辆大卡车送我回家。人生第一次享受专车待遇，在那个不发达的年代，即使漆皮大片脱落的货运车，依然使我风光满满，滋生出一种从未有过的优越感。坐在驾驶室里，看着车窗外在秋风的吹动下不断飘落的黄叶，一种顾虑和担忧让我那颗急切回家的心又七上八下起来。持续的激素治疗，使我面部浮肿虚胖，如果这种形象出现在村子人面前，他们用异样的眼光打量我，该怎么办？父亲揣摩到了我的心思，就让司机拐到了一条荒芜狭窄的村道上绕着往回开。刚下过几天连阴雨的乡村土路，满是积水，泥泞不堪。我正沉浸在见到婆婆的满心期待中，身子突然一个猛烈的前俯，头差点碰到挡风玻璃上。原来车的前轮陷进一个大水坑中，任凭司机点刹轰油，大角度地抢方向盘，前轮还是在泥水中打转，就是出不来。无奈之下，父亲让我在车上等着，他则带着司机去附近的小寨村找几个劳力推车。独自一个人坐在深陷泥潭中的卡车里，看着望不到边际的玉米地，风光感早已没了影子，四野寂静下的恐惧情绪涌上心头。这时，一连串的笑声从远处越飘越近，原来是一群拾棉花的妇女经过这里，她们有说有笑，都带着新鲜劲打量着这辆车。其中一个好奇心更强的人走过来，伸长脖子贴近驾驶室看个究竟，并带着羡慕的口吻说道："你看这么小个娃都坐上专车了，他爸肯定是个大官，咱们一辈子能坐几回公交车呀。"我清楚父亲只是一个厂矿子弟学校临时性质的代理教师，根本谈不上有什么身份和地位，但听到这句话，我的内心还是掠过一丝虚无的荣耀来。在父亲带过来的几个村民的绳拉杠撬下，车终于驶出泥泞，安全到家。我解开包裹得严实的围巾，先跑到婆的跟前。她看见我面部浮肿的样子，情绪无法控制地抽泣个不停，搂着我不停地用手背擦着眼泪。

　　我自己认为出院回家，就意味着很快会回到学校，又能和班里的同学一起快乐地学习和玩耍。孰料，这只是我漫漫求医路的开端。接下来的将近 10 年时间，我生命的主线是在求医治病，隐线才是一个徒有虚名的学生。

　　这次患病只能休学在家静养，重返校园的愿望暂时搁浅。但当我一天到晚都躺在炕上，睁开眼睛就是墙上那几张单调、落满尘埃的年画时，脑海里不由得反复闪现在学校和班里与同学们在一起的欢乐场景。每天下午我最期待听到的就是一公里之外村小学的泡桐树上高高挂起的大铃铛，清脆响亮的最后一遍放学铃声。不大工夫，孩子们撒着欢儿把书包扔到家门口，就开始相互约着一起在离我家不远处的空场上玩弹球、摔包子了。听到他们的呐喊声，我就赶紧爬起来，隔着窗户玻璃，观望着他们神情投入地游戏和放纵不羁地打闹。我虽然还在封闭的屋子里难见阳光，可心早已飞到了孩子们之间，与他们一起在欢快中荡漾。有一天傍晚，当我听到窗外的欢笑声，竟一时忘了自己病未痊愈，跑出家门，欲参与其中。由于多日未见，其中一个孩子看见我肿胀的样子，吃惊地喊道："快来看，小胖子回来了！"如果现在看待这句话，并无任何侮辱性，最多是伙伴间的调侃。可在当时的敏感期，这句话却彻底突破了我的心理承受底线，深深地挫伤着我的自尊心，一种无法阻挡的怒火在胸中燃烧。我跑回家，从门背后拿起一根棍，向着那个小孩冲了过去。母亲和村里几个大人看见我疯狂的样子，都飞奔过来把我拖回家里。

　　时光在悄无声息地往复流转，可我的病情并没有因岁月的流逝而销声匿迹。尿蛋白的存在以及时常的困乏无力都束缚着我，使我难以成为一个健康阳光的少年，父亲心急如焚，四处打听名医良方。有一位从安徽省宿县过来的赵姓手艺人，在西吴镇街道摆摊理发。生意人都很活套，边理发边谈天说地。父亲理发时，在一旁等候的志云叔问父亲："娃得的肾炎治好了没？这病还这么难缠？"父亲叹着气说没有治愈，还休学在家。这时，正理发的赵师忙接过话对父亲说："你这娃还是有福呀，碰上我，这病也许就快除根了。"赵师告诉父亲，他们宿县的周村有位祖传治疗慢性肾炎的中药丸剂，治好了不少当地的患者，他可以帮孩子治病。父亲理完发，踏起自行车就把这个好消息赶紧告诉给母亲。当天晚上，理发的赵师就来到我家和父亲商量回趟宿县为我求医问药之事。救星来了，全家人不敢怠慢，母亲和婆在厨房生火烙油饼、烧白米稀饭。平时家里吃的都是黑乎乎的棉籽油，婆从后院绕到邻居家借了一小斛清香扑鼻的菜籽油来烙饼。赵师一边吃着香喷喷的葱油饼，一边对父亲说："咱娃的病，和我娃得病一样，回宿县需要三四天长途跋涉，咱娃身体也受不了，你们就安心在家等，10 天左右我就把药带回来了。"吃完饭，赵师推着自行车出门时，父亲问："来回路费加上药钱大概得多少？"赵师略加思索："得 500 块钱吧。"父亲的面部马上凝固起来，眉头皱得更紧，这笔大开支，还不知求谁借呀。但他语气依然坚定："我加紧筹措，很快送给你。"婆忙着走过来，把早已准备好的两个织布单子塞进赵师车子头上的布兜里，声音微颤着："再也没啥送他叔了，别嫌弃，我孙子的病就靠你了。"连着两天，父亲骑车去县城找朋友借钱都被各种理由回绝了，不见分文。正在手足无措时，南边家的红生爸在第三天的早上骑着三轮车送来了 600 块钱。原来父亲的奶娘（我叫奶婆）听说正在为我借看病钱，就毫不犹豫地把两头正上膘、都才 120 多斤重的猪卖给收购站后，一分不留地全拿了过来。奶婆还让红生爸捎话，如果钱不够还有两麻袋麦可以驮到集上去卖，让父亲不要为钱发愁。父亲从小在奶婆家里长大，事实上本已亲如骨肉，自然形成一种家庭般的亲密关系。拿上钱的父亲，不敢拖延，坐上红生爸的三轮车就把钱送给镇上还在理发的赵师。第二天，赵师的临时理发摊就不见了。10 天过去了，20 天过去了，一个月过去了，一直盼不见赵师的身影，父亲终于明白了什么，蒙住头在家睡了两天两夜。

消沉几日后，父亲又在四处打听为我治病的消息。刚过端午节，父亲吃完午饭后躺在门口的竹子床上歇息着，虽微闭着眼睛，但能感觉到还在思忖着事情。此时，耳旁的收音机里播放的一则医疗广告使他猛地坐了起来，喊着母亲也过来听。原来广播里说在西安红庙坡有一家中医堂专治各类肾脏疾病，治愈率很高。父亲和母亲的目光瞬间碰撞了一下，似乎同时注入了一股新动力。第二天一大早，整个村子还在沉睡之中，隐约几声公鸡打鸣催促着父亲和我赶紧出门，冒着夜色赶往去西安的长途班车。在西吴桥上，父亲一看见去西安的长途车就忙招手示意，好几辆都因为乘客已满直接呼啸而过，直到一辆从扶风开往西安的长途车，司机急刹车后总算停了下来。车里早就没有了空座位，为了赶时间，我和父亲就在客车的引擎盖上坐了下来。车子摇摇晃晃地前行，沿路不时有乘客挤上来。第一次去西安城，虽然是去看病求医，但我的心里没有压力，并没有父亲那样的心事重重。我在想象着即将看到的西安城的样子，想象着看完病后父亲会带自己吃什么，想象着也许还有可能去逛一次动物园。车到了咸阳彩虹厂门口，又是一大拨上上下下的人，车内更是拥挤不堪。突然，身边的父亲大喊："我包里的钱被偷了！"并拼命地向着刚下车的一个头发微卷、穿着绿色喇叭裤的年轻人冲了过去，紧紧抓住他的衣襟，怒斥着让他把偷的钱交出来。这时，小偷的两个同伙马上围上来，其中一个抬脚便狠踹了父亲一下，吼道："谁偷你钱了，赶快给我滚远！"打了个趔趄的父亲，看对方人多势众，用近乎哀求的口吻说："包里的150块钱是给娃去西安看病的钱，你给我100块就行了，让给娃把病先看了。"小偷怒目圆睁，指着父亲："再纠缠，一会儿让你爬着离开。"其中一个同伙趁父亲不备，又从背后打了一拳。这时，一个好心的大爷赶紧走来，使着眼色让父亲离开，不然要吃大亏。眼看着三个小偷扬长而去，父亲拉着我的手，面色苍白，呆呆地站在道路中央，绝望地看向小偷消失的方向。一股风把父亲的头发吹得凌乱不堪，他全然不觉。我对父亲说："咱回家吧，最近我也没啥感觉，等有钱了再去西安看病也不迟。"父亲并没有带我回家，而是来到咸阳找母亲的高中同学张俊儒叔借了100元后，又马不停蹄地搭乘咸阳到西安的59路公交车在下午3点左右赶到红庙坡。进了中医堂，迎面而来的是一股浓烈的中草药味，墙的四周挂满了全国各地患者送来的锦旗。父亲的目光在每一面锦旗上都会停留片刻，他是在一点点地搜寻信心和希望。听到叫号员喊我的名字，父亲把我带到很是儒雅的老中医面前。他给我左右手都细心把脉后对父亲说："孩子的病都好治，先开十服药让吃。我这药剂量大，里面有朱砂和黄柏，味道会很苦，但病肯定会越来越好转。"走出中医堂，能感觉到父亲已经从早上钱包被偷的沉重打击中调整了过来，脸上露出久违的轻松。路对面正是几家小吃摊点，父亲和我美美地吃了顿肉夹馍和馄饨后才赶往玉祥门汽车站。

　　同在一个村子里生活，总会有好事者围在一起议论别家之事。我生病休学在家，几个村里闲人也常紧贴耳朵，诡秘地说些不凉不热的话。为了尽可能减少因我引起的话题，母亲只能等到天黑了才提满满一担麦秸秆，在后院支几个砖头为我熬药。六月天30多摄氏度的高温，上蹿的火苗不时烘烤着母亲的脸颊，豆大的汗珠不间断地从她的额头滚落。我拿起扇子，在母亲的背后不停地扇着，泛起的却是一股股热浪。母亲把熬好的药用纱布过滤好后，盛在一个大洋瓷碗里，端到我的跟前。她看不得我喝药的样子，就走开了。我用食指顺时针在碗里搅着深黑色的药汁，试探着药的温度，其实也是在做着喝药的心理准备。在憋一大口气后，我端起药碗，仰起头，咕嘟咕嘟就喝个精光。这时，在不远处站着的母亲又以最快的速度递过来大半碗温水，让我漱口。就这样，连续服了200多服中药，服过了整个夏天，也服过了整个秋天，虽然病情稳定，但令人头疼无比的尿蛋白却像牛皮糖一样黏着我不放。在此期间，母亲曾迷信我们那里流传的一种说法，得病的人把给自己熬过药的砂锅摔碎，也就把身上的病摔得无影无踪了。某天黄昏，母亲为我熬好药之后，就端着盛着药渣的砂锅，悄悄来到城壕岸边，环顾四周无人，把砂锅举过头顶，使出全身力气，狠狠地摔向一堆废弃的砖块上。随着一声炸裂般的脆响，砂锅瞬间碎片乱飞，分崩离析。一向温善的母亲，此刻带着从未有过的愤恨和满腔怒火，死死盯着一堆摔得粉碎的砂锅碎片和那些还冒着热气的药渣。我病得太久，母亲在长期的煎熬中自信心也羸弱到了极点。但从那声碎裂的脆响声中，她的内心又燃起希望之火，坚信着纠缠我多年的病魔就在那一刻被彻底击碎，不见了踪影。但当父亲带我去化验后还有尿蛋白时，回到现实中的母亲，又不得不去镇上买回新的砂锅，继续为我熬药。

父亲和西吴地段医院的高玉昌是朋友，由于十天半月就要查一次尿蛋白，检测我的治疗效果。在一次化验结束后，高玉昌悄声对父亲说："以后化验再别花钱了，我给你灌瓶试剂，给两个试管，在家自己做去。"化验室搬到了家里，感觉父亲的心理负担更重了，对尿蛋白的敏感程度更高了。当父亲拿起盛着尿液的试管，滴下试剂，瞬间反应成乳白色的云团，直线向试管底部下坠时，他那颗悬到半空的心也随之坠落到了谷底，阴沉着脸，一言不发，低着头就走开了。为了讨得父亲暂时的欢心，我自己先背过父母做着试验，只要多喝两大缸子水，尿液就变得非常清透，试剂点下去也几乎看不见尿蛋白的影子。隔了七八天，我在厨房偷着喝了一肚子水后，胸有成竹地对父亲说："该化验一次了，看治疗的结果怎么样。"父亲有些胆怯地说："再等几天。"我坚持着"时间到了就得查一下"，父亲这才不太情愿地拿出了试剂瓶。连续两滴试剂下去，试管再没有像前面那样蛋白翻卷着往下沉，而是依旧清亮如初。父亲拿着试管，把胳膊举得老高，喊着："会琴（母亲名），快来！"母亲则放下手中的活，赶紧走来，她目睹着这不可思议的一幕，两行热泪涌了出来。我也装出一副从天而降的惊喜之情在他俩周围活蹦乱跳着。那天正是一个风轻云淡的好日子，柔和的阳光投射在院落里，父亲舍不得处理掉这来之不易的好结果，默不作声地把试管斜放在院子的土墙顶上，久久凝视着不愿离去。

　　我心里清楚，讨得父亲短暂的轻松可以，但病情并没有从根本上发生好转，还得尽快回到现实中来，面对真实的存在。在此期间，父亲带我又去找西安市北大街一个坐堂老中医，吃了三个多月中药，尿蛋白还是一个加号，始终没有消失。刚收割完麦子不久，油郭村的姨妈来我家走亲戚，知道我还休学在家，就对母亲说："娃也病好几年了，得想想其他办法，我回去给神爷糊几身衣裳拿来，把你家祖宅重新安顿一下，娃也许就好了。"隔了几天后的一天傍晚，姨妈手里提着一个鼓鼓囊囊的大包就来了。夜深人静时，姨妈在后院燃烛焚香，边烧糊好的纸衣裳边祈愿神灵显灵，保佑我平安健康。我睡在炕上，姨妈拿起几张黄纸，点燃后在我的身体上方来回缭绕着，嘴里不停念叨，托付着让神灵带去我的病痛，给我一条新生的路。此时，我闭着眼睛，极力感应着能有一股神奇的力量附上我的身体，让我不再困乏无力，不再脸色煞白，能尽快回到朝思暮想的课堂。

在我的印象中，从小学四年级到初中三年级，五六年时间都没有过完整的学校生活，自己感觉不太好，就停学几天。当时在家陪伴我的就是婆婆和一台"永生"牌收音机。到了冬天，婆婆总是担心我在家孤独难耐，就把左邻右舍的七婆八婆们叫来，坐了一炕。我睡在炕一头，听她们热闹地一会儿拉村东头，一会儿又扯村西头。虽然没有我感兴趣的话题，但身处婆婆为我营造的热火朝天的氛围中，内心还是不时涌动着温暖和幸福。当时，炕头上那部很时髦的"永生"收音机更是发挥了不可替代的作用。

除了每天收听新闻节目外，评书连播《岳飞传》《杨家将》和秦腔节目也都陪伴我度过无数快乐的时光。有些秦腔戏听得多了，自己会跟着哼唱几段，还时常情不自禁地用手击打着节拍。母亲睡觉用的枕头，其实是一个很考究的黑色空心砖，敲打其上会发出脆亮的梆子声。每当下午秦腔戏快要开播时，我把跳绳的两个木把子卸下来，把空心砖放在盘着的腿上，就开始跟着收音机里播放的诸如《血泪仇》《祝福》《辕门斩子》等剧目的节奏，有模有样地敲打起来，整个过程我都会陶醉其中，忘乎所以，经常暂时忘却自己的艰难处境，神色飞扬地以母亲的枕头为器物，敲打着我心中美妙的韵律。

1989年的秋季，父亲已在南郊中学复职任教，我也成为高一（七）班的一员。自从上高中以后，也许是青春期体内能量不断激活焕发的缘由；也许是经历了太久颠簸困顿的逆境，到了柳暗花明的节点；也许是姨妈所祈求的神灵，再不忍心看到父母为我奔波求医，慈悲地为我开通一条重生之路，纠缠了我10年之久的慢性肾炎，就这样以来无影去无踪的形式不辞而别了。10年之间，我饱受着疾病的折磨，经历了人世间的诸多冰冷和无情，但更多的是让我感受着亲情的博大和无私，让我始终在爱的包围中接受着连续不断的治疗。转眼间，又是30多年的光阴抛洒在身后，回想那一段岁月，并没有不堪回首，反而多了一番对生命意义的丰富领悟，对我而言是一种阅历的沉淀，也是一种无形的精神财富。它让我更清晰该珍惜什么，该看淡什么，自己的人生之帆该驶向何方。

跟着父亲去"跑事"

从刚懂事起，我就知道自己是农民的后代。整日都乐不思蜀地和村里孩子们一起钻芋子（芦苇）壕掏鸟蛋，一起上树摘榆钱，一起去麦田里偷豆角。可直到有一天跟着父亲去县上"跑事"之后，才慢慢明白，父亲原本不是个种地的，他是在县城当教师时被逼迫得无路可走而丢了工作，才成为农民的。

父亲是 1956 年在宝鸡专区参加高考后，被西北大学法律系录取的。刚进大学不久，他就喜欢上了文学和哲学，并在法律系带头创办文学社团，自办自印诗歌小刊。由于酷爱哲学还在《陕西日报》理论版发表了自己的处女作《绳锯木断有感》，以 5000 多字的篇幅，系统阐述事物从量变到最后发生质变的内在逻辑。20 世纪 60 年代中期，"文革"开始后，在兴平县西郊中学当政治教师的父亲也难以幸免，最终被下放到农村老家，成为生产队的一名正式劳力。遭到如此不公的待遇，刚直不阿的父亲不能接受这残酷的现实。他在不误生产队农活的情况下，一有空闲，就骑着自行车去县政府信访室、文教局等地方找人说理，寻求着能恢复他的工作。我六七岁时，父亲已经跑了将近十年，还是没有跑出个名堂来。但父亲的心劲不减，他坚信会有正义伸张的那一天。

有一年秋收后，刚种上小麦，地里也没啥要紧活了，父亲就带着我去县上"跑事"，也顺便想让我见识下村子之外的大千世界。一路上，天气晴朗，父亲的心情格外轻松，并对我说："爸的事一跑成，咱全家就搬到县上住了，你也就不到村上学校上学了。"坐在父亲自行车横梁上的我，此时也心潮激荡，不由得想象起可能变为现实的美好日子来。车子骑过兴平化肥厂，很快就到县门街的文教局了。父亲叮嘱我在门口看好车子，别乱跑，就进去找人去了。我蹲在路边一棵大树旁，眼睛死死地盯着台阶上文教局敞开着的两扇红木门走出来的每个人，急切地盼望着父亲能带着几分惊喜的表情，步履轻松地迈出这道大门。就在这时，从里面传来激烈的吵闹声，远远看见父亲和一个领导模样的人正在争执着。领导带着居高临下的强硬语气指着父亲："有我在这儿，你能把事跑成，我就把姓倒着写！"父亲则坚定地回道："把话少往绝里说，咱走着看。"扭头就走。父亲见到我，怒气未消，一声不吭地站了好几分钟，等缓过神后才说了句："走，爸带你去东街吃羊肉泡。"出现这样的局面，其结果是可想而知的，我低着头，跟着父亲离开了。揭开泡馍馆沉重的门帘，食客的嘈杂声搅和着氤氲其间浓重的肉香味，一下驱散了刚才那既气愤又无奈的一幕，饥饿感愈加强烈了。父亲买了一份羊肉泡馍，只多要了一个饼，还要个空碗放到他跟前。等服务员叫号端上来后，父亲给自己拨了一小半，把上面的几块肉全给我留下了，并说道："爸不太饿，你快吃。"

每次父亲出门"跑事"，跟叔父一起生活的爷爷都会早早地圪蹴在我家门口，一锅接一锅吃着旱烟，等着父亲回来，盼着能有个不同往常的好消息。我和爸进了门，爷爷也赶紧跟着进来。爷爷觉察到回家的父亲不主动提这事，知道没有任何进展，说了几句闲话，就悻悻然地走了。

遭遇到人生的厄运，父亲不仅坚强，而且乐观豁达。他虽然在生产队里拉粪翻地、割麦扬场，整天和社员们在一起干活，但他的思想并没有因环境的影响而退化落伍。在一个初夏的傍晚，我领略到了父亲的不同凡响。当时村里几个准备中考的学生，找到家里让父亲帮他们辅导下政治，父亲当面给他们讲了重点，这几个学生听完茅塞顿开。第二天下午，其中一个学生从学校跑回来对父亲说，他通知了全班同学今晚过来听课。再阻挡为时已晚，父亲就把电线从屋里拉出绑在院子的一棵椿树上，接上一个200瓦的灯泡，临时课堂就有了。电灯下，50多个学生，把整个院子坐得满满当当。从来没见过父亲那样的神采奕奕，自信从容，好像自己真的回到了离别多年的讲台。父亲才思敏锐，语言生动，从在场每个学生专注的眼神中，能感觉出那耳目一新的满足。第二天，他又起个大早，带着村里几个人，去化肥厂拉氨水去了。

父亲的事，一直悬在空里，也让爷爷备受煎熬。有一天，爷爷背着半袋子红薯过来说："这是我一个个挑选出来的，条顺溜得很，你再拿半袋子新苞谷糁，给管事的送去，人都是有感情的，这没错。"依父亲的性格，不愿意低三下四，但爷爷这样劝说，也没再吭声。父亲带着我，车子后座两边搭放着红薯和苞谷糁就上路了。让我颇感意外的是，父亲并没有去文教局，而是骑到县南十字一个家属院的门口停了下来。接着把两袋子的东西直接挎到肩上，走进一个陈旧的单元楼里。上到三楼，门开了，父亲对我说："这是你瑞兴叔的家，爸的好朋友。"落座后，我那一双新奇的眼睛，不由得左顾右盼，细细打量着眼前这个城里人的家。褐色中泛着亮光的大衣柜、长条布沙发上钩织的白色护罩、高低柜上一台 12 英寸的黑白电视机……这些对于常年睡土炕的我而言，都是第一次看到，让我大开眼界。同时心里暗暗在想，如果父亲的问题解决了，我家也就能搬到县城里来，眼前的这些慢慢都会有的，想起这些，平静的心又泛起涟漪，好像崭新的生活就在前方向自己招手。

下午 2 点整，父亲跟随着上班的人流进了文教局的门。看到父亲的背影，我瞬间有股压抑不住的心酸。父亲也本该和这些进去上班的人一样，干自己喜欢的事业。可这十几年，父亲不属于这个令人向往的群体，一直奔波在为自己的名誉和身份申辩的坎坷之路上。不大一会儿，父亲满脸通红地走了出来，肯定又和那个拿事的领导说得不好。这时，听到有人叫父亲名字，循声而望，原来是文教局门口收发室的赵师傅，由于父亲常来这里，他们都相熟了。赵师傅从小窗口里递出一张前几天的《人民日报》说："好好把这篇报道看一下，中央要对'文革'期间的冤假错案彻底平反昭雪了，你的事有希望了。"父亲屏住呼吸看着内容，报纸在他的手中颤巍巍地抖动着。回家的路上，父亲没有说话，但我能感觉到一种新的力量已经注入他全身了。

1983年12月8日，兴平县文教局正式下文，父亲恢复公职并赴南郊中学任教。当我把这个喜讯飞奔着告诉正在午睡的爷爷时，他猛地抬起身子，眼睛噙满泪水，攒劲地连吸了三口旱烟。

想起一束光

临近元旦，接到友人电话，邀约假日一起去西安市羊文化博物馆参观叙旧。能身临其境感受羊所展现的"温顺善良、忠厚隐忍"的精神意象，很是期待。随后脑海里也开始自然地检索和"羊"有关的信息链，所幸没有落空，还能捡拾一二。

我从小生长在关中平原，虽土地肥沃，粮棉充裕，但因缺乏水草丰茂的自然环境，便和羊群失去了天然的机缘。小时候在村外的坡坎上偶尔也能碰到一只孤零零的羊，一般都是被主人用结实的皮带把羊死死拴在树上，主人自己不知去何处游荡逍遥。失去自由又没有兄弟姐妹做伴的羊，也失去了快乐，根本无心觅食，一个劲地挣脱着，绝望地哀鸣着。我曾几次环顾四周无人，把解开的缰绳扔出老远，眼看着羊摇动几下脖子后，开始蹬蹄撒欢，我才一溜烟地跑开。

　　和羊初次结缘，皆因媳妇属羊。按正常推理，媳妇应是那种温柔贤惠，谦让大度之人。可婚后几年，似乎都还年轻气盛，不知退一步海阔天空。家里磕磕碰碰时常有之，当时常愁眉不展，暗自喟叹，真是遇上了一只不省事的"羊"。有一年春节，也是媳妇的本命年。岳父岳母给孩子送灯笼，顺便带来一个包装考究的物件。岳父说："我去和田出差时，带回来这个玉雕的'三羊开泰'放到你家吧。"玉雕光润剔透，祥瑞充盈，葱郁质朴的青碧色更蕴含着生命旺盛的蓬勃之力。基座上，公羊和母羊共同庇护着小羊羔，在陡峭悬崖上攀越新的高度之后做短暂的休憩，沐浴着阳光。我郑重地把这件吉物摆放在客厅的显眼处，祈愿家里能从此"羊致清和"。说来还算灵验，自从有了"镇宅之宝"，媳妇的脾性柔绵了不少，磕碰几乎销声匿迹，家的氛围出来了。某天我对媳妇说："家里现在不见前几年的硝烟味，到底是咱俩谁成熟了？"媳妇回了一句："每天看到爸送的这玉雕，就心生紫气，还有啥可吵的呢。"十几年过去，岳父也已离世五年，现在我和媳妇看到这座陪伴我们的"三羊开泰"，就会想起岳父那嘱咐的眼神，心里也就没有化解不开的疙瘩了。

　　真正被羊的举动深深触动的，还是在那近乎万里之遥的天山脚下。带着对碧草连天、牛羊遍野的草原风光的心驰神往，2019年初秋的黄昏时分，我们驱车来到新疆西部的巴音布鲁克草原。此时的草原，笼罩着金色的寂静，瑰丽的彩霞簇拥着夕阳在深情地俯瞰着这天堂般的幽谷。暂时远离牢笼式的都市，视野被彻底颠覆，眼前这绿茵茵的浩瀚之海，让人倾心而迷幻。天色愈暗，暮霭四起，远处的山峦在困倦中影影绰绰地蠕动庞大的身躯，印证着天地间的日落而息。在我们准备夜宿的蒙古包旁，晚归的牧羊人在马背上紧促地打着口哨儿，赶着羊群三三两两地挤进用帆布搭建的临时羊舍。夜色奔来得迅猛而浓重，草原瞬间失去了应有的色彩，黑压压，空寂寂，冷凄凄的，感觉让人郁闷而心悸。在蒙古包内，毫无睡意的我在刷着朋友圈来打发时间。突然"咩咩——"的叫声从羊舍的方向传来。这微颤着的声音分明是一只羔羊带着几分不适发出来的。随后羔羊的叫声越发密集起来，其间还夹杂起另一只羊的叫唤声。心烦意乱的我索性披上衣服，拉开门闩，顶着夜色，径直走向羊舍想探个究竟。我轻轻掀开帆布的一角，吃力地窥望着羊舍里正在发生的一幕。在黑暗的角落里，幼小的羊羔蜷缩着身子，痛苦地呻吟着。焦急万分的母羊一边用前蹄不停地把羊羔往自己的身下刨，一边仰起头对着舍顶缝隙投下的一道微弱之光哀求似的叫个不停。我入神地看着母羊的一举一动，不觉间眼眶涌满了泪水，想起当年疼我的婆婆，正是彻夜无眠地看着屋梁之上瓦片残损后投进的一束夜光，来祈求"上天"慈悲显灵，让长期病恙的我得以解脱归好。白天的婆婆做饭、纺线、晒粮食，里里外外不停地奔忙。到了晚上，劳累一天的她忘记了困乏，整夜手撑着下巴，坐在炕上，为我熬煎起来。我睡在炕的另一头，看见婆婆一会儿轻声地叹气，一会儿仰起脖子，对着屋顶的那缕微暗的光束喃喃自语着："老天爷，我年纪大了，把我早早收走，让我孙子好好地就行。"听到婆这样的哀求，我赶紧翻过身，把头缩进被窝里，让眼泪无声地流淌。旧社会时，婆没念过一天书，也几乎没出过村。家里一遇到事，婆能求助的就是"上天"了。每当夜深人静，那缕从天而降的光束就成为婆接通神灵的唯一途径，也是承载她希望的唯一寄托。就这样日复一日，冬夏轮回。婆婆每晚的虔诚默祷，好像真的在无声无息中惠泽着我，助我驱疫禳灾，我慢慢恢复了往日的神采。如同眼前，在母羊的不断安抚下，小羊羔此时也平静了好多，乖顺地靠在母羊身上闭目休憩。我离开羊舍，面对家乡的方向，为离世20年的婆婆三鞠躬。

去羊文化博物馆那天，风和日暄，是入冬以来难得的清澈明洁之日。站在排列有序的一尊尊石羊中间，看着它们感恩的跪姿和无辜的眼神，让人瞬间升起恻隐之心，情绪也随之沉郁起来。走进羊文化展示馆，看到"美""群""义""善""祥"这些美好的文字都与"羊"有着千丝万缕的历史渊源时，又对羊生起敬畏之心来。羊作为集各种美德于一身的义畜，被赋予了崇孝、知仁、知义、知礼的文化意象。新的一年，虽不是羊年，但只要把从"羊"衍生而来的"群""义""善"等处世之道了然于胸、付之于行，就不会让社会的堆积物来遮蔽生命的敞亮，逐渐使自己成长得"眉目有山河，心中有丘壑"。

遥想那个麦场

初夏的一个傍晚，太阳的大半个身形已经隐藏在起伏的群山之后，露着头的那部分依然饶有威力地把整个西边映照得红红彤彤、影影绰绰。在夕阳余晖中，我独自一人来到村外，踏着布满蓑草的田埂，迎着扑面而来的阵阵麦香，伴着不绝于耳的蛐蛐声，漫无目的地走着……这时，对面走过来给菜地打完药的六叔，说起快要到来的夏收，他显得很轻松："现在这麦，没啥收头，收割机开到地里，一个多小时麦子全部装到袋子就运回家了。"六叔这句话，道出了现在农村人对于夏收的理解，却淡化了我不少的期许，约束着我的想象。一个无法回避的现实便是，那个镌刻着我童年无数美好时光的麦场，真真切切地在社会进步的年轮中愈加隐退和疏远了。而我记忆中的麦场，时常会随风而至，随梦而临。

当麦子完成升浆，鼓鼓的麦穗逐渐泛黄时，麦田上空的"算黄算割"，总是三三两两、一声紧似一声地低空翻飞着，相互追逐着，在不知疲倦地催促着麦子熟了收割。每当看到这样的景象，闲不下来的爷爷就会从我家的门楼上取下放置了一整年、落满了灰尘的镰架和镰刀，端半盆子水，在门口支好磨石，磨起镰刀来。听着那"刺刺刺刺"的磨刀声，总有一种龙口夺食的紧迫感。在村子的东头，隔着芋子壕，有一块 20 多亩灌溉不方便的荒地，就成了全村多少年来固定的麦场了。在 20 世纪 70 年代末期，夏收时除了牲畜碾场外，每个村的麦场上都会出现一台电碌碡绕着圈地碾压着麦子。在那个没有车，也很少见到拖拉机的年代，能开个电碌碡碾场是全村的男劳力们都争抢的美差了。我们村开电碌碡的好把式叫美社。这人精瘦干练，个子不高但走起路来却健步如飞，搭眼看就是个灵醒人。六月的晌午，毒辣的太阳烘烤着整个麦场，没有一丝风的吹入，闷热得让人难受。美社一登上电碌碡，神气劲就来了。草帽之下，戴着时髦的墨镜，穿着花花衫子，很有一种驾驭电碌碡的底气和派头。电碌碡在他的操控之下快速自如地翻滚着，随后就听见麦秆受重压后不断发出的啪啪声。此时，我们一帮孩子都蹲在场边，一个个带着稀罕和羡慕的眼神瞅着很是风光的美社。趁着翻场的间隙，美社让我们几个轮换着坐在电碌碡上，孩子们都欣喜若狂地兜了几圈，那是我人生第一次体验到双脚离地像飞起来的那种妙不可言的感觉。

　　20 世纪 80 年代初，分田到户后的麦场还是村东的那片地。到了夏收时节，麦场上燥热不堪的空气很容易引燃男人们的暴脾气，有借打骂孩子发泄的，有夫妻之间边干活边带着火药味埋怨呐喊的，有时还上演着为争抢打麦机两家人大动干戈、赤膊扭打的闹剧。除了燥热下的鲁莽，更多的是在机器的轰鸣声和不断泛起的麦尘中，邻里乡亲们那不顾疲倦、竭尽全力、相互帮助的暖心场景。抢着打麦子时，总是伴随着嘈杂和争执，而在晾晒麦子时，都不见了大人，孩子们则顶着毒辣的太阳，时而带有任务地用木锨翻搅着有些发烫的麦子，时而天性毕露地在场上尽情打滚撒欢。到天快黑时，场上又会来不少看守自家麦子的人，他们铺开一张张席，睡在堆放的小麦旁。有一晚，我也加入了看麦者的队伍。前半夜，场上还在释放着白天吸收的热量，没有一丝凉意，还是很燥热，看麦人则两个一伙三个一堆地抽烟、听戏、说闲话。随着夜色更加浓重，鼾声从不远的几个地方响起，麦场终于在一天的喧闹中消停了下来。困乏袭来，我欲睡去，却时弱时强地飘来那熟悉的箫声。我知道，是十二爷又拿起他的箫，在排遣心中的苦闷，打发着漫漫长夜了。十二爷年轻时就一个人拉扯孩子，既当爹又当妈，父子二人在缺吃少穿中相依为命。十二爷白天只埋头在地里劳作，顾不上想家里的难事。可到了晚上夜深人静时，生活的那些忧思愁绪就会涌上心头，十二爷家的窗户就会传出《忆故人》《苏武牧羊》等两三首低回沉郁的箫曲。那夜，麦场上的箫声没有任何阻隔，清晰而悠扬，在夜色的笼罩下，如此幽婉悲壮，意境缠绵，好似在倾诉着活着的艰难，又好似寄托着一种无限的眷恋。

后半夜，起风了，而且越发强劲起来，一波紧接一波的风浪，掀推着城壕里的芋子，发出那声势浩大的哗啦啦的响动，更让人感到紧张。被惊起的"呱呱叽叽"在稠密的芋子间惶恐地鸣叫着，也许在寻找着自己的窝巢，也许在召唤着自己飞散的伙伴。

俗话说"忙归忙，不忘六月黄"，我心中的那个"麦场"不会因为时世的变迁而尘封和褪色。

腊月里

　　一进入腊月，农村里再心强的媳妇也不会把男人撵出去挣钱了，因为一年到头，总得有段歇闲的日子。这个时候，年的气息就开始在村子的里里外外浮游和扩张起来。没有了出门挣钱的负担，男人们的劲头都往过年上聚攒：有的端着梯子忙着房前屋后的扫尘；有的带着媳妇娃吆喝着去集镇上置办年货；有的则在架子车上放一口袋淘洗干净的麦子，嘴上哼唱着乱弹去邻村磨年面；还有的找个没风暖和的地方给老人和孩子剃头……就这样，整个村子在寒冬的沉寂和凝滞中因为腊月的到来而变得躁动和欢闹起来了。

　　在一个村子里，总有那么几个风向标式的人物。无论是夏收秋种，还是逢年过节，都会看见他们最先忙碌的身影。只要这个头一开，全村人都跟风似的干开了。我家隔壁的三大就是这种人。当了一辈子农民，三大一天到晚都闲不下来。每年刚到腊月头，三大生怕谁要抢到这个名头，总会急急慌慌地动员家里人抬箱子挪柜开始扫屋。三大用洗脸的毛巾蒙住自己的脸，只留个缝缝露出眼睛，然后往后脑勺紧紧一扎，就开始拿着长竹竿上绑着的笤帚，屋前屋后地挥扫起来了。三大一开头，村子就挨家挨户地响动起来。烧火做饭沉积了一年的尘埃和灰烬就这样在扫帚的舞动下化作飘浮的微粒，从各家敞开的门里涌出，或从椽隙中钻出，最后自由地升入空中。这时，整个村子都会被层层的尘雾所缠绕，成了每年腊月里最灰暗的几天。为了过个亮堂年，扫完屋后，上几辈人的传统就是刷墙时一定要用渭河岸边侯村、马坊一带的白土去刷墙。因为这种土质含沙量高，刷出来的墙壁都微微泛着亮光，墙面显得格外白净。记得每到腊月，村里年龄大些的娃娃们在几个大人的带领下，起个大早，趁着夜色拉着几辆架子车，就去几公里外的渭河北岸坡坎上偷挖白土了。天刚亮，就看见三四辆架子车上摞着带顶的白土块已经停放在村子中间，娃娃们吆喝几声："白土回来了！"村里人就你两块我三块地拿回家开始刷墙了。

刷墙图个白净，可真正体现过年喜庆气氛的还是在糊好的炕围上贴年画。过了腊月初十，母亲就把从村小学拿回来的《人民日报》《光明日报》《文汇报》都一张张地刷上糨糊贴在炕围的墙壁上。我喜欢看报纸就是那时候养成的习惯，闭上眼睛睡觉前总能看见国家领导人会见外宾的图片，或者是非常醒目的红体大字组成的社论标题。每逢过年,我家贴的年画不用花钱去供销社买,在镇上当电影放映员的表哥早早就送过来几张电影宣传海报,像《秋菊打官司》《骆驼祥子》《小花》《少林寺》等电影的宣传海报都贴上过我家房子的北墙。新报纸糊上炕,新年画贴上墙后,还得再换一个100瓦的新灯泡点亮烘托,整个屋子年的气息就更浓了。

在关中很多地方都有正月初一到十五不蒸馍的讲究,所以年前每家都会选个日子邀请左邻右舍来帮忙蒸几锅馍。腊月二十三祭灶过后,村子里蒸年馍的家户就逐渐多起来了。我家每年的年馍是邻村陈南的姨妈来帮忙蒸的。姨妈算是他们村出了名的麻利人,不仅家常饭做得好,从小还学会了烙饦饦馍的手艺,困难时期,姨妈烙好一锅的饦饦馍提着笼子就去县城卖。我家一般都在腊月二十七蒸年馍。先一天晚上,我婆就开始把和好的面盛在一个大瓷盆里,放到她的烧炕上用被子捂着,让面一定要醒好。第二天,公鸡才打第一声鸣,姨妈就过来敲我家门了。这时,母亲和姨妈开始在案上揉面,我婆负责添柴烧锅。平时蒸馍都烧的玉米秆或麦秸秆,火不硬,蒸出的馍(玉米面和麦面搅着)也常软塌塌的,既没型,也没嚼头。蒸纯麦面的年馍时,婆就会换成烧炭或者玉米芯子,风箱扯开后,股股火苗猛劲地往上蹿,蒸出的馍就会饱满馋人。头锅都是肉包子,刚一出锅,婆就用碗端上三四个放到老爷(曾祖父)的画像前,敬祖上先人。然后叫我赶紧趁热端上几碗送给我爷我伯,让自家人都尝尝。

腊月二十八是腊月里最为期盼的日子,是爷爷的生日。他知道儿孙们要来给自己拜寿，提前就把炕烧热，然后穿戴一新地坐到炕上等。爷爷很爱体面，也很感性，每每说起旧社会遇到的各种大事时，他一定会眼眶湿润。当生日这天看到儿孙们坐了一炕时，爷爷的眼睛又会湿热好一阵子。中午12点整，一串紧密干脆的大地红在叔父家门口响起，整个村落因为这祥瑞的鞭炮声传递出过年的第一信号。

大年三十清早，村子里的叔伯们胳膊拐子里夹着一张红纸，三三两两地都来找父亲写春联了。在高中当教师的父亲小时候在私塾上学，与书法楹联有所接触。80年代初，当时没有可以参考的楹联书籍，都是父亲根据每家对来年的不同期许来自拟自写的。有家儿子年龄大了找不到媳妇，大人来写对联时就会把父亲叫到一边专门叮咛几句，希望在春联中能表达一种心愿，父亲便写出一副"苍松翠柏沐喜气，玉树银枝迎新人"的春联。有家孩子准备参加高考，父亲写了一副"学海泛轻舟当展金翅上碧霄，考场竞风流定有腾云揽月时"。我记得最清楚的是有一年龙年春节正逢大雪漫天，父亲在除夕的鞭炮声中为我家写了一副"龙年龙景龙飞凤舞，雪天雪地雪兆丰年"春联后，村里的年就声声势势地迎面而来了。

我 婆

在我固有的意识当中，关于家的概念是不能缺少我婆婆（也就是我的奶奶）的。虽然她离开我们有 15 个年头了，但无论是梦境中相遇，还是去村子北头婆的坟头静立，都能强烈地感应到我们婆孙之间的亲情和相互惦念，也觉得婆并没有离我们远去，依然还在操劳着，拉扯着我们一起过日子。

婆是一个长寿之人，一辈子几乎和医生没打过交道，虽然也得过几场病，但经过婆的忍耐硬扛都悄然不见了踪影，婆活到 93 岁，安然离世了。婆也是个命苦之人，六七岁时，她的母亲几次强拉着她缠脚，婆死活反抗，都挣脱着跑开了。就这样，婆长得并不纤柔，落了个大手大脚，一副能下苦力的好身板。在我的记忆中，婆也正是下了一辈子的苦，一生都没离开过锅台、纺线车和织布机，没离开过那个丈八宽的老房子。

听父辈们说，婆自从渭河岸边的侯村嫁到我们这个家族后，就没黑没明地操持着这个家了。这个家是我们村真正的大户人家，是由6个弟兄组成的近30口人的大家族，婆婆一天到晚都围着锅台为我们这个大家族做饭。由于婆婆不能生育（我父亲从小过继而来），她对待孩子更有一份特殊的感情和疼爱。无论是我的父亲还是她的侄子侄女，婆都把他们当自己的孩子看待。到了冬天，她如果发现哪个小侄子或侄女穿得破旧单薄了，心疼得看不下去，婆都会利用晚上时间彻夜在油灯下为他们缝制棉衣。天麻麻亮，她又开始烧火做饭了。在那个缺吃少穿的年代，走亲戚是每个孩子最奢望的一件事。因为主家为了掩盖寒酸的家境都会很舍力地招待亲戚。这样，跟着走亲戚的孩子不仅能吃一顿饱饭，甚至还能吃上纯麦面馍。所以遇到逢年过节，婆都会带着她常管的几个侄子侄女去她的娘家侯村走亲戚。长年累月的相处，几个孩子甚至都不愿回到各自的小家，白天一起围着婆玩耍，晚上也习惯跟婆在一起睡了。

20世纪70年代中期，从我能记事起，我们的大家庭也都分了家，自立门户了。婆又把全部的心血和精力转移到看管哥姐和我身上。听婆讲，我半岁时，因为当时母亲在我们村的小学任民办教师，她就每天两次背着我去二里地以外的村小学吃奶。当把我背到学校门口时，母亲还没有下课，婆就只能一直背着我等。当听到学校操场边那棵大槐树上的大铃铛响起时，婆才会背着我进学校。每次往返回到家，婆说她身上的衣服都被汗水浸湿了。在那个挣工分的年代，村里的每户人家都过得极不宽裕，只能满足基本温饱。在那种生存条件下，婆千方百计想让我尽可能吃得好些，长得高些。她就养了 6 只鸡，靠零零星星卖鸡蛋攒的钱来给我买好吃的。我清楚地记得，有一个叫狗牛的卖粽子老头，每天早上提着粽子担笼进到我们村后，直接就放到我家门口高声吆喝，因为他清楚全村只有我吃他的粽子。睡梦中的我，只要听到这专门针对我的吆喝声，就会兴奋地从被窝爬起来，光着身子跑出门，粽子老汉也总是带着会心的微笑把早已准备好的两个冒着热气的粽子递到我手里，我又快速地跑回炕上，开始一个人享用了。这时婆才赶紧出门，给人家付钱。

在那个时期，虽然自己年幼，但时刻能感觉到婆格外地宠爱我，也总依顺着我。记得有一年冬天，寒风呜呜地刮，家里人下地的下地、上学的上学，只剩下我和婆在屋里。当我从热被窝出来要穿衣服时，婆把我先按进被窝，然后拿起冰凉的棉裤棉袄，开始在灶火上方燎了好一阵子，等热气都蹿到胳膊洞和裤腿里，她才拿过来让我穿。享受过那种暖和的感觉，接下来每天早上我从被窝爬起来的条件就是必须先燎棉衣了，婆也一定会满足我。当时我们六口之家，油盐酱醋等最基本的日常开销都很困难，婆婆就让我的父亲买回来两头 20 斤左右的黑色内江猪让她来喂养。这个品种的猪，如果能吃得好些，上膘特别快，不到一年就能出栏。婆就利用每天晌午自己做完饭的那段时间，拉上架子车，带着我去村西壕里的玉米地里给猪割草。猪最爱吃的就是地里长的茅草，到了八月份，玉米都出了天花，长得比人都高。婆婆一手拉着我，一手提着个担笼，猫着腰就钻进了玉米地，这时碰落的玉米花粉就不停地落到我和婆婆的脸上、身上，顿时感觉异常地蜇痒。午后的玉米地里没有一丝的风，割一会儿草就闷热得大汗淋漓了，婆就撩起她的对襟上衣给我和她擦汗。偌大的玉米地里，除了割草的沙沙声，周围静得再也听不到任何响动。突然，从不远处的电线杆上接连传来猫头鹰刺耳的叫声，顿时吓得我割草的手不停地颤动。这时婆婆马上会搂着我说："咱手里拿着镰刀呢，啥也不怕。"由于婆婆的精心喂养，我家的那两头黑内江猪快到过年时都长到 200 多斤。当把猪往公社收购站送的那天，婆天没亮就起来，给猪烧水烫食，还往猪槽里特别多加了几碗小麦麸子让猪吃饱。当把猪往架子车上绑时，婆不忍心看这一幕，就自己躲在房子里，等猪出了村口，我看见婆一个人站在空荡荡的猪圈旁偷偷地抹着眼泪。

在接下来的岁月里，我在一天天地长大成熟，婆在一天天地走向衰老。当我大学毕业在西安工作后，每到周末我都归心似箭地坐着长途车回家，图的就是睡睡婆的烧炕，攥攥婆那双厚实的手。我清楚地记得 2001 年 6 月 12 日下午我从家里准备回西安时，睡在炕上已经有些糊涂的婆婆吃力地拉着我的手，声音颤抖着说："媳妇在城里找不下的话，咱就在农村找一个，咱祖辈都是农村人，你还嫌？"这是 93 岁的婆婆给我说的最后一句话。

15 年了，每每在梦境中见到婆婆，她还在背着我喂奶，还在为我烤棉衣，还在跟着她给猪割草……

15 年了，每每想起和我没有血亲的婆婆，泪水更是禁不住地流淌呀……

我　爷

　　每年的腊月二十八，总想起已经离世多年的我爷，因为这天是他的生日。除了想起这一天儿孙满堂为我爷过寿，其乐融融外，更多的还是怀念我爷这个人。他身份虽是农民，但早年就以经商为业，创造过个人辉煌，是一个见过世面、很有主见和想法的人。

　　我们家族人丁兴旺，王家就有三个分支。我爷亲弟兄六个，他排行老三。民国时期，十几口人整日过着食不果腹的潦倒生活。进过两年学堂的我爷，便立志要改换门庭，自己闯出一片天地。刚过 12 岁，他就毅然走出家门，背起铺盖，拿起碗筷，来到五里之外的西吴镇，谋得一份粮食铺相公（学徒）的差事。虽然年纪小，但我爷悟性高，人又勤快活套，善于学习。一月有余，他不仅熟练地干着铺子里的各种杂活，还能接待南来北往的粮食客商。到了晚上铺子关门后，他又在油灯下，把买卖粮食的账簿拿出来，一单不漏地做着盘点。天长日久，铺子老板暗中观察着我爷，做事细心踏实，对待粮食客商真诚热情，慢慢地，从心底里非常喜欢这个学徒，就专门雇个新伙计干杂活，让我爷一门心思地跟着他做粮食生意。没过几年，铺子老板疾病缠身，无力经营，就把铺子转让给我爷，自己告老还乡了。

那个年代，不是天灾，就有人祸，粮食是紧缺物资。我爷四处奔波寻找粮源，常孤身一人去武功普集镇和扶风绛帐镇一带蹲点收粮，然后组织几驾马车，运往西安城里卖。他曾亲口给我讲，第一次组织了三马车的粮食，用了两天两夜的时间，才到了西安城墙下。正要进城，几个守城的士兵看到拉的是粮食，就打起了坏主意，叫来他们的长官。长官眼睛发亮，大手一挥说道："灾荒之年，定是土匪抢到的粮食，把粮和人都扣下。"就这样，我爷被关了五天，没给个说法又放了出来，但那三马车粮食早就不知去向。经历了这次劫难，他下定决心要攻破这道关口，就住在西安城隍庙附近的一家旅店里，想方设法托关系。经人穿线介绍，终于认识一位军中副司令级的大人物。"朝里有人好办事"，接下来，每次运粮到西安城墙的安定门下，司令就会派专人给守门的士兵们打好招呼，放人放车。等卖完粮食，我爷找到司令家里，先拿出几袋银圆奉上，然后去"同盛祥"再表达一下谢意。就这样，粮食铺子的生意像滚雪球似的不断发展壮大，我爷用挣到的钱在村子买庄子买地，不仅盖起了六间大瓦房，还在北塬子买了50多亩地，建起了桃园、杏园、梅李园，家业蒸蒸日上，彻底翻了身。

等我懂事时，已经到了70年代中后期，正处在大集体时代。庄稼年年歉收，青黄不接。我爷和我婆单独住在村子中间的两间瓦房里。当时村里人都缺吃少穿，幸好我爷还留些开粮食铺时的积蓄，隔段时间，就去镇上买几袋麦子放到粮柜里，我爷和我婆就成为全村唯一能吃上纯麦面馍的一户。偶尔去爷家，如果刚好碰上蒸馍，我就坐在门口的墩子上不走，等着馍出锅。平时都吃的玉米面馍，当我婆递给我一个热气腾腾的纯麦面馍时，我急不可待地咬下，那一口吃出了麦面特有的软绵筋道，那种满足感，回味至今。70年代末，我爷60多岁，生产队长给老人们一般不会安排重体力活，要么割苜蓿喂牛，要么在谷子地里赶麻雀，要么在菜地里看菜。我爷种菜是一把好手，无论是西红柿、黄瓜还是茄子、韭菜，他都对其生长习性了如指掌，何时施肥，何时浇水都很有田间管理经验。

有一年夏天，月明星稀，玉米地里蛐声四起。父亲骑着自行车带着我，披着夜色从县上"跑事"回来，正好路过村里的菜地。我爷戴着一顶竹篾帽，肩上搭着一条擦汗用的手巾，圪蹴在菜庵子旁吃着旱烟。父亲撑好自行车，拿出在县北十字买的一把芭蕉扇送给爷。我爷对父亲说："成个啥事都不容易，急也没用，心放宽些，日子还要过呢。"父亲也没回应，只让他晚上在庵子里睡觉要小心潮气，就带着我回家了。

我爷是个心里很爱洋活的人，大哥（堂兄长）在北京南苑机场服役，他很引以为荣。冬天穿上大哥寄回来的棉衣，在村里逢人就夸奖孙子孝顺。某年，大哥写信回来，想让我爷去北京逛一次。这正合他的想法，毕竟能站在天安门广场照张相，可是一辈子的荣耀。出发那天，我爷穿戴得格外讲究，从头"武装"到脚，火车头帽、棉袄、棉裤、棉窝窝都是第一次上身。从咸阳坐上火车，一天一夜后，安全到达北京站。部队领导得知我爷来看孙子，当晚安排后勤班做了一桌子菜，热情接待。见了大领导，我爷毫不怯场，谈吐不急不慢，轻松自然。领导不由惊叹，这老汉根本不像从陕西农村过来的。在登颐和园万寿山时，大哥给爷先买了根印有"万寿山"字样的拐杖，一起登上山顶。大哥对我爷说："登上万寿山，回去后再好好活。"我爷则笑着说："逛过一趟北京，回去死了也值。"

我上中学时，我爷已到了古稀之年，但仍然强健，耳聪目明，说话铿锵有力。每到秋收季节，在最忙的那几天，我爷清楚自己有三个儿子，很懂得平衡。早上帮我伯家拴玉米棒，下午转战去叔父家一起在地里掰玉米，到了第二天，又和我父亲在门口垒玉米塔。

算起来，我爷大大小小 8 个亲孙子，我属于常和他聊起英年叱咤风云的那一个。有年暑假，刚吃过晚饭，全村人都在自家门口的席上纳凉，我爷坐在我家门口的席上，悠闲地吃着旱烟。他颇为得意地指着暗灰色的烟锅嘴说："这是你山建勋爷当年用一匹马换来的，纯玉石，用了快 50 年了。"又接着说："爷身上除了这个宝外，这几十年走南闯北，保佑我的还有一个宝，给这看。"他神秘地把裤腿往上撩，指着右大腿上三颗格外醒目、分布均匀的黑痣说："这叫福禄寿三星,很稀罕。"说完这句话,我爷眯着眼,很是满足。

　　1996年10月,我大学毕业后在西安有了份稳定的工作,我爷却老糊涂了,再也分享不到我给他带来的任何喜悦。1997年春节回家,我爷躺在炕上,一声不吭,给我轻轻摇头,示意将不久于人世。我坐到爷身边,在他的大腿处轻轻点了三下,我爷嘴唇也轻轻跟着动了动,瞬间有了笑意。六天之后,正月初七,我爷在黎明之际安然离去。

十叔偷瓜

十叔是村里出了名的娃娃头，村里的孩子们一放暑假都乐于让他带领着去偷瓜摸枣，尽情地享受来自乡间的无穷快乐。

十叔名叫参军，因在父辈弟兄中排行为十，故叫十叔。十叔比我年长两轮之多，虽成家有一儿一女，但属那种耍性脾气，平时很少有大人的形，整天和我们这些娃娃掐猫逗狗，没反没正。时间久了，我们就不顾及和他辈分与年龄上的差距，经常有些放肆地和他胡说乱来，冷不防从身后上了他的肩膀或戳下他的腰，十叔只是咯咯笑个不停，从不计较。

十叔虽是个农民，但平时总爱穿得花花绿绿，图个时髦洋活，加上身懒怕动，庄稼就自然种不到人前头去。同样一块地，别人家的玉米苗由于水肥能及时跟上，都一个劲地往高蹿。走进他家的玉米地，却是一片饥黄之状，每根株苗都弓背蛇腰，没有一点生机。十叔天生是个乐天派，他从不在意村里人背后说自己游手好闲，不像个庄稼汉，只要能在孩子们中间当个首领，发动孩子干一些鸡飞狗跳的事情，就是他最大的乐趣所在。每年到了夏季瓜果飘香的时节，也是十叔发挥特长大显身手的时候。村里每一户的瓜园、果园和菜园路径和地形十叔都摸得非常清楚，往往瓜园里第一个西瓜熟了或果园里第一个苹果刚搭色了，主家是吃不到嘴里的，不知何时早就让十叔给顺溜走了。有年刚放暑假不久的一天晚上，我们一群孩子正在十叔家里玩，外面刮过一阵风之后紧促而密集的雨点就开始把地面敲打得嘭嘭作响。凭经验，十叔感觉晚上偷村东二队一家刚开园的西瓜时机到了。问起为啥今晚去偷西瓜，十叔说要借刮风和下雨声来遮掩和抵消在地里摸瓜摘瓜时发出的响动。十叔让年龄小、跑不动的都在家里等着，自己则带着我哥等几个年龄大些的小伙，手里都拿着麻袋，在大半夜人困马乏时出动了。我们几个孩子也没有睡意，都在炕上横七竖八地躺着焦急地等。过了一个多时辰，突然从后院传来一连串急促的脚步声，孩子们知道偷瓜的回来了，都兴奋地跳下炕台，争着去开后门。外面黑咕隆咚，十叔第一个猫着腰扛着一麻袋西瓜进了屋，我哥和其他几个人也都满载而归。十几个人三更半夜便开始围在一张桌子跟前吃着偷来的西瓜，听着十叔带着诡秘和豪气说着偷瓜的过程。十叔说当他们几个人冒着大雨钻进玉米地摸索到西瓜地旁时，远远就窥探到瓜棚里的看守人还在忽明忽暗地抽着烟，十叔便命令大家都耐心就地蹲着，不要有任何的声响，等待时机。过了半个多小时，从瓜棚的方向终于听到了熟睡的鼾声，十叔便一声令下，让人分三路从不同方向进入瓜园。无论天再黑，十叔偷瓜都非常熟练，身子放低，脚落轻，他手只要碰到瓜就能知道生熟。工夫不大，地里横摆着个头大的瓜几乎都滚进了麻袋。这时瓜棚里的呼噜声扯得越发强劲和均匀，十叔的贪心就更大了，他手轻轻一挥，几个人便把瓜棚周围的大瓜也扫荡一空了。

所以每到瓜果季节，十叔白天除了睡觉就是找找能下手的目标。到了夜间或自己一个或带上亲信总能成事，没空过手。记得十叔家后院有个不起眼的柴火房，平时门紧锁着。有天晚上我干渴得不行，就想吃个梨。到了他家，十叔拿着手电筒把我带到柴火房，门打开后，发现在长木凳上摆放着几个瓮，盖子一揭，每个瓮里都存放着甜瓜、苹果、梨等不同瓜果。十叔叮咛我："你想吃就来，一定不能告诉别人。"

已经离世 20 多年的十叔，我直到现在还常常想起他。想起他时，自己有时候忍不住发笑一阵，有时候由不得悲伤一时。去年除夕下午，我们弟兄在九叔的带领下拿着纸钱和香蜡在给过世的祖父祖母们请灵问安之后，也来到十叔的坟前，我蹲下拿着纸钱，默默地，颤颤地，虔诚地为十叔烧送着另一个世界的盘缠。

母亲的"瞀乱"

入冬以来，比较多地接到母亲从乡下打来的电话，话筒那边的母亲带着生怕打扰我工作的怯意说道："其实也没啥事，就是想听下你的声。"作为儿子，我很清楚母亲当时的心境，她不仅是想我了，而是缠绕了母亲近四十年的那种心烦意乱、焦躁不安的"瞀乱"病又发作了。听听我的声，母亲的心绪就能平稳好多。

母亲的"瞀乱"病是在我五六岁时得上的。记得20世纪80年代初，刚恢复高考不久，当时在西北橡胶厂任代理教师的父亲被抽调到咸阳彬县一个封闭的地点进行高考阅卷工作。阅卷工作结束，吃罢中午饭，30多位教师坐着大轿子车从彬县返回咸阳市。当车子出了彬县县城行到一个坡陡沟深的险要地段时，正在爬坡的车却在这节骨眼上刹车失灵，在失控状态下急速后倒。眼看着车子滑向了 50 米的深沟，路边的一块大石头死死地挡住了车的后轮，也保全了一车人的性命。神魂未定，包括父亲在内，大家不约而同地走下车来，目光都投向这块危难之际救命的大石头。就在生命攸关的那一刻，亲人之间的神奇感应出现了。远在几百里之外，正陪我睡午觉的母亲，猛然间掀开盖在她身上的被单，只说一句"妈这会心瞀乱很"，便发疯似的不顾一切冲出门外，一路小跑着，到了村口。几个在树底下乘凉的长辈，看到一向内敛的母亲，此时却一反常态地烦躁，都赶紧跑过来问出了啥事。面色煞白的母亲这时才慢慢地缓过神来，蹲在地上禁不住哭出了声。后来听平安到家的父亲说，他坐车出现险情和母亲情绪反常正好都是午后同一个时辰。

导致母亲"瞀乱"病的还有一件事。某年春节刚过，我因病住院治疗，陪我的母亲要回一趟家。可此时天彻底黑下来了，等父亲骑着自行车把母亲带到回兴平的公路边，早已经没有了班车。元奈之际，父亲只能招手拦挡过路的货车。等了好一阵子，都没见车的影子。焦急的父亲头抬得老高，盼着夜幕下能出现车灯的一明一暗。终于，一辆厢式货车司机经父亲招手停了下来，但驾驶室的两个座位都坐着人。因为只有半个多小时的车程，父亲就让母亲进了后面的车厢，司机为了安全，顺手把车厢门从外面关了。在漆黑密闭的空间里，母亲开始感到恐惧和压抑，瞬间有种被捆绑死的感觉。她高喊着，使劲拍打着冰冷的车厢，但发动机的轰鸣声彻底阻挡了母亲的求救。就在这种呼天喊地都不灵的绝望颠簸中，车终于到了西吴桥头，司机下车打开车厢，母亲目光呆滞，连呼喊的气力都没了。

这两次刻骨的经历，使母亲得上了这种"督乱"病。将近 40 年过去了，已经到了古稀之年的老母亲还是不时地发督乱，心也小了，情感也更脆弱了。外边的天气稍有风吹草动，母亲就会打来电话，让我注意增减衣服，每当这时，我都会给母亲多说几句让她安心的话。现在交通便利，稍有空闲时间，我就会带着妻儿回家看看父母。只要我陪在母亲跟前，我多搂会儿她的腰，她多攥会儿我的手，那督乱病肯定就会烟消云散，母亲的脸上也总会露出那舒展的安稳的笑容。

寻　年

疫情走了，年连着脚步来了。

虽然"年"早已退化为概念，演变成真正的"假期"，可每到了年底，我都会不死心地回到乡下，去寻找"年"的蛛丝马迹，让挥之不去的记忆能找到它与之对应的落脚点。

上了绕城高速，约一个小时的车程就到了西吴镇。当我放缓车速，伸出头来，寄希望能再次目睹一下记忆中古镇每到年前那摩肩接踵的红火场面时，眼前却是"门前冷落鞍马稀"的萧条场景。除了两家大的超市熙熙攘攘外，街道两旁稀稀落落的几个卖菜的摊点也少有人问津。认识我的水果店小伙高声接连叫着哥，让进店选购。我问："镇上咋没有一点儿过年的气氛呢？"小伙说："现在天天过年呢，好东西把人都吃成糖尿病了，过年还有啥感觉呢。你看，我进回来的这些水果，也卖不动。"这和我记忆中古镇的腊月反差太大。

小时候，父亲总会骑着自行车带我到镇上置办年货。去之前，他都会郑重其事地把全家人叫到一起，并拿出笔和纸，征求每个家庭成员意见后，列出一份密密麻麻的清单来。父亲带着我先来到西吴地段医院的中药房，找自己多年的老相识赵伯给搭配几味调料。鼻尖上搭着老花镜，嘴里叼着烟锅的赵伯，就把丁香、白芷、豆蔻、肉桂等十几种药食两用的中药材，通统倒进药碾子里，熟练地推碾成粉状后，用牛皮纸包好从窗口递了出来。父亲问多钱？赵伯吸着早已熄灭的烟锅，笑着挤挤眼，摆摆手就让走。一到镇上，虽寒风侵骨，但每一个推着车子或肩上搭着袋子的人都神色匆忙地在人群中穿梭，好像正在完成着一件全家人都嘱咐过的大事。无论卖年画，卖烟花爆竹，还是卖蔬菜大肉的摊主都声嘶力竭，变换着花样儿在吆喝，把整个镇子搅动烘托得像煮开的锅一样，沸腾不止。由于人们都生活得紧紧巴巴，采购年货者一定会走走停停，谨慎地货比三家，经济实惠是重要的衡量指标。经过一番耗费心力的挑选和讨价后，当自行车头上挂满了盛着年货长短不一的袋子时，父亲脸上才露出些许的满足和轻松，拉着我的手去桥头吃小笼包子了。

当我的思绪还沉浸在古镇旧时的年味中时，定神一看，车已开到了村口。往年在外打工的年轻人都会排除万难地赶回家过年，今年因为疫情，村子里空荡荡的，格外寂静，家家户户都虚掩着门。村东头有一桌打麻将的，很是惹眼，远远传来嘻嘻哈哈的打趣声。

每次回家，我都会推开后院的木门，在伸向田野深处的小路上一个人走走，去体验季节的孕育、成熟和衰败。当我再次想独步于乡间小路时，发现已被一条刚铺设不久的水泥路所代替。间隔有序的太阳能路灯和不时呼啸而过的车辆，衬托出某些现代的气息。站在水泥路边，我的视线不由得停留在五里开外的一个村子——南边家，想起就在这条曾经狭窄的土路上，去奶婆家（父亲的奶妈）背电视机的趣事。20 世纪 80 年代中期，每到快过年，村里人在一起谈论最多的话题就是春晚。除夕之夜，全家人能围在一起看春晚那是件很奢侈的事。记得某个除夕的早上，大雪飘然而至，整个村庄都被装扮成银白色。父亲喊着我说："边家你婆捎话说，前几天从县五金公司刚买回来一台黑白电视机，让咱过年先看。"父亲把我哥和尚林哥赶紧叫过来，递给他们一个织布单子后叮咛道："电视机千万不敢碰，走路上背时一定要小心。"两人二话没说，拿起单子，就消失在风雪交加的小路上。父亲推算着他们应该快到家时，焦急不安的我索性跑出村外，迫不及待地迎接他们。此时，路上的积雪已经没过了脚面，在我的前方模糊地看见两个人影在一前一后地晃动着，我迎着纷纷扬扬的雪花撒欢地跑着，远远就听尚林哥回应着："回来啦。"距离越来越近，清楚地看见哥弯斜着身子，用单子背着电视机，尚林哥则小心翼翼地在后面拖着，防止发生意外。正当三个人都上气不接下气地兴奋不已时，只听尚林哥大喊："小心小心！"哥身子一歪，打了个趔趄，就顺势滑倒在路边的麦地里，电视机被哥紧紧地抱在胸前，安然无恙。一场虚惊之后，躺在松软麦地上的哥，脸上沾满着雪花和麦苗，他仰天大笑着，笑声在万籁俱寂的田野里迅速传向远方……

除夕下午，我提着一桶食用油和两盒水晶饼来到村子最西头的七妈家看望老人。揭开房子的门帘，戴着毛线帽子、穿着一件崭新深褐色上衣的七妈，坐在亮着电褥子红灯的床上，手里拿着遥控器在悠闲地选着电视节目。真是岁月不饶人，今年已经75岁的七妈，颧骨凸显，皱纹密布，俨然是老人的神态。可时光如果倒退40年，彼时她会是全村最忙碌、最红火的人。在那个物资匮乏、消费能力低下的年代，七妈是村里少有的几个心灵手巧、精干麻利之人。自从她家添置了一台"蝴蝶"牌缝纫机后，每年到了腊月，村里妇女们都接二连三地拿着在集镇上扯的布料，让七妈给家里人裁缝新衣。临近过年的那几天，七妈家更是人来人往，把个缝纫机围得严严实实。她一会儿熟练地踩踏着缝纫机板，一会儿又拿起尺子给孩子量着衣服的尺寸。当一件件中规中矩的的确良上衣缝制好后，七妈都会耐心地让孩子穿上看合身不。穿上新衣的孩子很神气地笑着，当妈的则不失时机地给七妈手里塞几毛钱手工费，她都会推搡着坚决不要，实在拗不过，才勉强收下。等到初一早上，村里人都穿着花花绿绿的七妈日夜操劳缝制的衣服，神采奕奕地体验着新年的到来。

太阳慢慢地靠近西山，飘浮在空中的云彩也变得愈加暗淡和隐蔽。听见九大在门口召集着我们弟兄去坟上祭祀先祖。如果说现在的过年还存在一些仪式感的话，后辈们慎终追远，怀念祖先的祭祖仪式，算是其中之一。九大手里拿着香火纸钱走在队列的最前面，我们兄弟十个由大到小自然成序。行走于田埂间，目视着前面的六位兄长，突然一种强烈的宗亲意识充溢着我的脑海，让我瞬间产生出根脉归属之下的踏实和暖意来。生活着的城市，给我提供了诸多个人发展和提高的空间，也让我时刻领悟着它的丰厚和包容，但是愈发浓烈的故土情结，却使我身居繁华，常举目远眺，辨识着与自己根须相连的故乡。当九大很庄严地走到每一座坟茔前焚香燃烛，招呼我们向先人叩拜问安时，自己清晰地意识到，能够在梦境中相遇，就说明祖先们并没有远离我们，依然在以另一种形式护佑着家族的安康。在回去的路上，弟兄们相互很少交流，思绪还停留在对祖先的追忆和缅怀中。

除夕之夜，当我睡在老家的炕上，盖着母亲晾晒过还留存着几分阳光味的棉被时，恍惚间感觉自己又是一个无拘无束的孩子了，又回到那个懵懂的童年。一觉醒来，睁眼一看，已是早上八点半。大年初一，没有了此起彼伏的鞭炮声和孩子们的欢闹声，就睡到了自然醒。记得还在老村子住时，每逢过年，天还麻麻亮，家家户户就抱出几盘烟花，或拿出五千、一万头的鞭炮在门口尽情地释放着一年中的积郁和苦闷，盼望着春回大地，紫气东来。整个村子顿时漫天华彩，流光熠熠。孩子们成群结队地看谁家放烟花，就追逐着一睹为快，在五彩纷呈中，映照出一张张单纯快乐的脸庞。还在回想着儿时过年的种种趣事，母亲推开门说："日头都到哪儿了，快起来。"吃完母亲做的臊子面，在我家院子里，父亲和四大、七大、九大几个人正围在一起喝茶聊天。七大略带失落地说："早上这饺子一吃，就算把年过了。"九大接着说："咱都老成啥了，要适应时代变化呢。"

我走出家门，煦暖的阳光下，微风拂面，能感觉到几丝春的气息，村子依然在静默中呈现着它难以掩盖的空洞和萧瑟。

芋子壕的隐退

节气到了大雪，天空中看不见雪花纷然而至的迹象，只是风一股紧一股地掀卷着树枝在毫无章法地乱舞。推开老家的木门，眼前儿时村庄的旧址已摧残为一个废弃的大坑，荒草密布，不忍直视。土坎之上，几根纤细的芋子（芦苇）在寒风中孤立无助地摇曳着，它似乎在以顽强的毅力昭示着这里曾经的蓬勃与葳蕤，也好像在竭尽全力地为自己当下岌岌可危的命运而振臂呐喊。

在我的认知里，心里装着的村子，记忆里抹不去的村子，永远都是那个有着"绿色项链"芋子壕围绕着的小村庄。芋子壕和小村庄就像一对如胶似漆的夫妻，如影随形，不离不弃。村庄以似火的热情接纳着芋子壕的依靠，芋子壕则以绵密的葱绿点缀着村庄别样的意蕴。村庄带给我童年无数快乐，孩子们钻进芋子壕里，就钻进了乐园，捉迷藏、掏鸟窝、偷粽叶，彻底地释放着天性，释放着无尽的快意。

在芋子壕里，我曾经连续五天隐藏在暗处，定时定点地等一只褐色的老母鸡下蛋。当我第一次发现蓬松的枯草上有一枚鸡蛋时，目瞪口呆，随后赶紧捡起来，藏在上衣口袋里，生怕其他伙伴发现这个秘密。环顾四周无人，又害怕起来，心想这不会是蛇蛋吧。跑着拿回家后，婆说："瓜娃呢，蛇蛋有这么大，肯定是谁家的鸡没记性乱下蛋呢。悄悄地，让婆给你摊（炒）。"在逢年过节才能吃上鸡蛋的年代，吃上婆摊的鸡蛋，让我忘乎所以，当下就决定明天继续蹲守。收获到第五天的晚上，在后院突然听到隔壁三妈的骂声："一天粮食吃上，把你这东西都喂不熟，蛋给我下哪儿去了？天黑就把你关笼子里，再别想跑了。"我暗笑着，意识到"口福"也就到此为止了。

在我们村，六爷算是一个硬汉级的人物，每次见到我就不失时机地讲他年轻时如何叱咤风云，如何以一敌五，打遍方圆无对手的经历。他看到我崇拜的眼神后，讲述的劲头就更大了。说到激动处，六爷眼眶噙满泪花，浑身燥热，脱掉棉袄，露出光膀子，摆出又想打架的阵势。六爷长得强悍硬朗，并不是只擅长打架，做小本买卖的念头也强烈。村子一到冬天，经常有黄鼠狼深更半夜把鸡叼到芋子壕吃掉，只留下一堆鸡毛。六爷有个朋友，专门走村串户收购黄鼠狼皮毛。他看到了小商机，就制作了捕捉黄鼠狼的木匣子，里面扔只死麻雀，赶天黑之前，放置在芋子壕与村子围墙交界的荒草丛里。凭他的经验判断，这是黄鼠狼的必经之地。第二天早上，六爷就带着我们几个好事的孩子迫不及待地钻进芋子壕。当看到木匣子的口紧紧关闭着，并能清晰听到里面的响动时，大家都很兴奋，六爷小心翼翼地拿起木匣子，昂首挺胸地走向村口最热闹的石碾子旁来展示成就。正端碗吃早饭的村民们都赶紧围了上来，知道六爷要下硬手了。只见他打开木匣子的端口，把黄鼠狼放进早已准备好的麻袋里，并紧紧攥住麻袋口，随即抬起穿着大棉袄的右脚，用力踩向上蹿下跳的黄鼠狼，几声惨叫后，就没了动静。将近70岁的六爷，依然身手不凡，动作干净麻利，还能看出几分当年的威猛。等到把黄鼠狼挂在木架上准备分割皮毛时，孩子们则捂着鼻子四散跑开，都忍受不了黄鼠狼散发出来的难闻气味。

在我10岁左右时，不知何故，村庄里20多户人家相继搬迁到现在坐北朝南的新村。村庄不见了，失去依靠的芋子壕也难逃厄运，被填充平整后，分给村民种粮食。在接下来断断续续的30多年里，令我惊奇的是，根系特别发达的芋子，一直留恋着它的族群，情系着它们相互簇拥着的归属感。虽然农人嫌它影响庄稼生长，无数次地挥锹深挖，欲斩尽杀绝，可还是应验了那句"春风吹又生"的强大自然力，每年的谷雨前后，原来的壕岸就会一簇簇地迸发出春笋般的芋子芽来，虽然难以形成曾经的气势和规模，但也一坨一坨地蔓延着，在悄无声息地和冬小麦争夺着地盘。

今年麦收时，带着儿子回家，远远就看见一大片芋子都已经抽出了缨子，郁郁葱葱，随风摇摆。多年未闻的大苇莺也在稠密的芋子丛中欢快婉转地啁啾着，这让我又似乎身处在多年前的芋子壕里，探头探脑地寻找着苇莺窝。这时，儿子惊喜地拍了我一下，压低声音说："爸，快看鸟窝。"顺着孩子手指的方向，在两米开外的芋子丛中，一只成年苇莺嘴里衔着一条小虫正喂养着嗷嗷待哺的三只幼鸟。儿子欲再走近看个究竟，我急忙拉住了孩子的手，示意他别惊扰苇莺，并拔些高挑的灰条菜遮掩住鸟窝，预防村里孩子发现后搞破坏。当屏住呼吸离开此地时，不由得想起曾经在芋子壕横冲直撞着捣苇莺窝的情景。一天下午，在和几个小伙伴上树钩完两笼子槐花后，马不停蹄又钻进芋子壕里左顾右盼地搜寻着目标。突然，一只苇莺"嗖"的一声从窝里飞出后，又落在不远处的芋子秆上惊觉地尖叫着，它似乎预感到危机的到来，急促地呼叫着同伴赶来救援。我们再靠近苇莺窝时，它拍打着翅膀飞向远处。一番捣乱后，我们每人手里拿着一只吱吱乱叫的幼苇莺，面带着凯旋的笑意从芋子壕鱼贯而出。可到了深夜，当我在睡梦中被时强时弱的苇莺声惊醒时，顺手推开窗户，从芋子壕的方向清晰传来了苇莺急切、凄婉的鸣叫声。这个时辰，莫非就是下午那只仓皇而飞的苇莺，这时还在漆黑的夜里，哀鸣着，找寻着自己的骨肉。脑海里瞬间浮现出自己在野外玩耍，天黑迷路，母亲在田间打着手电伤心欲绝地呼唤我的那一幕，就再无睡意，为这件事懊悔到天亮。

夏日的某个周末，当我满心期待地再次来到苇莺哺育幼鸟的地方，想远远窥探幼鸟长势时，眼前的一幕却让我格外沉重。那一片茂密的芋子林，又一次被村道拓宽的挖掘机肆虐得不见踪影，我不免为那三只襁褓中的小苇莺的命运担忧起来，心里默默祈愿它们已能自食其力，免遭厄运。

寒冬里的太阳，没有暖意，只是无力地辉映着大地。看着土坎上的那几根枯黄干瘪的芋子，反倒使我感觉到了一丝新的希冀和寄托。当冬去春来时，土坎周围一坨坨破土而出的芋子芽，又会点染一方绿意，装点整个春天。

魏爷那股劲

　　当听说村里的魏爷前几天下葬了，心里还是咯噔了一下。魏爷年轻时身材魁梧，肩宽腰粗，是生产队最能下苦力的人。夏收秋播每有硬仗，总能看到魏爷冲锋陷阵的身影。老人离去，是年代痕迹的湮没，让人难免感伤缅怀。

　　我们村以王姓为主，魏爷算为数不多的杂户人家。听老人们讲，魏爷本是长安沣峪口黎元坪人，只因山深粮缺，常年闹饥荒，魏爷逃出大山，落脚到了村里。从我记事起，魏爷家就是那个贫穷年代里最潦倒不甚的几户之一，六个儿女最基本的吃穿都难以为继。但令我费解的是，在常年食不果腹的家境下，魏爷却长成一个高大瓷实的硬汉形象，特别是他拉粪驾辕、打墙提锤子时的那股蛮劲，真不知是从何方而来。生产队劳力不少，但打土墙真正能提锤子的却没有几个，那考验的不仅是强大的体力，还有持久的韧性，只有魏爷和九大能胜任。在用木椽架起的墙基上，魏爷和九大站在上面就有一股舍我其谁的霸气和威武。锤子在两个人齐声的叫喊中有节奏地起落着，似乎只有这种毫无遮掩的叫喊声，才能把体内的能量最充分地发挥出来，让势大力沉的重物连贯自如地作用于泥土。站在墙下，脚底都能传来强烈的震感，并伴有轻微的晃动。煦暖的阳光下，光着膀子的魏爷胳膊上清晰可见的块状肌肉，泛着光亮，显露出耀眼的健壮来。在声声铿锵中，汗水也像断线的连珠，不住地从他的下巴掉落，肩上搭着的毛巾忽闪忽闪地摆动着却没有派上用场。九大还不时地在上面高声指挥着底下供土的人，而魏爷本来就讷口少言，只是闷着头，全神贯注地只顾提锤子，竭尽所有的气力在一次次往复轮回着。等收工后，只见疲惫中面带微笑的魏爷才抱起个水罐子，仰起头来咕咚咚喝了个精光。

魏爷不仅力气过人，胆量更不落下风。盛夏时节，村里饲养室一头正处壮年的公牛，不知何时挣脱了缰绳，疯狂地在村里冲撞撒野，吓得老人孩子们四散逃离。饲养员见闯了祸，拿起手中的鞭子向牛屁股猛抽几下，欲赶回饲养室。未料公牛越发狂躁，回过头来铆足劲儿，顶翻了饲养员。危急时刻，队长喊道："快叫老魏来。"能想到魏爷很正常，因为每到过年村上杀猪，都是他凭一己之力把猪重重地压在门板上动刀子的。只见魏爷赤手空拳从家里跑出来，喊着大家到安全地带后，自己则一步步靠近公牛。魏爷一大步跨过去本想抓住牛头，却被牛重重顶了个趔趄。仅缓了口气，他又扑了过去，这次牢牢抓住牛的两个犄角，死死地摁着不放，魏爷超强的臂力在关键时刻发挥作用，牛再无计可施，终于被制服牵回饲养室。那次魏爷被牛顶得不轻，晚上睡在炕上胸口疼得动弹不得，但第二天稍有缓解就又下地干活了。

每次路过村北的机井，总能想起魏爷救人的一幕。一天晚上，村西口一家夫妻深夜不知何故打得不可开交。妻子一气之下跑到村北的机井毫不犹豫地蹿了下去。丈夫感觉不妙后，在村里急喊救人。还是魏爷扛着自家的长梯第一个赶到了井口，在腰间系好一条绳后，就下井捞人了。在漆黑冰冷的水面摸索到落水者后，魏爷两手托举着踩着梯子，和随后赶来的村民一道把人拉上井口。因体内进水太多，人没有了意识，必须去医院急救。刻不容缓，魏爷背起落水者就向五里之外的镇卫生院跑去。夜深人静，只听见有力的脚步声和魏爷急促的喘气声在交替着。紧随其后的几个人想换下他，都被魏爷远远地甩在后面。由于抢救及时，落水者慢慢恢复了生命体征。这时天已破晓，魏爷下井时浸泡了水的衣服湿漉漉地在身上贴裹了整整一个晚上。

40年前的情景，恍若昨日。这几年村子过红白喜事，回去总能看见魏爷在后面厨房里帮忙烧锅添炭。他还是年轻时的沉默寡言，但早已难觅当年勇猛无畏的神采，佝偻着身子，一直注视着锅底的火势。最后一次见魏爷，是秋收后不久在他家的果园里。魏爷正在晾晒着自己种的旱烟叶，准备在湾里会上去卖。看到魏爷气色不好，不住地咳嗽，问他吃药了没，魏爷则平静地说："都 80 的人了，还值得去一趟医院呀。"顺手给我拔了两个最大的萝卜叮嘱着："今年萝卜成了，回西安了好好包顿饺子吃。"提着沉甸甸的大萝卜，我的心也沉甸甸的……

卖杏记

　　每到麦忙六月，老家后院那一棵正处盛年的杏树就熟黄满枝，杏子摇摇欲坠的，格外惹眼诱人。

　　前两天，母亲打来电话焦急地说："快回来摘杏，再晚几天就让笼笼（整日游荡在乡间村里的一个壮实小伙）给你糟蹋完了。"

　　周六一早，便驱车回兴平。在两个侄子和一个兄弟的搭梯攀枝下，一树的杏都归放于两大箩筐之中。看着这两筐满当当、戴着顶的杏，母亲开始犯愁了。在乡下一直流传着一句"桃饱杏伤人"的谚语，所以母亲给左邻右舍送杏也有讲究，一家送上几只，不能多，生怕人家心存芥蒂。母亲让我送城里朋友，让大家都尝尝鲜。由于杏树没有及时疏果，每条枝干都结得密密麻麻，致使杏的个头不大，口味也不太正，送朋友东西还是要讲究一些，这种品相还是不送为好。正为两筐杏的出路而左右为难时，便想起疫情退却，眼下正热火的"地摊经济"来。且我居住的小区商业街，最近每到傍晚都被一街两行的"练摊"者烘托成了烟火人间，随之决定，晚上出摊卖杏。

当车进入曲江后，我发现在中海城东侧有一个更加火爆的马路市场，晚上6点刚过，这里已经熙熙攘攘，琳琅满目的小百货和各种时令水果都已摆放停当，进入热闹的买卖交易中，便临时决定就在此售卖。瞅准目标地点后，妻子帮我一起把筐里的杏搬到两个摊位之间非常狭窄的空间放下。由于来得太仓促，既没有电子秤，也没有准备袋子。左面紧挨着我们的是一个卖橙子的四川小伙，发现我们没带秤，二话不说让我共用。右面的邻摊是一个卖婴儿用品的大姐，顺手给我扔过来一沓塑料袋说："这不值几个钱，一起用。"还没有开卖，邻摊的这两位热心人先让我感动了一番。可能是因为杏子品相的原因，稠密的人流叠加穿梭，但目光掠过杏子者却寥寥无几。这时，妻子坐不住了，站起来直接吆喝道："下午才采摘的自家甜杏，无农药残留，一斤一块钱！"一句话透露出了"新鲜、安全、便宜"等重要的信息，出来转悠的大伯大妈们很快就被这清亮的吆喝声吸引过来，三三两两地驻足围拢，进而一边品尝一边下决心挑选。人气上来了，妻子吆喝得也更卖劲了，而且是即兴发挥。看着妻子那招揽顾客的投入度，听着妻子既熟悉又陌生的吆喝声，瞬间就产生一种和这些望不到尽头的练摊人真真切切的融入感，成为休戚与共的命运体。

一位满头银发、体态臃肿的大妈称了5斤杏后，颤巍巍地从衣服的几个口袋里来回翻着，凑着钱数，看她面露难色，我赶紧说："大妈，这是咱自家产的，没摊本，不用找钱了，您就拿回去吃吧。"大妈一本正经说："这便宜我不占，现在干啥都不容易，也就挣个辛苦钱。"我看实在拗不过，就接过了大妈毛毛分分凑够的5块钱。望着大妈缓慢的、渐行渐远的身影，我从心底里钦佩她对这个群体的同情和理解。当两筐杏快要卖完时，一对名牌裹身的恋人，紧贴着身子也端直着站立在我们的杏摊前方。女方欲蹲下来挑选，被男方硬是拽了过去，并小声劝道："那杏能吃吗？又小又蔫，说是自家的杏，谁知道从哪里贩运回来的！快走快走，我给你买最好吃的杏。"女方听到如此体贴和负责任的话语，又主动贴紧男方的身子，去寻找最好吃的杏了。在沉思片刻后，我不由自主地仰望起地摊对面一拨又一拨瞬间高大的人，清醒地意识到此刻的自己就是社会最底层那微粒般的存在。

灯火阑珊的曲江，燥热和喧嚣开始逐渐稀弱了下来，在城管的一次次催促声中，摊贩们忙着打包装车，清理垃圾。他们在清点钱时，还不忘打探着邻摊晚上的收入，不时地调侃俏骂几句。

就是这样一群自食其力、靠摆地摊养家糊口的人，他们带着付出后的疲惫和踏实，怀着对明天傍晚的美好期许，相继消失在茫茫夜幕之中。

我与秦腔的童年记忆

　　每到一年麦苗露头、霜降而至的时节，总能接到母亲从乡下老家打来的电话，说我们那边的湾里会又到了，让我回家看戏。因为母亲清楚，我从小就让父亲惯上了戏瘾，每逢我们那里唱大戏，她总是不忘拿起电话叫我回家。掐指一算，我在这个拥挤不堪的大都市生活已整整20年了，也许正因为小时候看戏的场景在我头脑里刻印得太深太重，也许怀旧的思绪在长年累月地萦绕着我，左右着我，所以无论是城墙根下还是公园广场，只要路过的地方响起入弦的板胡，密点的鼓锣，清亮的秦声，我的神经都会不由自主地活跃起来，停下脚步，竖起耳朵过过戏瘾。

　　我和秦腔所产生的诸多情感交织，都是缘于父亲的影响。20世纪50年代末父亲在上大学期间，除了对他的唯物论和辩证法感兴趣外，最大的爱好就是每到周末就要进城看秦腔。无论是尚友社，还是易俗社、三意社，父亲都是常客。当时以悲情戏见长的李爱云所演唱的《庵堂认母》《三上轿》，文武小生张新华在《黄鹤楼》扮演英武的周瑜，还有以扁担功闻名的苏育民《打柴劝弟》等都是父亲哪怕买站票也要看的经典好戏。

　　自从父亲下放到农村后，就再也没有机会进西安城看秦腔名家的戏了，但对秦腔的痴迷程度却丝毫没有减弱。好在当时我们兴平县剧团正处鼎盛时期，演员阵容非常硬邦，在西安和咸阳地区都享有盛誉。兴平剧团有四折看家戏叫"杀、斩、打、闹"，是指贾秀芳的《杀狗》、焦晓春的《辕门斩子》、查俊卿的《打路》、田艺勇的《闹龙宫》。父亲白天和村里的社员们一起下地劳动，到了晚上只要打听到县剧团有名角演出，父亲就想方设法带着村里的五六个伯叔弟兄骑着自行车抄乡间小道去县城看戏。有一年冬天的晚上，是我记忆中第一次跟着父亲去看戏，看县剧团演焦晓春的《葫芦峪》，等戏结束都已经是晚上 10 点左右了。当时寒风飕飕地吹着哨子声，父亲和村里的几个弟兄顶着强劲的逆风开始骑车回家，我当时就坐在父亲车子的横梁上。出了县城，天很快就深黑下来而且四周幽静得也让人有些胆寒，父亲驮着我在自行车队中间不断摇晃地骑行着。当骑到一个叫良村附近的乱葬坟堆时，父亲他们突然看到坟堆上发出的忽明忽暗的"鬼火"。当大家吓得大气都不敢出时，父亲大声说："老八，给咱唱几句乱弹！"八叔是我们村的唱家，随口就吼起了《斩单童》里单雄信"喝喊一声绑帐外"几句，声震四野，气势如虹。大家顿时都壮了胆，呼呼地过了这个"鬼门关"。长大了才知道坟上的"鬼火"其实就是去世的人骨头里的磷氧化后，热量达到一定程度就会燃烧。

在我们老家那里，每年到了秋冬季节有两场重要的古会，一场是农历十月初六的湾里会，一场是农历十一月初五的符家会。这两场古会都是要唱大戏的。有一年父亲带着我去逛符家会，当天上午有县剧团昝金香主演的《窦娥冤》。由于昝金香是我们那里台柱子级的演员，名气也很大，所以戏还没开演，台下的人就已经里三层外三层了。父亲攥着我的手，使劲往人窝子里挤，想找个看戏能落脚的地方，但那样的阵势，能看戏的空间都被人抢走了。正发愁的时候，父亲看见剧团文场面拉板胡的是他的熟人，就顺势把我举起，架到他的脖子上，硬是挤到台子跟前把我塞给那个拉板胡的熟人。我刚上了戏台，那熟人便有些生硬地说："就蹲到这儿，别动。"虽然那时自己很小，但也知道戏台上是不能有和演出无关的人。蹲了一会儿就有些不自在，但始终一动不动地遵守着熟人的命令。当时我的内心忽然升起了一种难以名状的满足和自豪感，感觉台下攒动的人头除了紧盯着剧中的人物外，也不乏会有人短暂地把羡慕的目光投向自己这里，思索一下蹲在文场面之中的这个孩子为何能有这么好的待遇。

要说我真正地喜欢上秦腔，是上了小学以后。每次中午放学回家吃饭，都要听会儿广播里播放的戏才去学校。记得我上三年级时刚放暑假，父亲就交代我暑假期间要到地里看守我家种的一亩半的西红柿和辣子。当时我们村东壕里的一大片地都是各家作务的菜园，路边的水渠上都打着看菜的"庵子"。有一天正午，太阳格外火辣，我就躲进"庵子"里听收音机播放任哲中和郝彩凤演唱的《祝福》，无论是剧中的《盼新人》还是《砍门槛》都是我百听不厌的唱段。当我的思绪跟随着祥林嫂和贺老六的悲惨命运在不断演进时，听到旁边菜园的人在喊叫着我，说刚看见三四个孩子在偷我家挨着玉米地那头的西红柿。我飞跑着过去为时已晚，大半行子刚上了色的西红柿都被偷得一个没剩。这帮孩子可能正是发现我入神地听着秦腔才乘虚而入，顺利得手。

　　时光催人老，时光也在不知不觉中沉积着人心中的美好和记忆。30 多年过去了，父亲当年陪我看戏时我就生发了一个心愿：等我长大成人后也一定陪父亲去省城看名家的戏。正月初九下午，我和哥哥陪着 80 岁高龄的老父亲来到古老的易俗小剧场，观看了西安秦腔剧院三意社由侯红琴和张涛主演的《火焰驹》。实现心愿的那一刻，恍惚间我好像又回到了小时候父亲带着我俩看戏，那种幸福美妙的感觉。但当我扭过头，看到老父亲写满岁月沧桑的面容，我又回到现实中，陪着老父亲看完戏。

听　戏

　　母亲好静，不爱出门。城里常有秦腔名家演出，多次动员母亲去看场大戏，她都无动于衷地说："看景不如听景，看戏也不如听戏。"细想一下，母亲说得不无道理。相比较于看戏，其实听戏更是人生的另一番经历和体验。

　　对大多数的戏迷而言，非要选择看戏或听戏，大家都更倾向于前者。看戏能直观地欣赏到戏曲演员在舞台上唱念做打的风姿，像侠肝义胆的周仁，救孤献子的程婴，忘恩负义的王奎，生搬硬套的晋信书等形象，只有坐在戏台底下近距离地观看这些角色吹胡瞪眼或摇翅甩辫才称得上真正过了把"戏瘾"。但是看戏毕竟是一种从众性质的消遣，锣鼓喧天，熙熙攘攘之后，又有多少个人收获呢？可独自一人听戏，就不是消遣那样简单，它更容易诱发和勾起人们和某段戏曲关联伴随之下的峥嵘岁月，总能营造出特别的怀旧思绪来，让听者能长久地沉浸其中。

我们镇上每年腊月的古会都要请县剧团助兴演出。有天中午演《金沙滩》，戏台下黑压压一大片戏迷，都齐刷刷地伸长着脖子专注地瞅着戏台上角色的一颦一蹙。其间也夹杂着连绵不断的掌声和因争抢地盘而两不相让的激烈争执。我有意识地离开这闹哄哄的场面，走到帆布舞台的背面。这里霎时没有了戏台下的壮观和喧嚣，眼前空旷而舒畅。此时，一位"戏骨"级的老者，皓首银须，戴着一副大圆坨的茶色石头镜，背靠着一棵杨树，在冬日的暖阳下双目微闭，嘴唇却跟随着戏台上大喇叭传送出《金沙滩》里杨继业的唱词在谙熟地翕动着："杨业山门把儿望，望儿不见自思量……"我出神地站在老人两米开外的地方默不作声，正沉入剧情的老者轻声地跟唱着，手指在膝盖上还不忘敲打着节拍。老者的神态时而为一代忠烈杨家父子兵困两狼山而双眉紧锁，时而为宋辽在金沙滩一战又痛失杨门五虎而黯然神伤。老者虽然没有随大流挤进戏窝子里以观端详，但我能想象到他此刻一定是"眼里有山河，腹中存乾坤"。看着老者陶醉的样子，我悄悄地挪开了脚步。

自己八九岁时，北埠子有一块专供全村人吃菜的园子。每到暑假，也正是各种瓜果蔬菜成熟的季节。七爷是菜园的唯一管理者，他不仅种菜有经验，火爆的脾气也让想偷菜摸瓜的村里孩子们胆怯三分。可放了假的伙伴们欢实得根本停不下来，白天总在菜园周围晃悠，寻找着七爷用竹竿扎围起的护栏的漏洞，并做好标记，等着晚上偷袭。当一轮圆月斜挂天空，星星挤满银河，菜园里的蛐蛐声汹涌而来时，劳作了一天的七爷，蹲在地畔，吸着旱烟，听着收音机里袁克勤先生的《打镇台》。七爷听戏，故意把声音放得很大，似乎有敲钟告诫之意，让心怀鬼胎者都望而却步。按照白天侦察好的路线，我们四五个伙伴悄无声息地靠近菜园。此刻，《打镇台》的剧情到了华亭县令王震以大闹公堂罪暴打八台总镇李庆若的经典唱段："皮鞭打气的人满腔怒火，七品官在公堂我无法奈何……"这一大段唱，彻底吸引了七爷的注意力，夜色下远远只看见七爷的烟锅在紧密地忽明忽暗地闪烁着。时机成熟，伙伴们钻进菜地，对西红柿和黄瓜等蔬菜进行快速扫荡，个个满载而归。第二天还没有大亮，睡梦中的我就被窗外的叫骂声吵醒。七爷从菜园一路骂到了村里街道，发泄着自己的怒气。

　　每到周末我回乡下看望年迈的父母，除了拉拉家常，中午吃饭时，我都会用手机播放父亲爱听的秦腔唱段。有一次父亲听着王玉琴的《三娘教子》时，问我位于东木头市的老尚友社剧场还在没。我说早都被商业开发，不见任何踪迹了，他的脸上掠过一丝意外和遗憾。父亲接着说："50年代中期，我在西大上学时没钱买票看戏，就经常和几个爱戏的同学晚上结伴而行，出了校门，沿城墙进含光门去木头市的尚友社，站着听门口槐树上挂着的喇叭传送出来的实况。老的少的几十个戏迷就聚集在喇叭下交头接耳地听戏，下雪都不知道冷。""最爱听张新华、李爱云、何振中、康正绪、张建民的戏，个个都是大把式。"看着老父亲神采飞扬的样子，沧桑感瞬间隐退了不少，豪迈的气息扑面而来。在父亲的动情讲述中，我也产生一种时光倒流的感觉，仿佛又感受到那一段斑驳岁月的艰辛与趣味。

想起岳父

今天立夏，昨晚一阵紧似一阵的雨声，像是在有意驱赶和阻挡夏季来临的脚步。天麻麻亮，在惺忪蒙眬中，忽然想起 5 月 6 日是岳父的忌日，瞬间格外清醒。岳父离世整整 7 年，时常会想起他，想起他常年精力旺盛地忙碌在生产车间，和员工们一起钻研提高电力器材产品质量的情景；想起他遇到企业发展困境时坚韧乐观的人格魅力；想起他对待每一位求助的乡亲的宽厚仁慈；想起他刚 60 出头，人还没轻松过一天，就急匆匆地离我们而去，直到现在都难以释怀。

今年清明节，一大早就和妻子出门去位于长安区引镇东侧的墓园祭祀岳父。路上虽没有遇上潇潇春雨，但四合而来一层盖过一层的凝重阴云，还是压抑得人有些胸闷气短。坐在后排的妻子也少言寡语，应该是正沉浸在对亲人的思念之中。车子出了引镇街道，路的右侧，便是成片松柏掩映下的墓园。沿着笔陡的台阶而上，在林立的墓碑中，很快就找到了岳父安息的位置。把三束圣洁的菊花摆放好后，我连着斟满三杯酒，点燃一根烟，敬放于岳父的碑位正中。岳父是喜欢喝几口酒的。他健在时，隔三岔五，总有朋友来家里找他划几手拳，拼个输赢，热闹一下。见来客人，岳父就会把酒柜里摆放的好酒拿出来招待。岳父是个内敛沉稳之人，但见了朋友，一时高兴，就会放开了喝，喝出难得一见的万丈豪情才会收场。那是岳父一生忠诚对待朋友的一种方式，也是他承受企业困境，承受精神重压之下的一种释放。这时，妻子低头抽泣着，来回地抚摸着墓碑，不肯停下。7年时间，她是太想寻找到父亲存在的感觉了，也肯定积攒了很多的话，想给最爱她的父亲说。在岳父离世后的日日月月，妻子挂在嘴边的话就是她还没有来得及尽一个女儿的责任。妻子常回忆起小时候，为了让她能穿上时尚漂亮的衣服，岳父跑西安买缝纫机，跟着裁剪店学裁缝，然后按照《大众电影》封面人物的服饰款式来做。就这样，一件粉红色的时髦上衣严格按照岳父的精心设计缝制而成，领子是波浪式的白纱，腰身有松紧带，当她穿出门时，村里几个孩子都跑过来，羡慕稀罕的目光不停打量着。

岳父是初小毕业，虽然没有多少文化知识，但教育孩子的理念却很超前，对妻子的影响也是深远的。13岁时，岳父就让她带着弟弟，利用假期拿着自家厂里生产的几件铁艺品，搭着长途车去西安东大街一家外贸店里推销。当时两个人站在门口不敢进去，更不知道咋说。她鼓励弟弟先进门，弟弟让她先进去。在相互推搡中，她就硬着头皮拉着弟弟的手进去了。看到一个管事模样的人站在柜台里面正盘点物品，两个人便怯生生地从布兜里掏出几件铁艺来，问人家需要不。管事的一看是两个小孩，猜测是从哪里偷来的，想销赃，怕引起麻烦，就找个理由把他们打发出门了。铁艺没卖出去，回到家，岳父鼓励道："做任何事情，迈出的第一步都很艰难，但只要不泄气，坚持下去，就一定会出现转机。"第二天，她又带着弟弟继续去西安寻找销路了。对于已从事媒体广告营销的妻子来说，当年岳父逼她的那些做法，都在潜移默化中转化为一种处事的能力。

听岳母讲，20世纪90年代初，厂子还处于半作坊时期，一年到头没有多少盈利。可每到年底，都会有好几个村里家境困难的乡党登门借钱。那几天，岳父正为厂里员工的工资发愁，又遇到乡党借钱，他就悄悄打发岳母出去先在亲戚朋友间筹措，把钱借给急着办年货的乡党。岳母回忆，岳父借给乡党的钱，自己从来不记账，乡党自己记着，过几年就来还钱。但也常有不守信用者，借出的钱就随风而去了，岳父从不计较这些事，后来岳母提起来，他也只是呵呵一笑。

进入21世纪，随着高新区的不断扩张，岳父经营的企业也经历了一次搬迁和产品的升级换代。岳父比原来更繁忙，厂里自动化生产线从调试运行、质控管理到销售渠道每个环节都要他来操心布置。加工的成品率低或出现产品滞销情况，岳父会整夜守在车间，发现问题，讨论方案，寻求突破口。有个周末回家，岳父说他最近在跑步的时候感觉气喘，想做个体检。没隔几天，我就带着岳父去医院全面检查了一下。体检结果出来后，大夫第一时间打来电话说，胸部有阴影，让尽快联系专家手术。挂断电话，我犹如晴天霹雳，失魂落魄。这样一个好端端的人，这样一个正在为他的子女传递着无限父爱和价值能量的人，这样一个勤于思考，善于钻研，还在为他忠守的事业一直在拼的人，这样一个把善心和厚道释放于无形的人，怎么会摊上如此残酷的人生大劫？

经过一年零七个月的抗争，岳父还是没有扳倒病魔。但在这一年零七个月里，我从没有看到过岳父因疾病折磨而痛苦不堪的样子，也从没有看到过一丝悲观无望的神情，自始至终岳父都没有失去他身上沉淀多年的乐观大度、淡定从容、坚不可摧的长者风范。岳父肯定是背过我们在承受着来自身体的强烈冲击，但就是状态每况愈下，他仍然会强打精神把一天中状态最好的那半个小时展现出来，和我们谈论学习、事业、为人处世。最后一次当岳父走出家门去医院治疗时，合上门的那一瞬间，我就在心里默默祈祷着他当天能安全回家。下午妻子就打来电话说回不去了，病情恶化，必须住院。

第二天中午，我从单位急匆匆地赶往医院，推开病房的门，岳父斜靠在病床上，看着电视机里正播放着作家陈忠实因病去世的新闻。看着看着，两行热泪从岳父的眼眶流了出来，并含糊地说出三个字：大好人。此刻，我再也无法控制自己的情绪，背过身去，泪如泉涌。

2016年5月5日6点40分，我的岳父一生恪守的"忠"和"实"就选择好这个时辰，追大师而去了。

朱雀东坊寻小军

临近年底，事务繁杂。脑海里一个朋友的身影却不时地闪现，挂念之情也与日俱增，便决定腾出时间，去寻访这位十多年未谋面的朋友。此人叫小军，是我在振兴路广播电台上班时认识的一位临街租碟的小伙，由于后来单位迁址曲江，相互也都更换过几次电话，便彻底没了音讯。

穿过狭窄的围墙巷，拐到振兴路上，看到熟悉的高家菠菜面、刘峰泡馍馆和老式理发馆等标志性的店铺，瞬间有时光倒流的感觉，引起丝丝缕缕的念想来。熙熙攘攘的集贸市场，延续着以前旺盛的人气。来到朱雀东坊小军家原来的住址，印象中南关村两排的小阁楼不见了踪影，眼前两栋赫然在立的商住高层，更增添了变迁后的陌生感。碰见几个刚买菜回来的老年人，便急着打听小军的消息，都面无表情地摇着头，说不认识。正灰心无助时，迎面走来一个似曾相识的面孔，原来是小军家隔壁奶站的老赵，温州人。问起小军，老赵指着巷子南口的一个临时搭建物说："小军整天就在小区的应急服务站待着呢。"我欣喜地连颠带跑过去，掀开推拉门，猫着腰，伸进头喊了声："小军。"正在专注给居民修理热水器的他，扭过头来，看见是我，惊喜得眼睛眯成了一条缝说："老伙计，你咋突然降临了？外边冷，快进来。"十几年没见面，除了平添了些岁月的沧桑，小军还是原来那样的敦厚善良、俊逸爽朗。

在广播电台上班时，为了方便，我就在紧邻单位背后的朱雀东坊小区租了一套30多平方米每月200元的单元房。此小区属南大街的拆迁安置户，居住人群复杂，进出小区时常能发现一些神色诡异的人不知在干着何种勾当。一条狭窄的小巷把朱雀东坊小区和南关村隔开，小军家就在巷子东侧的南关村。出于本能的戒备，虽每天穿梭其间，但都来去匆匆，很少逗留。有天晚上，走到回房间的巷子里，忽然听到一句："下班了？"抬起头，是台阶上租碟的小伙儿正笑意盈盈地看着我，虽感愕然，但很快就客气地应和了一声，脚步没停下地走开了。随后的几次，只要碰到我，小伙还是热情地打着招呼。我慢慢感觉到小伙别无他意，只是纯粹自然的和善时，就消除了内心的芥蒂，开始走近小军了。小军说自己祖籍上海，我当面存疑。魁梧的身材、地道的陕腔、近视镜下一张憨厚的笑脸，窥探不出半点南方人的精细来。曾有一段时期，每天晚上在电台编完新闻回家，路过小军的门店，都会进去和他谝谝。让我有些惊叹的是，小军扯出的话题，都是世界的焦点和国内的热点，不少都是我当天刚编过的新闻。巴以冲突、石油换和平、国际国内股市行情分析等，小军都能说出自己独到的洞察和见解，让我时常忽略了自己是个新闻人，听小军在纵横风云。随着智能手机的逐渐普及，小军的租碟生意也日益惨淡。为了养家糊口，他从新疆一个朋友那里开始购进各种调料，供给周边一些集贸市场和烧烤摊。上午他和媳妇在家用铁槽磙子对调料进行粉化加工，下午各种长短不一的袋子往摩托车后座一搭，就风驰电掣般地给各个点送货了。小军人活套，在斤两上该让就让，靠薄利多销，送货的辐射面越来越大，南到韦曲，西到三桥都有客户。有年冬天的一个傍晚，刚下了场大雪，我还在办公室编稿子，接到了小军的电话。话筒里，他喘气的声音搅和着刺耳的风声和摩托车急促的马达声，喊道："我刚把孜然送到三爻村，已经快开到电视塔了，专门给你家碾了一袋子调料，美得很，其他地方买不到，你一会儿过来取，周五回老家给父母捎回去。"时间一晃就是十几年。

在只能容纳两个人站着的应急站空间里，满满当当地堆放着几个消防器材，墙上挂着疏通管道的钢丝和各种检测的仪器。问起小军的现状，他淡然地说："现在孩子也大了，工作也不好找，就干起了公益，建了这个小区的应急站。万一小区住户出现漏水或火情，我就会第一时间赶到，能减少些损失。谁家管道堵了、电器有故障了，我也会去免费修，一天忙忙碌碌的，觉得时间都不够用。"

临走时，小军给我兜里硬塞了个烧鸡，还诡秘地说了句："美得很，其他地方买不到。"他脸上洋溢着对现状的满足，我也觉得他一切都好。

笑声回荡哭泉梁

挂断准备去宜君采访靳康鹏的电话，抬头眺望，西安城深陷重重雾霾的包围之中混混沌沌的，没有眉目。这种天气状况，人容易烦闷，也容易沉迷。可此时的我，因为很快要见到宜君县哭泉村"第一书记"靳康鹏而激情满怀、兴致盎然。之所以心向往之，是因为在靳康鹏身上总想寻思着能解开一些怀疑的疙瘩，能寻找到一些悬空着的谜底，能摄取到一个"扶贫第一书记"躬身前行的真实瞬间。

车子在包茂高速上风驰电掣般疾速而行。过了铜川，关中平原视觉上的平整辽阔便抛于身后，过渡承接的是黄土高原的峁峁梁梁、沟沟壑壑。车窗外的阳光微弱地披洒在起起伏伏的山脊和沟畔上，一股紧接一股的凛冽朔风使枯干的荒草和玉米秆顺着风向强劲地摇摆。处在寒冬中的黄土高原满目荒芜萧瑟，缺乏生机，这反而显露出了她的宽厚和沧桑。大约两个小时的时间，车子在时而爬坡、时而钻洞中驶出包茂高速金锁关出口，进入 210 国道。根据导航提示，哭泉村就在前方 23 公里处，顿时满心欢喜。山路弯弯，车速放缓，不经意间看到头顶一硕大的山石上刻着醒目的四个字"宜于君来"，莫非宜君之行正是良辰吉日，恰逢其时呀！刹那间更是气爽神清了。

哭泉村地处宜君县南部一个海拔 1400 米的山梁之上，为铜川的最高点，210 国道穿村而过。到了村口，出于好奇，碰见几个坐在门道拉家常的老人，便急切地询问哭泉的由来，老人指着路边数米之外的一个庭院说："你去姜女祠看看吧。"进入其内，关于孟姜女和哭泉的传说和历史故事便映入眼帘。史料记载："世传杞梁筑长城不回，其妻孟姜与夫送寒衣。寻夫不见，绕城而哭，日夜不止，城土忽崩，见枯骸。姜负骨而归，哭至宜君，止宿，哭更其哀，忽有泉涌出，其水声音如哭，号曰哭泉，至今犹在。"中国现代戏剧的奠基人田汉先生 1962 年路过哭泉，写下了"关城万里功千古，莫忘民间有哭泉"的诗句。注目着如此悲情凄美的爱情传说，又回过头来看了看在零下 10 摄氏度的气温下还汩汩地冒着热气的神奇泉水，不由得让人感慨，哭泉村的过去和现在都是一个有着传奇故事、可以书写的地方。

当残留的几抹晚霞还在撑亮着西方的天端时，哭泉梁上刺骨的寒气越发难以抵御了。找到哭泉村村委会办公室时，看见一个穿着深色防寒服，低着头正在电脑上忙碌的年轻小伙，此人便是靳康鹏。见到其人，和我想象中并无二致，完全是关中汉子的那种敦敦实实、憨憨厚厚的形象，只是鼻梁上横着的一副眼镜又透出几分睿智之气。夜愈深，风更烈。还没说几句话，弄完手头的工作，因遇寒感冒发展为肺炎的靳康鹏，戴上口罩又马不停蹄地撞进夜色中，去镇卫生院挂吊瓶去了。但他和我约好，晚上我俩就住在村委会二楼的一间宿舍，谈谈心。年龄相仿、脾性相投的两个人，无须磨合和预热就在昏暗的床头灯下开始了推心置腹的夜谈。来宜君之前，经常在思索，对于一个习惯了城市生活的人，彻底改变他的工作和生活环境，让他从早到晚地和村上的群众以及土地打交道，真不知道他的耐受力有多强，他的投入度能持续多久？对于我的疑问，咳嗽不止的靳康鹏索性坐起来说："我2014年3月刚开始担任哭泉村帮扶工作队队长时，虽然也来村里入户走访，帮助贫困群众制订脱贫计划，但稍有空闲，就开着车回铜川看看父母和妻儿。有一天晚上刚迈进家门，父亲看见我后没有一丝的惊喜，反而是满脸的不悦，带着埋怨的腔调说：'啥都好着，你老往回跑啥呢？'接着说：'你过来。'父亲把我叫到他的床前，才语气平缓地说：'你这样还没弄出个啥名堂，三天两头地往回跑，能和群众真正结合起来吗？能在扶贫这件事上开花结果吗？'当天晚上我失眠了，父亲的话语如同一颗惊雷，震醒了我，使我意识到，只有沉下身子，把自己当农民，把群众当亲人，用自己的真心、真情、真干才能赢得哭泉村群众的认可。第二天外面还麻麻黑，我就起来收拾被褥、锅碗瓢盆、电磁炉等，装了满满当当一车，当天晚上就在哭泉村村委会办公室安了家。"靳康鹏深有感触地说："我在哭泉驻村的这四年多，正是在与群众同吃同住，亲密相处中，摸清了村情民情，才在精准扶贫中实现了突破。"觉察到我欲刨根问底，内敛的康鹏也不由自主地道出了一连串的成绩单："依据村民们有在沿山地带栽种核桃的传统和这几年在梯田种植高产地膜玉米的实际，我支持党员曹太峰创办了哭泉鑫峰核桃合作社，为当地群众和贫困户嫁接新品种，帮助他们销售核桃；联系电商部门对群众进行电商培训，设计包装优质玉米系列产品，运用互联网自产自销；为了解决玉米销售问题，今年还建成了一座以玉米为主原料的传统工艺酒坊，为 10 户贫困群众提供就业岗位；依托哭泉梯田景区，鼓励群众参与旅游服务业，使 12 户贫困群众在景区就业。"时辰到了丑时，房间里并没有因为两个人暖融融的交谈而温度骤升，偌大的空间显得格外的空寂和冰冷。说着说着，我便歪头睡了过去。迷迷蒙蒙中听出康鹏不断从被子里传出的那种沉闷、撼心震肺的咳嗽声，一直到了天亮。

清晨，太阳缓缓地爬过山脊，辉映着大地。天寒地冻中的哭泉村还没有完全苏醒，村子里冷冷清清，少有响动，那种炊烟袅袅、鸡犬声声的景象还没有出现。可在村北头曹太峰创办的哭泉鑫峰核桃合作社的院子里，已经是一派忙碌的景象了。远远就看见靳康鹏穿了件绿棉大衣，正带领着四五个村民把一箱箱包装好的核桃搬运到一辆加长的大货车上。和几个常年出力下苦的村民相比，有些臃肿的康鹏干起这种体力活还是很吃力，几个来回下来，就开始喘着粗气，额头上的汗珠也顺着脸颊不停地往下巴底下滚。此时，靳康鹏的电话铃声急促地响起，原来是村里的单身"五保户"王建华打过来的，说自己这会儿腰疼得撑不住，让学过医的靳康鹏赶紧过去看看，康鹏毫不犹豫地跳下车厢，健步如飞地奔向王建华家了。搬运了一阵子核桃箱后，站在车厢最高处的曹太峰把手一挥，喊了一声"歇会再装"，便顺势下了车，跑到厨房端起个冒着热气的大茶缸，仰头便咕咚咕咚地灌了起来。曹太峰带着我到包装车间，指着正在装袋入箱的"鑫峰"牌核桃说："这批货是苏陕对口扶贫帮扶项目，将运往江苏盐城市大丰区进行销售。"曹太峰满脸堆笑地说："目前哭泉村有 59 户贫困户加入了核桃专业合作社，由合作社免费给贫困户加工包装，因为都是改良品种，不仅能卖上好价，而且销路根本就不用愁。"说起当时筹办核桃专业合作社，曹太峰："如果不是我们第一书记靳康鹏鼓励我，开导我，我咋都不可能办出个核桃专业合作社来，而且现在发展的规模越来越大，真是多亏他了。""靳书记自从来到我们村，真是把自己整个人都交给了哭泉村，没黑没白地思考制订村上的脱贫计划。他在四年前和村民在一起修剪核桃树时，发现树种老化严重，产量低，而且都是散收散卖的，也知道我常年做核桃收购的小本生意，就三番五次地找我，鼓励我创办核桃合作社，尽快把贫困户的核桃品种进行嫁接改良。由于我没什么文化和见识，经不起风险，根本就没打算弄，远远看见靳书记也是赶快躲避起来。但靳书记就是不罢休，给我讲先进的市场观念，不断地鼓励打气，就这样哭泉的核桃专业合作社终于建立起来了。在合作社的组织下，目前贫困户老化核桃品种都换了枝头，嫁接了高产新品种'青香'，现在每年发往外地的核桃有 40 多吨，总收入 130 多万元。""我和靳书记打了这几年交道，真把这人看清楚了。他一进村子，总是有所发现，总是在琢磨一些事情。了解到我家祖传的烧酒秘方，他就为哭泉梯田出产的优质玉米找出路了，开车带我在丹凤酒厂学习考察后，办起了玉米烧酒作坊，现在销量很好。他发现哭泉植被非常好，适合蜂蜜产品开发，就马不停蹄地开车带着村干部去麟游学习土蜂养殖技术，今年 4 月，土蜂养殖场就建成投入使用了。"

　　来到哭泉村的第三天，一场悄然而至的大雪平添了一种意外之喜。沿着哭泉梁向被誉为"上帝指纹"的梯田望去，纷飞的雪花像美丽的蝴蝶，似舞似醉，又像吹落的蒲公英似飘似飞。整个谷底上空都飘飘洒洒、妙妙曼曼，最后都轻盈盈地落在了蜿蜒而上的田埂和沟畔上，天然地勾勒出哭泉梯田圣洁如玉的唯美线条和轮廓，让人不禁浮想联翩。猜想着当年孟姜女在此悲从心生，哭夫唤郎，莫非是迷恋这一方福地，情定结缘于此吧。到了晌午，雪还没有停下来的迹象，反而在寒风的裹挟中越发强劲起来。顶着风雪，也带着问题，我顺着村北的一条小径，来到一个 20 世纪五六十年代建造的窑洞式的粮库跟前，这里临时居住着哭泉村的几户贫困人家。揭开贫困户蔡红全家封闭得很严实的门帘，火炉子产生的热气便迎面而来。环顾四周，没有发现蔡红全家有一件像样的家当，一张脱落了漆面的桌子上，堆放着维持生计的半袋面粉和再简单不过的油盐酱醋。围坐在蔡红全家的火炉旁，提起第一书记靳康鹏，蔡红全红着眼圈说："靳书记真是我的救命恩人呀！"原来蔡红全身患严重的肝病，由于家里没钱看病，就一直拖着。前年又感觉自己经常胸闷气短，嘴唇发绀，发现又患上了严重的心脏病。蔡红全说："媳妇和女儿知道我的病后整天背着我流眼泪，啥办法都没有。靳书记了解到我的病情后，开着自己的车带我到西安的大医院检查，当确诊是马凡氏综合征需要立即手术时，靳书记二话没说又帮我联系专家，确保我手术顺利进行。由于靳书记对国家的医保政策很熟悉，又为我办了大病保险，我几乎没花多少钱就把病治好了。"蔡红全一边用火钳往炉子里夹着煤块，一边满怀信心地笑着说："我现在身体好多了，目前在卫计系统公益专岗上着班，自己还种了三亩中药材，家庭状况会越来越好的。"临把我送出门时，蔡红全还不忘夸奖靳康鹏："我们靳书记，就是我们哭泉村的120。他把自己的电话号码贴在每户群众家里，告知村民有健康方面的疑惑或紧急状况要第一时间给他打电话。薛阳红老人半夜胃痛，靳书记跑来上门送药；王建华老人凌晨4点肾结石急性发作，靳书记赶到现场处理后安排住院，像这些紧急的事情时常会在村里发生，我们靳书记不分白天黑夜都是第一时间出现在病人跟前。"

在和贫困户的相处中，靳康鹏才真正地理解什么叫"人穷志短"。由于不少的贫困户常年都走不出村，观念僵化守旧，在思想上早已接受了贫困，适应了贫困，也习惯了不和外人打交道的半封闭状态。2015年8月在当了第一书记后，靳康鹏心里很快萌生一个计划，要带着妻子女儿和村里的单身贫困户一起过年，只有真正地让贫困户在感情上接纳自己，脱贫的工作才能更顺利地开展下去。2018年春节的前三天，靳康鹏把患脑梗住院的老父亲接回家。由于老人刚出院，身体虚弱，行动不太方便，需要有人照顾。康鹏想，前两年都是陪着村里的贫困户一起过除夕的，今年就在家照顾老人，节后上班了再给单身的贫困户去拜年。可到了大年三十的下午，病中的父亲语气强硬地要求他赶快买好礼品去陪贫困户过年，立好的规矩怎么能随便就变。在把父亲安顿好后，靳康鹏含着泪带着妻女又赶赴哭泉村的贫困户家中。当村子开始响起噼噼啪啪的爆竹声时，单身贫困户赵石山还一个人在门口站立着，等着靳康鹏一家的出现。多年来，赵石山最怕一个人过年了，特别是到了除夕，听着左邻右舍热热闹闹地团聚在一起吃年夜饭，孤苦伶仃的他心里真不是个滋味，就早早地关上门，把头埋进被窝一睡了之。可连着两年了，靳康鹏一家都陪着他除夕夜吃团圆饭，老人才真正感觉到了年味，也开始盼望着过年了。进了赵石山家，靳康鹏就端着凳子贴春联，妻子则开始和面、调馅、包饺子了。刚才还冰锅冷灶的屋子，这一下子就有说有笑，热火了起来，赵石山家的年味就这样飘荡着，融入哭泉村浓郁的欢闹氛围之中了。

来哭泉村的这几天，在和靳康鹏的接触中，那不绝于耳的咳嗽声让人听了很揪心。由于肺炎还没有痊愈，他一直处于带病工作中。远在铜川市上班的妻子何丽薇放心不下患病的丈夫，带着新买的棉衣和靳康鹏平时吃的降压药，来到了哭泉梁上。说起当了三年多"第一书记"的靳康鹏，妻子一下子就变得神色黯然起来，眼睛里闪烁着泪花说道："三年半时间，康鹏回家的次数是能数得清的，周末不回家是常事。就是因为他太忙，女儿去年中考时考上了西安交大附中，由于没人在西安照顾孩子就放弃了这难得的求学机会。我虽然在铜川市上班，但心是经常跟随康鹏在哭泉村。他在这里饥一顿饱一顿，现在患上了严重的胃炎和结肠炎，去年冬天又查出来患有高血压，吃着降压药还经常头晕。前段时间云南楚雄有个红遍网络、满头花白发的 80 后干部李忠凯，康鹏也才 40 出头呀，但这几年头发也几乎白完了，现在看到的黑发也是为了参加杨凌农博会扶贫产品推介活动而专门染黑的。这三年多来，家里没有给他要过钱，他的工资几乎全用在村里的各种支出上了。"何丽薇说："康鹏的所有付出我都能想得通，非常理解他在干一件很了不起的大事。每次上哭泉梁，习惯了把她和康鹏联系在一起，就感到格外地亲切。每次看到村子有新变化时内心还是挺激动欣喜的，因为这变化中毕竟也包含着我家康鹏那一直努力的身影。"

在一遍又一遍的鸡鸣声中，哭泉村迎来了新的一天。清晨的风依然寒冽劲猛，靳康鹏带我站在地形最高、视野开阔的孟姜女文化园区的玻璃栈道上，远眺着一望无垠的万亩梯田和即将建成的美丽乡村示范片区，想着今年将会全面完成哭泉村的脱贫攻坚任务，哭泉村也将彻底变成村民的幸福之泉、富裕之泉时，靳康鹏的脸上洋溢着一种踏实和欣慰，也许一幅更美丽的强村富民发展蓝图开始在他心中默默描绘。此时，哭泉村的高音喇叭里清亮地传来电视剧

《平凡的世界》主题曲《就恋这把土》，这歌声迈过了沟沟壑壑、穿过了村村落落，向着远方蔓延开来。

就是这一溜溜沟沟

就是这一道道坎

就是这一片片黄土

拴着我的心

扯着我的肝

抖起我的壮志

鼓起我的胆

……………

冬天的柳姿

　　冬至之日，阴极之至，阳气始生。西安城不见数九的冰雪，也寻迹不到雾霾的纷扰，目及之处，天高云淡，惠风和畅。正午时分，漫步于曲江池遗址公园内，很快便被湖畔一排排柳树所吸引。在暖阳的抚慰下，每一棵柳树都没有显露出冬日里百无聊赖的枯黄和残败，反而呈现出另一种生命的绽放，有沉积之下的持重，亦有淬炼之后的静美。

　　曲江池，作为汉唐时期皇族和百姓们汇聚盛游之地，不少文人墨客都曾在这里樽壶酒浆，赋诗作画。无论是唐朝诗人张籍的"曲江冰欲尽，风日已恬和。柳色看犹浅，泉声觉渐多"，还是晚唐诗人李商隐的"娉婷小苑中，婀娜曲池东。朝佩皆垂地，仙衣尽带风"，都描写的是曲江池春天柳树的曼妙风韵。诚然，

"最是一年春好处，绝胜烟柳满皇都"。春天的柳树，有着寒冬蛰伏之后鹅黄若现的生命萌发之势，有着妙龄少女般让人怦然心动的纤柔之美，它妩媚含蓄的姿态无疑会打动每一位欣赏者的心扉。穿过汉武泉桥，沿着塑胶跑道顺时而行，在重阳广场附近，当我凝望着一棵棵冬天的柳树时，不由得生发出无限的感慨来。曲江池北岸的杨柳树，此时正一溜溜和谐地长条低垂，在和煦的阳光下，片片柳叶泛着金色的亮光，如同一叶小舟，在微风的吹动下，从容扬帆，婆娑翩翩，优雅起舞。在经受了自然界的风吹雨打后，冬天的柳树已经隐去了春天时的纤弱和轻飘，把岁月的磨砺都日积月累地沉淀在一枝一叶中。虽然失去了"杨柳郁氤氲，金堤总翠氛"那萌动着的青青柳色，却像一位饱经风霜的智者，在生长形态的后期，依然尽力地以成熟者的姿态去拥抱一份恬淡，阐释生命的多重价值。

阳光西斜，步入烟波岛上，映入眼帘的一幅画面又让我驻足迷恋。一群戏水的鸭子，拍打着翅膀，抖落着身上的水珠后，摇摇摆摆地上岸，在一棵硕大的柳树冠下追逐嬉闹。小岛之上，寒冬已将其他景观树催迫得衰落而凋敝，唯有绕岛一周的柳树，丝绦如垂，还是蓬勃不减。"春江水暖鸭先知"这群上岸的鸭子，应该是在水中游弋，四处察觉初春的气息时，被黄里透绿，依旧还在风中摇曳的柳姿所吸引，都争先恐后地亲近柳树，感知着又一轮春的孕育和萌发吧。

曲江池南岸，有一座柳桥，春天到来时，嫩绿的水草在碧波中荡漾，与倒映在水中的垂柳相互辉映，如临梦境。绕过阅江楼，远远就听见柳桥方向传来深沉婉转的琴声。原来夕阳余晖下，一位容光焕发的老者，胸前斜挎着一架手风琴，神情投入地弹奏着南斯拉夫电影《桥》的插曲《啊，朋友再见》。随着起伏跌宕的旋律，老者眉宇间时而激奋飞扬，时而忧郁义愤，竭尽全力把自己积蓄多年的艺术感知都随性恣意地从指尖倾泻而出。老者忘我地在弹奏，丝毫没有顾及迎面袭来的寒风。柳梢上的三只喜鹊，停止了叽喳，都伸长着脖子，俯瞰老者的一举一动。清脆悦耳的琴声，也在曲池水中开始徘徊流连，并不时激起道道波纹，向四周扩散开来。

和顺掠影

　　走进和顺，就走进了饱含着历史伟力的村落空间，也走进了和善盈盈的人文福地。或许因出身农家，常向往"绿树村边合，青山郭外斜"那恬静闲适的生活场景，特别对古老民居怀有一份特别的归属情怀。因为传统的老村落，都蕴含着丰富的地域文化精神与民间审美，在一定意义上是当地历史文化的"活化石"。在现代气息的裹挟中，我时常会萌发出一种强烈的愿望，去典型的古老村落中沉浸式地体验一次原生态的农耕文明赓续的精神遗产。

　　在枫林如火的晚秋时节，机会终于翩然而至。友人相约去一次风光旖旎的腾冲，因和顺古镇早有耳闻，便痛快答应。查阅资料得知，和顺古镇位于云南省腾冲市南约 4 公里处，是明代中原汉族移民卫国戍边时，在黑龙山北麓的斜坡地上，靠山面水，建造起一个突出中原汉文化合院式建筑特色的村寨。明代旅行家徐霞客在其游记中称其为"河上屯"，清康熙年间改为"河顺"，后更改为"和顺"，有"云涌吉祥，风吹和顺"之意。出腾冲机场约 10 分钟的车程，就到达了和顺古镇。已临近黄昏，和顺依然天高云淡，水平如镜，在钟灵毓秀中洋溢着和煦之气。我们一行 7 人跨过村口的双虹桥，沿着里巷狭窄的石板小道，进入错落有致的村落空间。此时，不断能迎面碰见刚从田地里收工回来的村民，他们看见外地的客人，都会和善谦逊地微笑着，主动打一声招呼。我们推着行李箱向一位背着篓筐的小伙打听预订好的一家客栈方位，他毫不迟疑地放下篓筐，推起最沉重的一个行李箱带领大家到达住宿之地后，方才离去。木架结构的阁楼式房间，对于久居楼宇里的北方人还是颇有新鲜感的。在稍事休整之后，我打算出去先转转，独自感受下夜色古镇的魅力。刚到客栈大堂，便被一侧散发着翰墨书香的休憩间所吸引。考究的墙框被琳琅满目的书籍装饰着，"人和事顺"的斗方格外醒目。里面一位年逾七旬的长者，坐在茶台前正悠然自得地焚香品茗。发现我好奇的神色，长者连忙站起，邀我落座共饮。寒暄间方知，长者就是客栈的主人，是生于斯长于斯的和顺人。在言谈举止中长者流露出不凡的见识和学养，也促使我问出一个最急切得到答案的问题："你们和顺人看着都那样的和蔼慈祥，温厚可亲，究竟反映出何种历史文化背景？"长者似乎常会遇见客人提出此类问题，便笑容可掬，从容不迫地回应道："在和顺镇，世代流传着一首歌体式民谣，叫《阳温墩小引》，它是和顺人生活体验的凝聚，体现着和顺人的价值追求。其中的核心就三句话：第一句话'家国一体，明德至善'是和顺人创造生活的标准；第二句话'修身齐家，孝亲为先'是和顺人遵循的道德规范；第三句话'勤耕苦读，世代传家'是和顺人选择的生活方式。"长者说："如果你对中国的村落文化感兴趣，一定要来和顺走走看看，刚说的那三句话需要你自己追本溯源。"从长者的讲述中，我大概寻求到了和顺人绵延不断的精神图腾，寻找到了启迪和滋养和顺人心灵的钥匙。

早上起来，细细微微地飘起了雨丝，鳞次栉比的和顺村被淹没在烟波浩渺之中，显得古意苍苍，恍如梦境。我顺着湿滑且有些陡坡的小道向着和顺村深处前行，不经意间发现道路中间都是由整块的大石板铺设而成，平稳易行，而两侧却都是支离破碎的不规则石块堆砌而成，显得凹凸不平。这是当地风俗讲究，还是刻意设计？一位正在自家屋前的石阶上卖菜的大娘，操着浓重的地方口音喊着我快来避避雨。大娘解释说："我们和顺雨多路滑，整块石板毕竟成本太高，巷道中间用石板铺设，就是专供老人和小孩行走，年轻人再忙再累都不会走到中间，影响老人和孩子安全出行。"我随后细心观察，和顺人虽忙碌地穿梭在巷道，但都很自觉地各行其道，井然有序。在和顺，不时会见到一些细节设置或让人恍然一悟或令人心头一暖。村口的池塘在霏霏细雨中格外空蒙幽静，偶尔可以听到淙淙的泉水声和鸟儿的婉转啁啾。水上的拱桥和方亭在绿柳的掩映下影影绰绰，飘忽不定。走进方亭，石壁上凿刻的文字方知其功能并非人造景观，而谓"洗衣亭"。在外打工的男人们在挣到钱后，更知留守在家女人的辛劳，为了体现对女人的感激，就把部分钱拿出来建盖方亭，给取水、洗衣的女人增加一点遮掩，雨天少淋雨，晴天不晒太阳。

　　来到和顺，寸氏宗祠是一定要去的。在我国古代"君子将营宫室，宗庙为先"。宗祠其起源可以追溯到先秦之时，明时的江南农村最为盛行。祠堂文化作为我国乡土建筑中最能体现儒家礼制性思想的载体，既蕴含着淳朴的传统基因，也埋藏着深厚的人文根基。在我生活的关中地区，宗族的纽带意识较为淡薄，保存完整的宗祠更是难得一见。寸氏宗祠是和顺村八座宗祠中规模最为宏大的一座，始建于明代嘉靖年间。步入寸氏祠堂，中西合璧的罗马式圆拱门两侧"義礼、孝忠、谦和、诚信"彰显出寸氏家族世代恪守的准则。宗祠内不仅悬挂有清代光绪年间进士寸开泰手书的"寸氏家训"匾额，还有多副楹联。其中大门楹联"立德立功愿万世子孙书香远继；有源有本问两川父老祖泽犹存"。我时而移步仰望，时而静立沉思。当自己真正身处其间，才意识到，宗祠不仅是一个崇孝敬祖的场所，也是一个家族传统文化教育的大课堂，更是当代人寄托信仰、抒发情怀、树立正义、培育善念的精神家园。作为古代汉族移民聚居的村落，和顺的民居有着中原建筑空间布局的典型性，为清一色的合院式建筑。穿行在和顺的民居群落，并没有太多的生疏感，反倒产生几分亲近感。从外观看，合院系民居，有着坚实的外墙，一般较少开窗，厚重感特别强烈。在正房的明间，设有祭祀祖宗的家堂，体现出传统的伦理思想。在室内装饰上，也尽显堂上有匾，柱上有联，以表达主人的人生理想和生活情趣。和顺合院系民居总体感觉非常朴实素雅，并没有粗俗炫耀的气息，这也与和顺人世代勤俭持家，追求居住环境的文化品位一脉相承。

离开和顺，回到内陆城市，时常会有一种莫名的焦虑。现代科技催生的高度自编程下的人工智能，是一个不断颠覆人们思维认知，坐享"数字云"成果的过程，其实也是每个人基本生存能力一天天退化或丧失的过程，如何保持人的自然活力，彰显生命的本质意义是一个较为迫切的时代命题。而缺少了家族信仰及血缘纽带的一些人，往往在迷茫之中，加速了道德滑坡，成为乌合之众。短短几天的和顺之旅，让我不仅收获了一份清净，也体悟到了根脉相连的人生理趣以及抱素守朴的生命情操。

走进腾格里

久居一地，总有沉郁烦闷之时。便会想着能走出去，换换头顶的天，脚下的地，吸一吸成分不太一样的空气，借此也能更新一下自己的眼界和心境。就像我家的猫，虽整日吃喝无忧，乐享其成，但一有机会，也想方设法地扒上窗户，极力地翘着整个身子，带着新奇和热望，久久地观看鸟儿呢喃，赏着杨柳风轻。正是伏天流火般的天气，几个朋友相约自驾去了趟腾格里沙漠，也着实翻新了天地，跨越了时空，感受到了异域大漠的宽厚和苍远。

自驾车队下午从西安出发，经过将近 10 个小时的车程，终于在凌晨 3 点多到达内蒙古阿拉善左旗的巴彦浩特镇。清晨五六点，当刺眼的阳光投射在这座新兴的小城镇时，车队又开始整装待发，向腾格里沙漠的深处进发了。位于贺兰山和雅布赖山之间的腾格里沙漠虽只位列我国的第四大沙漠，但正如蒙古语用"腾格里"来代表着"天"一样，当车队呼应着，逶迤前行时，依然能强烈地感受到腾格里所显露出的"像天一样的浩渺无际"。地势在不断地陡升，汽车的马达声愈加刺耳。距离我们很近的太阳，在把目之所及的整个沙漠烘烤成褐红色的同时，也火辣辣地跟随着我们的车队不停歇地位移着。中午时分，在连续穿过四五座沙丘之后，眼前突然变得平坦开阔起来，头探出车窗外，丝丝微风便拂面而来，清新而惬意。这时，坐在头车里的当地向导用对讲机告诉我们，前方6公里左右，就到目的地了。身处以干涸和荒凉为主色调的大漠之中，会难免产生岑参笔下那种"穷荒绝漠鸟不飞，万碛千山梦犹懒"的悲观情绪。可此时，我们惊喜地发现，车队的正前方出现了几个首尾相连的天然湖泊，茵茵绿洲浩瀚无边。穿沙公路的两侧则出现了两种截然不同的自然景观，右侧还是满眼的苍茫广袤，而左侧则呈现的是一幅草色青青、碧波荡漾的醉人画卷。放眼望去，瓦蓝的天际之下，点缀着的几簇云朵，绵软地悬浮于空，显得娴静而适意。不远处几匹棕色的马儿，似乎还没有觉察到我们车队的响动，都摇摆着尾巴，时而伸出脖子在湖边静静地饮水，时而相互舔头顶背，在用它们的方式表示着友好。视野远端的羊群都低着头，走走停停地朝着同一个方向蠕动着。6个多小时的跋涉，车队终于在几个很是阔气的蒙古包前停了下来，向导招呼大家都拿下行李，晚上就住宿这里了。孩子小时，也去过沙漠，那毕竟跟着旅游团急火火地在沙漠的边角拍几张照片，顺势抓几把沙子往半空一扬，就算来过。而这次，让我们更真切地领略到了它独有的风韵了。

在躲避过最强烈的紫外线照射后，在夕阳西斜时，孩子迫不及待地要去沙漠里挑战一下自己的耐力了。我带着他，脚踩着松软的细沙，步履蹒跚地向着沙漠深处行进。当一座体态如山的沙梁横亘眼前时，我气馁了，孩子则语气坚定地要征服它。当爬到一半时，感觉自己耗尽了气力，瘫坐着喘气。看着前方孩子那矫健的身姿，听着他不时为我打气鼓劲的呐喊声，瞬间有了"未觉池塘春草梦，阶前梧叶已秋声"那种光阴飞逝、力不从心的老迈感。换了几口气，终于爬到了沙梁的最顶端。此时，举目四望，天空中燃烧的晚霞，像一团团火焰，把整个沙漠映照得金灿夺目，恰似披盖着一件奢华的金缕衣。不远处，一道道沙石涌起的褶皱，如凝固的浪涛，煞有气势地延伸到远方的地平线。就在眼前，沙漠的旋风，正在把一股股黄沙卷起后，打着转儿地在空中飞舞着。攀爬着，挥汗着，孩子鼓励着，最终站在了平日很难企及的高度，换来的是辽阔的视野和难得寻觅的景致。我有些发呆地站立着，久久地感受着那浩瀚之下的渺小和苍凉之外的满足。

夜色开始浓重起来，在腾格里沙漠最绚烂、最浪漫的星空之下，熊熊的篝火燃烧起来，孩子们围成圈，手舞足蹈地释放着自己的天性。我们几个大人则在搭建起的野外帐篷里喝茶吃酒，联床风雨。篝火在慢慢熄灭，欢闹了一阵的孩子也困乏了，没有了声响。这时，其中一个朋友（也是朗诵艺术家）提议说："我们现在所处的这一带，正是六世达赖喇嘛仓央嘉措流落阿拉善时传播佛教的地域，我给大家朗诵一首仓央嘉措的《那一世》吧。"朋友们都相继走出帐篷，此时，银河璀璨，流星不时划过天际，沙漠的夜更加冷清和静谧。朋友"黄莺出谷"般的朗诵像汩汩清冽的甘泉抚慰和滋润着我们，也借着灿烂星河，把那灼热赤诚的问候和向往盈盈袅袅地传送到那遥不可及的远方。

"那一天，我闭目在经殿香雾中，蓦然听见你诵经中的真言；那一月，我摇动所有的转经筒，不为超度，只为触摸你的指尖；那一年，我磕长头匍匐在山路，不为觐见，只为贴着你的温暖；那一世，我转山转水转佛塔啊，不为修来生，只为途中与你相见……"

为一只落散的白鹭祈愿

临近黄昏，我出来散散心，在赏花问柳中，不时地捕捉着春的气息。当行至小区内人工湖拱桥边时，远远看见有老有少的一堆人在用手机追拍着什么。出于好奇，便凑到跟前，让我也为之一惊。原来是一只不知从何方飞来的白鹭，孤零零地站在湖边东张西望。依此鸟习性，集群而动，因而判断应是一只失散遗落的白鹭。此时，好事的拍手愈来愈多，警觉的白鹭，在仓皇中拍打起翅膀飞到湖心的安全地带了，人群也随之散去。

以上这一幕，我们在不同的场合都曾经遇到过，碰到此情景也时常引发我的思索。我们对待人以外的生灵都以自己的喜好为核心来产生相对应的行为习惯，而把其他生灵的感受甚至命运都看待得极其渺小和轻微。失散群组的这只白鹭在万般无助中落到这里歇息，陌生的环境本来就无安全感可言，湖边的拍手们却笑声阵阵，紧紧尾随着白鹭寻找着最佳的拍摄角度。这些人想到白鹭此时的感受了吗？而一些不自律的人，经常会把野生动物当作餐桌美食，更甚者还发图炫耀。正是由于我们缺少一颗慈悲之心，缺少一颗与地球村的每个成员和睦相处的平常之心，才酿成人祸，实为因果之应。

有年夏天去日本的奈良公园，看到成群结队的鹿不仅与游人相安无事，且亲近无间。当我们坐在草坪中央一个石凳上小憩时，忽然间一团团不知名的鸟雀叽喳着就落到石凳周围。鸟儿们快乐地跳跃着，时而低头觅食，时而抬头用好奇的眼神打量我们几下。如此近距离，鸟儿们丝毫没有感到惊恐，其中有两只竟然大胆地落在了我的肩上。我芝加哥的朋友常发来视频，家门前的草坪上不时有几只野兔在溜达，树上的鸟儿经常鱼贯而下，堂而皇之地进家里串门。这样惬意的情景，人与动物和谐共生的生动画面，在我生活的环境里却难得一见。其实无论是中国的鸟儿，还是外国的鸟儿，不是国界变了，鸟儿的本能就变了，而恰恰反映的是公众对它们的一种普遍心态和行为准确地折射到鸟儿们身上。这让我联想到美国作家梭罗在瓦尔登湖畔和森林中两年多的生活，他和禽兽为邻："鸟儿在他的房檐下歌唱，松鼠在他的脚边蹦跳，兔子在他的门前讨要吃的……而这一切他认为不是他自己有多么善良，而是所有动物和他一样，都是在大自然里寻求生存，寻找生活。"梭罗正是对大自然深怀敬意，以一颗包容开放的心态与身边的每只动物都友好相处，才感知到了一种天人合一的超然境界，感知到来自大自然无与伦比的巨大魅力。

我们所处的生存环境，日渐复杂和多变，潜在的危机更令人焦虑。这与人类违背自然规律，无节制地干预活动有关，也与我们一些人对待野生动物的冷漠态度或残忍手段有关。很向往古时陶渊明笔下："暧暧远人村，依依墟里烟。狗吠深巷中，鸡鸣桑树颠"的那种人和动物和谐相处，共同勾勒出恬淡闲适的生活画卷。但在工业文明和科技文明的主宰之下，现在似乎离这种美好的愿望渐行渐远了。我们和其他生物一样，都是这个星球上的平等住户，人类是一个命运共同体，人类和其他生物同样也是一个命运共同体，我们人类没有权力为满足口腹之欲而剥夺其他生物的生命。期望人们都能够从灵魂深处，怀着一颗敬畏之心来对待野生动物，尽可能为它们创造一个宽松舒适的生长空间，不要再威胁和惊扰任何一只野生动物。也祈愿那只落魄流离的白鹭，能幸运地回归到自己的族群里，重新拥有属于它的快乐和自由。

家里有猫

一只 3 个月大的英国短毛猫在两年前的冬天落户我家，其实当时我的内心是不太能接受宠物猫的，认为它的物种特性功能近乎消失。猫就应该像我小时记忆的那种，到了晚上就像一道闪电，在黑暗中总能屡立战功，让老鼠瞬间毙命。

我乡下老家曾经养过一只有着虎相的公猫，它不仅毛色深黄，背上还有着清晰可见的虎条纹。由于长得体大肚圆，活脱脱一只小虎仔，看着令人生畏。这只猫白天要么眯着眼在我家的门墩上呼噜着养神，要么就找到在炕上正纺线或做针线活的婆婆，顺势贴着她，卷着身子，露齿翘嘴地睡大觉。可当夜色黑得严严实实时，猫白天的迷瞪和昏庸便一扫而光了，眼珠子里透射出一种势不可当的威勇和杀气。常说胆小如鼠，老鼠偷吃食物时不仅要趁天黑，还必须结伴而行，相互壮胆。每天晚上睡觉时，只要我把系着灯开关的绳子一拉，工夫不大，房子顶棚上老鼠就开始三三两两地出动闹腾起来了。此时，大黄猫早早地潜伏在最有利出击的门楼上方，目不转睛、纹丝不动地观察着最佳的抓捕时机。随着传来几声"吱哇哇"的惨叫，我赶紧开灯，只见猫死死地叼着老鼠的脖子不松口，任凭老鼠四蹄乱蹬，拼命挣脱也无力回天。猫熟悉地跳下门楼，去柜子底下享用去了。有猫的那几年，家里发生粮食被老鼠糟蹋的事情少了很多，这都是猫的功劳。无法佐证这只猫的前世究竟和虎有着怎样的亲缘，后来它确实变得越发生猛和恐怖了。不仅晚上捕鼠，白天还盯着小鸡吃。我家老母鸡带着一窝刚孵出没几天的鸡娃在门口的棉花地里啄虫吃。天快黑时，发现母鸡少带回两只鸡娃，我赶紧钻到棉花地寻找，也没见踪迹。第二天中午，正为此事茶饭不思的婆婆却发现大黄猫正叼着一只鸡娃跑到我家的瓦房上面去了。气急的婆婆拿根竹竿就是一阵揲打，知道干了坏事的家伙只顾夹着尾巴，顺着房檐逃跑了。之后几天，大黄猫又偷偷回来过一次，被还没有消气的婆婆骂跑了。至此，大黄猫就再也不知去向，没有回过家。婆婆又为这只大黄猫难过伤心了好一阵子。

30多年恍惚间就到了身后，本想着和猫之间再也不可能发生任何的故事，可这只宠物猫的到来，不仅接续上儿时情感的记忆，也彻底扭转了我认知上的偏见，开始体验着一种别具意味的存在。

现在的这只宠物猫，似乎和老鼠根本就没有任何的干系，整日笨头笨脚地闲荡于家。但细想起来，其实猫也在发挥着特定的作用。有时想写些值得自己保存的文字，总得先静下心来，在思索中逐渐铺展和成形。去年春天的一个上午，坐到电脑跟前时，可就是意乱得不能动笔。这时，我家的猫不知何时尽情地舒展着它的身躯，悄然地安卧在电脑旁。依旧眯着眼，无所顾忌地念着"藏经"。看着如此松弛、酣然入梦的家猫，沐浴着越窗而来伴和着潮露的缕缕阳光，我那颗悬浮不定的心被眼前这种安然、恬淡的情景所牵动、所净化，开始心无旁骛地敲击着键盘，进入一种纯粹的空间。与猫相处的日子久了，彼此的融入和默契都会与日俱增，不经意间就会产生新的感觉。有次患严重感冒，浑身酸痛，头晕目眩，便一个人在家蒙头睡觉。迷蒙之中，那熟悉的、富有节奏感的呼噜声又在我耳旁响起。猫紧贴着被子，卧在我的身边。它的体温不时地传递给我，使我真切地感受到一种暖意融融的陪伴，感受着人和动物之间那种似通非通、真实美妙的情感交融。

由猫引发的话题还在我家延续着，告诫孩子时说："千万不敢像咱家猫这样，整天养尊处优，吃睡为大"；和媳妇话不投机，语言升级时，灵机一句"看把猫吓成啥咧"，马上就会烟消云散，和静如初；回到家我也会为猫发呆，会不由得联想起那不争名利的淡泊和容易满足的幸福。

猫有话说

儿子属狗，也一直想养一只狗，权衡再三，最终养了一只猫。这只名叫"大脸"的英国蓝猫，在我家算起来也快八年了。在朝夕相处中，虽然一天到晚跟在人身后"喵喵"个不停，但细心琢磨，不同环境和情绪之下，"喵"的语意指向和情感诉求却大相径庭，动物都有各自独特的语言表达功能，此"喵"绝非彼"喵"也。

在"大脸"还没有成为我们家庭一员之前，我对宠物既无兴趣，也无意留神观察。自从"大脸"入户之后，自然得照料打理，与之和谐共处。这样日积月累，不由得关注起它的表情达意来。人与人之间的交流，除了语言外，还有面部表情和肢体姿态，这样基本保证了沟通的无障碍。可人与动物的交流，很难成为默契的双向交流，人类尽可能地把动物当作人来调养，可动物却还是以自己的方式向人传递信息。对于不经风雨的"大脸"而言，天性使然，它大可不必"吾日三省吾身"或要"志当存高远"，虽然生活的全部内容几乎被要吃要喝或者眯着眼养神和漫不经心地闲转所填充，但是毕竟同处一个屋檐下，就逐渐能感知和分辨出"大脸"在不同情形之下"喵喵"的丰富语言内涵。

"大脸"在两岁多时，经历过一次惊险的短暂失踪。常年没迈出过一次家门的"大脸"突然就不见了踪影，后来分析应该是从三楼阳台打开的半扇窗户跳蹿出去的。家里找遍后，我心急如焚地围着单元楼的草坪和树丛间大声地呼叫着"大脸，大脸……"当连续跑了三圈，仍无音讯，我预感这次估计是真丢了，回不来了。正当我还在不停地呼叫时，突然听到了带着几分惊恐的"喵喵"回应声。探寻而去，"大脸"正在一个很隐蔽的下水管中蜷曲着身子，看见我后，如遇救星般"嗖"地跑到跟前，我怀着失而复得的心情紧紧抱起"大脸"时，它看着我不住地"喵喵"着。听到我呼叫时的"喵喵"，气竭声嘶，发出强烈的求救信号，好似在说："快过来，我在这里。"当它躺在我怀里时发出的"喵喵"声，轻柔而短促，是心惊胆战、风平浪静后的娇弱与安稳，好似带着愧疚在说："外面的世界，一点儿都不好玩，以后再也不敢乱跑了。"

都说"馋猫"名副其实，在喂养"大脸"过程中，除了吃猫粮外，对它而言，还有一件雷打不动的大事必须要完成，那就是每天早上8点左右要有一次宠物零食的营养补给。到了这个点，它对猫粮根本视而不见，如果吃不上"薄荷饼干"或"鸡肉冻干"就会馋得心慌意乱，喵喵嚎叫。双休日本想睡个自然醒，刚过 8 点，就听到门外它在"喵喵"地叫着，两个爪子不停地抓门。这种情形下的喵喵叫就是在催促着我们快起床，好像在说："天早都亮了，快起来，饿得我腿发软。"当馋的欲望满足后，立即又表现出"懒"的惰性来，它就会毫无顾忌地横躺在地板上，心满意足地舔着前爪，享受着自己的"岁月静好"。

　　盛夏时，儿子在湖边捡到一小龟放置盆中，供闲来逗乐。"大脸"发现家里添了新成员，很是热情，常在乌龟旁边打转转，寻机套近乎。可乌龟在陌生的环境中，更是谨小慎微，不轻举妄动，总是紧缩着头，对"大脸"伸出的"橄榄枝"无动于衷。过了几天，乌龟终于探出头来，东张西望。这下"大脸"感觉机会来了，蹑手蹑脚地走过去，正欲友善地搭讪，未料敏感的乌龟觉察到动静后，又神速地把头缩进龟壳中，把自己严实地保护起来。"大脸"失去了耐心，情急之下，抬起前爪"啪啪啪"就在龟壳上用力连拍三下，还不停地"喵喵"叫着，好似在说："真没劲儿！想和你交个朋友，可你整天把自己缩成这个熊样，真是看不懂。"

　　仔细观察，猫虽习惯于悠闲自得，却也有寂寞无聊之时，求得心灵抚慰。某日上午，一个人坐在家里的电脑旁安静地处理事情，躺在窗边的"大脸"突然走到我的跟前，愁眉苦脸地又"喵喵"叫着。我赶紧抱起它，关心地问候几句，顺着头向着身躯抚摸着，然后轻放到地上。此刻的"喵喵"声虽然很轻微，其实是主动和人打招呼，转化过来就是："你怎么一声不吭呢，我这会儿觉得无聊透了，能抱一下我吗？"当我主动抱起它时，非语言的交流和爱意都已经传递给了"大脸"，其轻松的神态已经给出了答案。

常言道："狗通人性。"猫亦然。在和宠物的相处中，除了日常性的打理外，还要有意识地调动其与人双向交流互动的行为驱动。当宠物不时地灵性乍现，和人的思想行为形成某种"融通"和"默契"时，就会带来彼此"懂得"的精神欢愉，获取一份怡然自乐的心情，为平淡的生活增添几许逸趣。

养　薯

　　秋末一日，去逛蓝田焦岱大集时，一位老者叫卖着自己竹笼里横躺着的几只硕大红薯。其笨拙之品相吸引着我的眼球，便凑到跟前打量起来。感觉红薯才从地里挖出，沾满泥土的身体透出嫣红的肤色，个个胖墩墩的，鲜活得像刚出月的娃娃。如此讨人喜欢，遂产生买回润养之意。就挑选其中个头最大的一只，上秤五斤三两，如获至宝般购得家来。

　　为让这只憨态可掬的红薯显出它应有的气质和品位，我专程从花店买回一个十分考究的瓦蓝色罐子，在小区湖边捡些鹅卵石垫于底部，然后把红薯稳妥地放置其上，再从周围缓慢注水，供给养分，静等生根发芽。转眼半个多月过去了，虽每天都会拿起喷壶，自上而下均匀喷洒滋润，定时开窗透气，沐浴阳光，薯身却依然木讷迟钝，其内好似顽石铸成，并无生发之迹象。情绪急躁时，闪出改变意图的念头，或蒸或烤，变盘中美味。某天午间，阳光正好投射到窗边的这盆红薯上，嫣红如初，熠熠耀人，其敦厚的形态又恰似一尊笑口常开、慈悲宽容的弥勒佛。静观其态，豁然开朗。常言"欲速则不达"，应持乐观豁达之心态，从欣赏的角度去细致观察事物的"不变"与"变化"。多日守望，终盼来惊喜。早间喷水时，发现薯体几道褶皱一夜间爬出点点萌芽来，成排列状，似悬崖峭壁间结伴而行觅食探路的羊群。这只体量不凡的红薯，内部自然聚集着非凡的能量，自芽苞初放之时起，就姿态昂扬，蓄势待发。相隔几昼夜，此薯通体枝叶直立，身姿挺拔。平日懒散的家猫，敏感地捕捉到空间的款款绿意，晃到跟前，蹲下身子，皱起胡须，谨慎地嗅来嗅去，探寻个中奥妙。

昨夜寒流袭来，黎明之际雪飘如絮，洋洋洒洒素装着世界。室内的这盆生机勃发的红薯，此刻正在漫天飞雪的映衬下，自由呼吸，恣意伸展，尽情释放着个体生命的孕育与怒放，写意出自然天成的空间景致。

油茶麻花

回民街美食云集，琳琅满目。细致观察，具体到每个人，却都喜好各异，投奔的目标千差万别。有人就好一口大皮院"稀糊烂牛羊肉"，有人就只吃光明巷"马光荣泡馍"，有人钟情于"盛家酿皮"，有人却最爱洒金桥的"胖子"甑糕。而我进了回坊，从不心猿意马，闷着头直奔红埠街东头的"老乌家油茶麻花"来解口腹之馋。

我对油茶麻花向来都青睐有加，究其原因，还是与自身虚弱的消化系统有关。上大学那几年，正是血气方刚的年龄，自己却时常因吃生硬食物而备受胃肠不适的煎熬，终日志气消沉，萎靡不振。从那时候起，比如"羊肉泡馍""酸汤水饺""油泼棍棍面""烩麻食""蜜枣甑糕"等等这些最能体现陕西美食精髓的硬饭，却成为我饮食谱系中跨越不过去的坡坎儿。无奈之下，我只能避实就虚，保守地以松软的汤羹类为主，尽量绕开生硬辛辣食物的强势侵扰。刚到振兴路上班时，经常为吃什么头疼。到了饭时，同事叫一起吃泡馍或扯面，我都遮遮掩掩地拒绝了，然后一个人进入西后地老旧小区，在流动摊点寻找适合自己的包子稀饭、油条胡辣汤、三鲜米线等小吃。某个雪天中午，走进西后地正在犹豫吃什么时，突然听到一个老者的招呼声："小伙子，快进来，下雪天，喝一碗油茶麻花最暖和了。"循声而望，几米开外的小区一楼，正有一家临时搭建的雨棚里卖油茶麻花。带着一种好奇心下的尝试，我低头钻进棚里。棚中央的一个炭火炉子把整个空间烘得格外炽热，炉子上放置的钢精锅里，油茶正蹿着热气在咕咕作响。掌勺的老妈妈虽年过古稀，蓝衣之上系着白色的围裙，显得干净麻利。她从滚烫的热水盆里拿出碗筷后问我："小伙子，要几个麻花?"我忙答道："两个就行。"浸泡后的麻花失去了原有的笔直，在碗里自然地弯曲着身子，散发出特有的酥香味。老妈妈浇上两勺油茶，再熟练地撒些花生和芝麻末就赶紧递到我手上说："趁热吃。"此时，三张圆桌坐满了食客，大家都伸长脖子低着头，没有任何交流，只听到一片此起彼伏的吸溜声。一碗煎火的油茶麻花下肚后，暖胃生津，神清气爽。此后，我就成了棚里的常客，老妈妈看见我来，眼睛笑成了一条缝，每次拿起勺，在油茶锅中心多旋几次，我碗里的杏仁就明显地多了。接着又连抓两把芝麻花生末覆盖其上，算是对我无声的照顾。

　　要想吃上最地道的油茶麻花，还得往回坊跑。某年盛夏，在莲湖路办完事后已是正午，便想着在坊上溜达着找饭吃。从教场门进去，穿过西仓，来到红埠街西口，沿街瞅来瞅去，也没发现个能提起食欲的选项。突然想起一个朋友家就在附近，便拿起电话征询意见。朋友不愧是坊上泡大的，道道巷巷的特色小吃都刻在脑子里。他在电话那边说："知道你对泡馍和饺子都不感兴趣，那就去红埠街东头咥一碗油茶麻花吧。"此时正值烈日烘烤，口干舌燥，困乏感不时来袭，一碗油茶麻花正能激发神志，唤起活力。沿着狭窄的巷道步行不到 500 米，远远就看见排长队的食客，近前端详，门楣悬挂金底黑字木匾"老乌家油茶麻花"。主勺者为一身黑衣，头上紧裹白色纱巾的回族女子。此女 30 岁出头，身姿绰约，举止泼辣，一边询问着吃客："麻花要硬点么软点？加溏心鸡蛋不？"一边娴熟地操起特制木勺，按照吃客的要求在盛满油茶的大铝盆里熟练地翻搅，并顺势舀起入碗。放置在盆沿边的芝麻、黄豆、花生、麻叶等绝佳配料不失时机地相继掺和，一碗油茶麻花就这样糅杂着多重味道和幽香，扑面而来，让人瞬间醉心倾倒。先狼吞虎咽几口后，再定神慢品，经络活跃而舒张，通体满血复活。此时，路边一棵参天的杨树虽遮挡住太阳凶狠的直射，却没有一丝风掠过。露天里四张方桌上的吃客们在满脸滚落的汗珠中体验着另一番味觉层面的酣畅与快意。我旁边坐着一三轮车夫，肩宽体胖，一碗吃完，馋劲未了，喊再来一碗才稳住阵脚。吃罢，拿下肩膀上搭着的毛巾，擦了两把脸上的汗，起身蹬上车，一手摁着车头，一手用力摇着刺耳的刹车把手，带着饭饱意足的逍遥，隐没在熙熙攘攘的街巷里。

西仓的雀儿

教场门附近的西仓北巷是西安城一条很别样的巷子，总长 500 来米，却在多棵斑驳老树的交错荫庇下，拥挤着数家鸟店，八哥、画眉、信鸽、各式名贵鹦鹉应有尽有。特别是逢集日，各路玩家闲人汹涌而来，此街从早到晚便沦陷在人欢鸟啭的混合交响之中，自然演奏着都市另一番意味深长的热火与逸趣。

密集的鸟店，招引来了一群群麻雀寄居在屋檐下或老树的枝干上，或叽叽喳喳互道衷肠，或与笼中的鸟儿们逐食共饮，无烦无恼，怡然自乐。麻雀天性机敏活跃，善偷袭后而逃之夭夭。小时记忆中麻雀总是村里男女老少们追打捕捉的重点对象。村北当时有一片十多亩的谷子地，每当谷穗弯腰，随风摇坠时，队长专门会派几个硬邦劳力在竹竿上绑几条醒目的红布，兵分几路来到谷地的腹地，大声呼喊，用力在空中挥舞着竹竿，驱赶一群又一群刚落在谷穗上惊魂未定的麻雀。那时粮食紧缺，几个劳力格外负责，来回奔跑于谷地，不给麻雀可乘之机。一群又一群本已饥饿难耐的麻雀，被驱赶后，仍心有不甘地在不远处盘旋几圈，又呼啸而来飞回谷地上空，伺机再俯冲而下。每当看到那一幕景象，常有恻隐之心。如果它们能飞到遥远的城市，那里的人们不为吃饭发愁，也就一定会善待麻雀，使它们不再仓皇度日。

　　小时候的愿望，当30多年后的某天，一个人穿梭在熙熙攘攘的西仓北巷，注视着从广袤的田野，翻山越岭飞到繁华的城市，寄居在这条混杂且狭窄巷子里的一群群麻雀时，心情又是另一种滋味。老曹鸟店门前，有两棵歪斜不堪的法桐，枝叶茂盛，郁郁苍苍。在离地面最近的一根树干上，一字排开，落着六七只麻雀，它们正觊觎鹦鹉笼里盛着金黄色谷粒的塑料食盒。这群麻雀好似才从边远乡村跋涉而来，虽交头接耳，蠢蠢欲动，但初来乍到，都明显表现出新环境下的生涩与胆怯。为了能落脚城里，改换门庭，免受被农人驱赶歧视之苦，一只打前阵的麻雀终于利剑出鞘，"嗖"一下就稳稳落到鹦鹉的食盒旁，伸长着脖子，异常机警地左顾右盼，随时准备因发生不测而折返回营。笼里的一对鹦鹉，不知何故，对落在不远处的这只麻雀没有发出任何驱逐信号，面面相觑，漠然置之。麻雀觉察四周并无安全隐患，便放松紧绷着的神经，喧闹下的踏实感油然而生，不再畏畏缩缩，而是高仰着头，叽喳着召唤起树上的伙伴。有探险者在前，树枝上其他几只麻雀立即借助和倚仗着团队声势，呼扇扇都相继落在食盒边，竞相啄起食来。

走进巷子深处，"咕咕——"信鸽的叫声在杂沓的环境中有着强烈的辨识度，随声而望，信鸽店铺的老板正手持鸟笼，神色飞扬着给驻足的行人介绍一对信鸽强大神奇的归巢功能。在这家老铺的屋檐下，三只体态浑圆，毛色顺溜发亮的麻雀，似乎已是这里的常住户，表现出生存的优越感和稳固的领地意识。对铺天盖地的鼓噪声也习以为常，都悠闲自在地闭目养神，享受着闹中取静。工夫不大，估计到了用食时间，三只麻雀同时启动，双脚一蹬，翅膀一振，拖着笨拙的身体落在信鸽的食盒旁，落落大方、例行公事般啄食一通后，又飞回原地慵懒着，享受着。

西仓北巷的西头，几家观赏鱼店生意火爆，顾客络绎不绝。鱼店的东隔壁是由一个老西安经营的画眉店。笼里的画眉，以青色、黄色居多，也有罕见的黑色及价值最高的红色。欧阳修诗句里"百啭千声随意移，山花红紫树高低。始知锁向金笼听，不及林间自在啼。"所崇尚的是画眉回归自然的理想化生存模式，毕竟是一种美好想象。此家画眉，虽无林间自由，但在群团意识下，依然音韵多变，引吭高歌。画眉们千回百折，跌宕婉转的歌喉，吸引了常年在此混迹的五六只麻雀，不停穿梭在林立的鸟笼之间，它们不是为啄食而来，都寻机和画眉发生些故事。几只心动的麻雀身子紧贴着鸟笼，唧唧啾啾，心情急躁地摇头晃脑。笼里的画眉对麻雀的举动懵懵懂懂，不予回应，依然如故地唱出遏云绕梁的韵曲来。三番五次地主动取悦无果后，这群麻雀就一溜烟飞走了。

春进"龙王沟"

"龙王沟"村为数不多的几个老人直到现在还逢人必说村子曾经出现过龙。

不知是天意还是巧合，龙年伊始，约几好友，来武当山领略其雄奇与仙气。夜宿之地，在武当山下几公里开外的一个山村，名曰"龙王沟"。车子开进"龙王沟"已是傍晚，天空昏暗，薄暮暝暝，寒气四合而来。村口的四棵苍老的古槐，在暮色中枝干弯曲虬螭，好似蛟龙盘旋。此刻，从山道疾驰而来的风，拍打着古槐，疾穿过巷陌，发出咆哮般的声响。整个村落很快就在夜色和寒风的夹持下沉寂了下去。一觉醒来，熹微初露，窗外的一棵野生桃树上，两只山雀时而追逐嬉戏，时而呢喃细语，在早春的气息中毫不隐讳地表达着彼此的爱意。

龙年走进"龙王沟"我还是很期待听到关于龙的故事和传说的。走出温暖的居室，沿着鹅卵石铺就的道路缓步前行。"随风潜入夜"的一场春雨，滋润和唤醒着被群山环抱的"龙王沟"村，不仅涤去了它面目上的尘埃，也复苏着这里所有的生灵。整个村落在目秀气清中被层层叠叠，时轻时重，如薄纱般的晨雾所萦绕，更凸显出山村的静谧和安逸。久居闹市，当侧耳听到，亲眼看到，河渠边，屋檐下，山腰上不同方向传来公鸡在隔空叫阵时，那一呼必应，一浪高过一浪的鸡鸣声，在依山而建，错落有致的村落上空愈加清脆和婉转。村里的农人们都在这种习以为常的引颈高歌中或烧饭，或闲谈，或耕作。跃入眼帘的是一幅"鸡鸣犬吠相闻地，穴处巢居上古风"的山村生活景象。幼时的记忆，时隔多年，又得以再现。我克制着内心不时涌起的波澜，继续沿台阶而上，寻觅着关于龙的蛛丝马迹。在紧贴着山体的一户人家，一位古稀老人，在庭院的枇杷树下，用火盆取暖，他闭着眼，低着头，没有声响，似时光停滞。火盆之上，碗口粗的一截木头，在风力的作用下，慢慢吞噬着木心，释放出热量，持续不断地烘暖着老人的手脚。本不想惊扰他，欲绕道而去，轻微的脚步声还是被老人觉察，并招手示意邀我烤火。山里人的热情和诚意我早有领略，便毫不拘谨地和他相向而坐，围绕着"龙王沟"攀谈起来。老人低矮清瘦，眼眶深陷，驼着背，喘着粗气。当说起村子曾经出现过龙时，黯淡的眼神里瞬间闪现着亮光。老人手指着对面山顶的方向说："那里有一个半亩地大的池塘，已经有100多年了。据我父亲讲，有年秋天，这里连续多日暴雨如注，眼看山洪来袭，百姓生命危在旦夕。父亲夹在村民当中，连夜逃到山顶的池塘边，叩拜上天赐福，避免大灾降临。突然，从池塘里飞出一条巨龙，在空中发出雷霆万钧的几声吼叫后，消失在云朵之中。村民们还在惊恐之际，发现雨停了，云也散开了。"老人讲："自此以后，我们'龙王沟'再无洪涝之灾。都说'水不在深，有龙则灵'，山顶上的那口池塘，经历百年，天再干旱，都没有干枯过，塘水都是满的。所以，我们村祖辈人都知道是龙带给大家平安和吉祥，多少年来，村里人都遵循着龙润万物的意旨，老老少少都在勤劳善良、互帮互助、自然和谐中过着每一天。"

当我自认为关于龙的传说在这个村子应是统一共识时，未料到正在河畔给几只伸长脖子的鹅喂食的大娘，却说出了另一种版本的龙故事来。大娘看我是外地人，说起话来更带有地域优越感："古时候，我们这里住着一户靠捕鱼为生的人家，早出晚归地去近在咫尺的汉江撑船撒网。有天中午，一网下去，感觉不对劲，渔网一直往下坠，他喊来两个帮手，才把一条重100多斤的大鱼拖到船上。渔夫看到如此肥大，不断挣扎翻滚的鱼，心生善意，就把鱼放生了。从此以后，渔夫在江心捕鱼时，那条大鱼都会把头露出水面，围着渔船表达不杀之恩。渔夫也心爱起这条鱼来，常投食于它。某天，渔夫亲眼看见这条鱼成了精，在他的船边，一跃而起就变成一条龙，呼风唤雨般腾空而去了。"大娘接着说："我们这里多年能风调雨顺，还不就是有那条'龙'的护佑。"

正午时分，太阳从大山的一个豁口迈越过来，以充足的能量辉映着"龙王沟"村的沟沟畔畔、峁峁梁梁。在阡陌纵横的田间地头，在丝丝缕缕的阳气成螺旋状的升腾和蔓延中，勤劳的农人们有的在用地膜开始培育菜苗，有的在用家粪浇灌着一排排小莴苣，有的则在地坎上点播着豌豆。龙年的"龙王沟"在又一轮回的自然孕育和生发中，开始蓄积着崭新的繁茂和丰腴。

观锔瓷

　　来到"瓷都"景德镇，便兴冲冲地沉迷到"瓷海"当中。在寻寻觅觅，挑挑拣拣了好一阵后，那股稀罕劲就悄然退去。聊赖无依之时，又倦意浓重，索性改变主意，回到下榻的三宝村"锔瓷小院"民宿。正欲卧床小寐，忽闻窗外清脆的敲击之声，此声节律明晰，强弱有度，起起落落，窸窸窣窣，无纷繁芜杂之燥，反而悦耳赏心，令人平静淡然。好奇心驱使，在困倦四散中循声而望，此家民宿主人陈力平，原是当地很有名望的一位"锔瓷"达人，他正在对一个价值不菲的茶器进行锔钉固定。征得同意，有幸旁观他的"锔瓷"绝活。

　　有句话叫"没有金刚钻，别揽瓷器活"说的正是这门古老的传统手艺——锔瓷。简言之去定义，就是用金、银、铜等金属做成的锔钉，对破损的瓷器进行修补，让其复原再生，重归于好。"锔瓷"作为一种非常精密的手工艺和艺术再创造，对工作环境和操作者的心境都有着极高的要求。"锔瓷小院"就坐落在青山如黛、溪流淙淙的村落里，幽静而古朴，能感受到主人"抵御浮躁、恪守美好"的那颗恒心，非常适宜"锔瓷"艺术创作。有一种说法，"器物破碎，人心亦碎"，正说明了人们对器物日久生情，意外破碎又无法修复的崩溃心情。能成人之美的人，能体悟到"惜物保福"的人，一定是慈眉善目，相由心生的。眼前的"锔瓷"达人陈力平身着淡青色复古服饰，清瘦而俊朗，目光里透着岁月沉淀之后的温和与敏锐，两撇浓密的山羊胡，格外惹眼。为我沏茶让座后，陈力平拿起一个熟人送来，已经碎成三部分的青花瓷茶具在端详，反复揣摩它的破损纹路，思忖着如何钻孔，以及怎样锔钉排列。当皱眉舒展，山羊胡也跟着翘了两下后，陈力平有了成竹在胸的底气，也有了让瓷器涅槃重生的具体方案了。只见他将三块破碎的瓷器先拼合起来，再用细绳缠绕捆扎，将各碎片紧紧固定，经小锤敲击，严丝合缝后，完成拼接。到了钻孔环节，堪比"走钢丝"，力道拿捏必须准确无误，否则差之毫厘失之千里。陈力平深谙其难度，猛吸几口烟，又抿了一下茶后，才拿起金刚钻，屏住呼吸，沿着思考好的修补路径，钻出一排深浅合规，尺寸均匀的小孔来。几个轮回下来，陈力平的鼻尖和两鬓都渗出了汗水，他没顾得去擦汗，而是将一个个考究的铜制锔钉插进钻孔里。拿起小锤，轻微敲击，使锔钉固定抓牢，再让其平整光滑，饱满熨帖而不显多余。当今的锔瓷修复，不仅要"破镜重圆"还要能焕发出崭新的装饰美感来。在陈力平工作室的展柜里，摆放着锔瓷过的紫砂壶、玉器、茶具等物件，无疑在镶嵌工艺上都达到了极致。每件器物都是陈力平巧妙借助其残缺美，发挥艺术的想象，运用不同的锔钉，锔出梅兰竹菊或花鸟虫鱼。陈力平在"一拼一接，一钻一锔"之间，建立起人与器之间的无声交流。不由得感叹，锔瓷的过程都是"缝补生命"的过程，因而锔出来的作品毫无疑问都是对原器物价值的叠加与升华。

陈力平见我不吱声，只是入神地看他锔瓷，话多了起来。"我师父王镇海先生，是北派锔瓷泰斗，也是宫廷锔瓷技艺传人，他曾给我讲：'锔瓷，其表为修复之艺术，其内乃圆融之人生。'我现在理解就是在残缺中要善于发现美，不破不立，关键要在困境中灵活找到变通之法，如何赋予其全新生命魅力，这就是'锔瓷'这门绝活的价值之所在。"

日当正午，走出陈力平锔瓷工作室，我对"技进乎道"这句话又有了全新的认识。

吃 家

在西安城里，有两种馆子从早到晚都嘈杂不堪，冷清不下来。一个是面馆，一个是泡馍馆。在面馆吃面，臊子熛得再香，辣子漂得再汪，同一桌的食客们都默不作声，只顾低头剥蒜，懒得瞥对方一眼。等面端上桌，"哩哩哩"咥完，再喝几大口煎面汤，便抹嘴走人。可在泡馍馆里，情形则大有不同，你总会遇见几个资深吃家，从城市的不同方向而来，虽素不相识，但都是奔着一种品鉴的心理或特别的体味而来，刚一落座，就急着先找个话茬，你来我往，像多年的故友，边掰馍，边在刻意营造的慢时光中相互海阔天空、掏心掏肺。

人的胃是最富有记忆的一个器官。我五六岁时，每逢过年，父亲都会组织全村人在兴平县东街看一场人民剧团的大戏，也顺便带我们在西隔壁吃一次全县独有的羊肉泡馍。为了省钱，去县城的先天晚上，婆先去麦秸堆扯一大担笼柴，连着给我们烙两锅死面饼子，装在一个大布袋里。有一年正月初六，天还没亮，村里的两辆大马车满载着男女老少，经良村和北马村上县里看戏。我和五哥坐在马车的前沿，用席子搭设的简易车棚下，围坐着我婆、三婆、七婆、八婆几位老人，车后方又被四五个孩子把持。四匹雄健的马儿似乎都受到来自车上欢声笑语的感染，精神抖擞，在清脆鞭梢的一声声催促下，都高昂着头"嗒嗒嗒——"一路小跑着到了县城。看完《游龟山》，父亲带着我们一家再吃羊肉泡。泡馍馆子里只有六张八仙桌，吃客多，非常拥挤。经几番穿梭，在靠近门口的一张饭桌前找到位子。我悄悄把馍袋子放在桌角，低着头，生怕其他吃客嗤笑我们从乡下带馍来。这时，哥用胳膊肘撞了一下我，递着眼色。原来凡从乡下来吃泡馍者，无一例外都提着馍袋子。他们每个人的碗里，指头蛋大的馍粒直至掰到带上高顶还不罢休，再用手掌使劲压几下，继续掰。看到这样的情景，我也自然没有了先前的害羞，大方地把饼从布袋里掏出来，心急火燎地掰起馍来。泡馍馆的炉头大师傅是一个高高大大，很魁梧，面带善意的关中汉子。他非常体谅农民辛苦一年就吃这一次泡馍。见到带顶且非常瓷实的碗，他并不厌烦，而是乐呵呵地给瓢里多添几勺肉汤，保证口味浓香。等把馍煮好后，老碗旁，他早已备好小碗，一大一小，满满两碗，让农村来的人吃个过瘾和痛快。父亲把几碗羊肉泡馍都端上桌后，一家人也都顾不上再说话，只顾往嘴里刨。由于吃得急，我额头和鼻梁布满了汗珠，母亲及时帮我褪去臃肿的棉袄。当鲜嫩的肉香在口中弥漫时，一种由羊肉泡馍的满足感延伸开来的家庭幸福感此刻就会油然而生。一家人正吃得投入，发现父亲慢慢放下了碗。原来在不远处的角落，一个蜷缩着身子的乞丐，蓬乱的长发遮掩了整个脸面，一双有神的眼睛正死死地盯着我们这张桌子每个人的动态，时刻准备着吃谁碗里剩下的一口半口。父亲招手示意，让他端碗过来，把自己的分给乞丐。孰料乞丐只摇头，一动不动。等我们都离开桌子，他才猛然起身，机不可失地端起父亲有意剩下的半碗泡馍，回到角落，狼吞虎咽起来。

光阴如箭，当40多个春秋飞逝而去时。现在走进泡馍馆，无数像我这样，经历过那个食不果腹、苦难日子的人，他们总想吃出年代感，谝出那个久远日子的心灵共鸣与岁月记忆。

仲秋时节，气候微凉，中午约妻子去回民街吃泡馍。给坊上朋友老李打电话，求推荐。老李一口气说了三家。北广济街有老刘家和果渊斋老米家，光明巷的马光荣泡馍。老李从小摸爬滚打在坊上，我深信他的权威性。走进老刘家泡馍馆，正到饭时，食客云集，熙熙攘攘。我和妻子面对面坐下，要两份优质牛肉泡馍，开始掰馍。旁边两位年龄相仿的长者，听出也是首次谋面，正说得热火。一位稳健、低矮、有沧桑感，另一位敦实、黝黑、带着豪气。"稳健者"说："我在老刘家吃了50多年了，人家这破汤（原汁和水的比例）是一绝，而且在烹煮时能以馍定汤，以汤定时，火候把握得特别好，从第一口到吃到最后都是香的。""敦实者"并没有否认此说法，而是露出诡秘的神色说道："您那天去红埠街的义真泡馍馆去品一下，他家在烹煮环节上，汤烧到什么时候放馍，下调料的顺序，放明油和脂花的时间都十分讲究，出饭时，一定能达到出色、出形、出香的效果。""敦实者"见我要的是优质牛肉泡馍，毫不掩饰地兜出自己的一套见解来："我建议你以后别吃优质泡馍，就吃普牛。现在的人谁还缺肉吃，吃泡馍的重点是要吃出来汤汁的鲜香味，有回味的空间。同时也要学会享受食客掰馍和厨师煮馍之间，相互配合，传递默契的这个过程，这也是吃泡馍的组成部分。"我笑着连连点头默许。此刻，两人的泡馍上桌，转头一瞥，均为普牛。"敦实者"喊来服务员，加盘素拼后，礼让"稳健者"先动筷子。香味缭绕，不断撬动着两人的感性神经，更拉近着两颗心的距离。"稳健者"显然有些动情："我是高陵通远人，困难时期，父亲来西安贩木头时，偶尔会带我来吃一次'老刘家'。记得父亲常把碗里仅有的两片肉拨给我，吃完用一个瓷罐子给我爷再带一份，马不停蹄地往通远家里赶。前几年，我得了一场大病，人都快死了，也不知什么神力施予，慢慢又活了过来。劫后重生，我更懂得珍惜当下，把啥都想开了。我现在每周从高陵来'老刘家'吃一次泡馍，吃着吃着，就常想起我去世多年的老父亲，咋都回不到我做儿子的那个年代了。"一顿泡馍，从正午吃到了日侧，两个吃家柜互牵挽着胳膊走出"老刘家"，在广济街接踵如流的人群中互道珍重，挥手作别，相约着下次见面的时间。

龙窝有"醉"

龙窝酒文化博物馆院内的两排桂花树，正处盛花期，每个枝头都盈盈缀缀，繁茂而富丽。一阵秋风而起，幽幽暗香，不时袭人心怀。正倾心于桂花浮动着的馥郁之气时，另一种诱人的"龙窝"酒香已从柳荫下，从竹林旁，从老屋里的一个个黑瓷酒缸盖子的缝隙中窜出，丝丝缕缕，飘飘忽忽，在空气中汇聚成一波又一波浓郁清香的场域，在与桂花的香气此消彼长，混合掺杂着。使得"龙窝"的上空始终被一种厚重绵长之特殊气息所笼罩，复合出浑然天成之气象来。

说起"龙窝"酒之厚重，必有历史之源起。据《龙窝酒志》记载："鄂邑有一地名曰'龙窝'。此地东西临河，曲流九湾，积水成潭，常有低云起雾，巨龙腾空之壮观，人云：'龙卧福地也'。清光绪年间，龙窝有井一口，井水通灵，适于酿酒。农人采用古法制曲，人工踩坯，入室发酵而成。至此'龙窝酒'应运而生，且愈酿愈醇，香溢关中道，民间就有'东龙西凤'之美誉。"

"龙窝香溢关中"容我寡闻，但它飘香到我的出生地，却是事实。龙窝酒厂所在地渼店镇龙窝村，与我的家乡阜寨镇陈皮村隔河相望，一个在渭河南岸归鄠邑，一个在渭河北岸属兴平，直线距离约20公里。我幼时，叔父好喝几口酒。初冬的一天，村庄被如纱的薄雾萦绕，只见叔父自行车头上挂个塑料壶，行色匆忙地出了村口。迎面来人问："揍撒呀？"叔父拉开嗓门说："去龙窝灌酒呀。"到渭河岸边的渡口，他挥手招呼来船夫，撑船划桨才能到对岸。太阳刚压山，回到村子的叔父，邀来几个知己，在村饲养室的大炕上，摆起了阵场。炕中间一张小方桌上，除了一桶龙窝酒，还摆放着一老碗萝卜秧子酸菜。虽有酒没肉，但在那个月华如练的夜晚，我清楚地记得，酒把大家烘得很热，把心拉得更近。

龙窝酒厂无论是"二月二"祭拜龙王和酒神，还是重阳节文化活动，都会请到四邻八方的乡亲们，同吃臊子面，共饮龙窝酒，彰显出龙窝主人对待客人的盛情与真诚。今年重阳也不例外，后院支起的三口大铁锅，两个下面，一个烩臊子汤。在关中，男女老少对臊子面的执迷与钟爱是浸透在基因里的。臊子面酸、辣、煎、旺的特性与关中人直爽豪放的性格总有着天然的契合。一位七旬老者，在席面上吃酒后，仍神魂不安。原来就缺那口臊子面，等面上桌，只见他端起一碗，索性起身离开，站在不远处的墙脚下，操起筷子，尽情施展开来。此刻，午后的阳光强劲地斜射于老者，不时鼓起的腮帮，额头凸起的血管，满脸泛起的汗珠都清晰可见。老者投入的神态，凸显着臊子面给他所带来的无限的酣畅和无尽的满足。

来龙窝，最好奇颇为神秘的酿造技艺，何为"古法酿酒"？走进龙窝作坊，只见几个"酒把式"正在用原始的木锨推运原料，借机跟进请教。据介绍，一百多年来，龙窝酒的古法工艺技术，全靠师徒传承，从清蒸、摊凉、加曲、入窖、发酵及蒸馏等每一个重要环节都是和关中的自然环境以及气候特点相吻合，这样才能酿造出清香怡人的龙窝酒来。置身于龙窝作坊，蒸汽弥漫，粮食成熟后的醇香甘甜之味充溢四周，使人不由得沉浸其间，尽情地体味着大自然的馈赠。

李白有诗："西施醉舞娇无力，笑倚东窗白玉床。"美酒与美女，自古就备受文人墨客的青睐，常把二者象征为人间美好的事物，都能给人带来愉悦和享受。在龙窝酒器馆正前方，有一棵虬枝盘由的老柳树。一位楚楚可人、姿容清秀的少女在树下端着酒壶，斜靠着酒缸，在众多网络"拍客"的指点下，或低声吟咏，或浅斟慢饮。少女娇美而清纯的举止宛若山巅之初雪，林间之清泉，无瑕而明净。矜持典雅的气质和身后酒缸散发出来的诱人气息都流露出一种不加雕饰，超凡脱俗的质朴之美。

龙窝雅集，对乡邻们而言，要完成三桩心愿。就是喝龙窝酒，吃臊子面，看秦腔戏。打听到秦腔四大名旦之一的齐爱云要来助兴演出，大家相互传送着这个好消息，相约着一起，共睹名家风采。齐爱云的艺术气质本来就绰约有加，那天又特意戴了一副时尚的眼镜，更加优雅照人。在龙窝，必须要唱《龙凤呈祥》里"孙尚香在画阁自思自叹……"这段唱腔，非常考验一个演员的高音区功力。齐爱云以她圆润通透、张弛有度的演唱，吸引着台下一大片乡邻们虔诚而专注的目光，名家的每一次情感爆发，都会掀起一波喝彩的浪潮来。长安、鄠邑、周至都算是关中的戏窝子。一旦看起戏来，乡邻们就像喝龙窝酒、吃臊子面一样，全身上下的血脉都是通畅的，舒坦到顶了。

随笔述评

看马河声唱《祝福》

被称为"梨园之都"的西安城，容纳着许多的秦腔流派，诸如宽宏苍劲的"衰派"，清脆甘甜的"苏派"，婉约缠绵的"肖派"，以颤音见长的"郭派"等等，各具魅力，独领风骚。受父亲影响，我从小就钟情于"任派"，常陶醉于"小生泰斗"任哲中先生那哀婉凄楚、韵味浓厚的沙音唱腔之中。最近几年，在不同的欢聚场合，听到三四次书画家马河声清唱"任派"代表剧目《祝福》里贺老六的唱段，其情其韵，悦心而别样，令人回味。并非专业演员的马河声，有模有样地唱出了"任派"的一些行腔滋味，比如拖腔里的鼻音。作为书画家的马河声，凭借自己的艺术认知，又无意间拓宽、丰厚了"任派"的审美内涵，给听众留下诸多的思考空间。

　　有一年盛夏，我邀马河声去兴平老家吃农家饭。茶余饭后，在院子的花坛前，马河声和父亲聊起了几位秦腔名家。聊起了任哲中，见父亲谈趣正浓，马河声一时兴起说："我给您来几句贺老六咋个向？"父亲鼓掌欢迎。马河声很快调整一下呼吸，腰板挺直，目光紧盯着父亲面部的神态，开始唱道："大嫂，这时候只有我和你，你快把真情说明白，不愿嫁我就随你去，仍可到鲁家做用人，我老六绝无歹心和恶意，天亮前，我送你下山林。"以有礼有节的"大嫂"起唱，以"任派"婉转迂回的鼻音止落。虽只有一板唱腔，但马河声随着手势的起落，清晰地带动着演唱情绪的起伏，每句唱腔都能洞悉到层次分明的意旨抵达和情感归位。他时而剑眉紧锁，显露出对祥林嫂处境的担忧，时而又温和如煦，传递着对祥林嫂最朴素的体恤。

　　在鲁迅短篇小说《祝福》中，贺老六并非主要人物，是通过虚写的手法展现的，由卫老婆子向四婶叙说时，只寥寥几笔，一带而过。尽管人物背景模糊，但贺老六的人物个性鲜明，他是一位"有力气，会做活"勤劳忠厚的农民。查相关资料得知，陕西省戏曲研究院在1978年由导演李继祖将《祝福》改编为秦腔，搬上了舞台。此剧的上演，在秦腔音乐的创作上具有里程碑意义，它将秦腔的传统板式与现代交响乐有机结合，达到水乳交融的艺术效果，同时也让两位秦腔表演艺术家任哲中、郝彩凤家喻户晓，并且留下了很多脍炙人口的经典唱段，比如"砍门槛""夫妻相依度时光""盼新人""只见她"等。马河声所唱，便是"只见她"最后一段。

　　除过在兴平老家后院听《祝福》外，还有几次场合听见马河声唱《祝福》，每次听后，都会有新的感受。马河声唱出来的《祝福》除了有"任派"痕迹外，是如何被赋予"马老"意蕴的？他为什么如此专一于"贺老六"这个角色？

　　一切艺术，说透了都是心灵的艺术，亦是情感的产物。无论书画、戏曲，还是小说，都是通过构建作品在传递思想，在表达情感，在获取审美体验。苏轼评王维的画是"诗中有画，画中有诗"，京剧大师梅兰芳曾学画于齐白石，这些都在佐证着艺术门类的相通共融。毫无疑问，马河声在唱《祝福》时，自然融进了他在行草创作时遒劲放逸、观照灵魂的一贯主张。在语意的转换间，在情绪的收放时，马河声以深沉略带苍凉的声腔，把宽厚善良的贺老六对祥林嫂心生怜悯、真诚相助的心理活动演绎得惟妙惟肖。静心聆听，马河声没有刻意去模仿"任派"，而是在吸纳了"任派"的一些声腔元素后，在对人物角色拥有独到感悟和体味之后，进行着不羁的自我表达，深深地打上了"马老"烙印。

　　沿此思路而下，关于马河声为何专情于《祝福》里的"贺老六"，豁然开朗地联想到其他"两通"。

　　马河声组建了一个微信群"黄河"，除群友发些文艺作品外，群主常会发些社会底层百姓受屈受冤的不公之事，痛斥世间的阴暗和丑恶。接触过马河声的人都清楚，他是一个敢于为正义发声，坚定捍卫道德与良知的人。而鲁迅先生，作为现代文学的旗帜，一生都在为推翻"封建礼教和宗法观念的精神枷锁"而战斗着。他以笔为武器，以犀利和辛辣的语言，进行着深刻的社会批判及人性探索。这样的一个"真的猛士"，和马河声的秉性有着天然的契合度。毫无疑问，他是非常崇尚鲁迅先生"横眉冷对千夫指，俯首甘为孺子牛"的价值取向，其理想追求及文思才略自然也都是相通的。

在秦腔《祝福》里，祥林嫂有一段唱："看老六，心良善，苦命人儿心相连。"这是祥林嫂被迎亲队伍抢到贺老六家后，本来要反抗逃走的她，被贺老六的真诚和善意深深地打动，两个苦命人的心开始贴近，开始相连，也才有了后来的"夫妻相依度时光"。从合阳农村走出来的马河声，刚闯荡西安时，啃过冷蒸馍，睡过地下室。他所经历的人生苦难，体验过的人间冷暖，最后都回笼到逐渐成型的个人品格当中。所以在马河声的性格特质里，必然含有对弱势群体无限的怜悯和同情，也很容易和秦腔《祝福》里家境贫穷、勤劳忠厚的贺老六，产生诸多的关联性和共鸣点。所以马河声唱的《祝福》虽然达不到任老先生的专业高度，但"马老"的《祝福》绝对有他自己的味道，有生活的感悟，有人性的恻隐，亦有艺术的主张。让人总能听出如此丰富的"弦外之音"，这就足矣！

麻将有玄机

麻将作为中国传统的娱乐方式，被坊间誉为"国粹"和游戏中的"名门望族"。曾经看到一种戏说：中国对世界的三大贡献就是"传统中医、《红楼梦》、麻将"。能把麻将和前两者相提并论，充分说明了麻将不仅是一种简单的娱乐工具，更有其深厚的博弈文化。在周末闲暇之时，我也会约三五好友打打麻将，打完后常会想起一些情节，觉得颇有奥妙和玄机。

关于麻将的起源，网上有多种说法。一说，"公元前500年孔子发明了麻将，圣人云游四方，传播学说时，三元牌红中、青发、白板分别代表了人们常说的忠、孝、义"。二说，元末明初有叫"万秉迢"的人，非常崇拜梁山好汉，将水浒英雄的108将融入游戏之中，发明了麻将。三说"江苏太仓古时是皇家粮仓，雀患严重，守仓兵丁捕雀为乐，仓官发给竹制筹牌记数酬劳。筹牌上有刻字，可用来游戏，逐渐演变成麻将"。这几个主流说法反映出古人对一种新事物寄托的思想主张和朴素的愿望。

我有一位朋友，很少打麻将，却喜欢研究麻将里蕴含的学问。他说："麻将中的'筒'就是铜钱，'索'在古代就是穿铜钱的线，'万'当然代表财富的数量。要获取财富，并不是宣扬不劳而获，麻将里设置的东、西、南、北风，正是暗含了出外打拼的游子们远走四方，在经历了千辛万苦和风雨的洗礼后，才能获得财富的积累，走上幸福生活的人间大道。其中的'发、中、白'则是古时新年里大家娱乐时的一种美好祝愿。发，当然是恭喜发财。中，希望学子能中举，中状元。白板，则是无论仕途多么平坦，即使官至六卿，也要清正廉洁，为人正派，清清白白，这样才能过上安稳的日子。"我觉得朋友的解释有几分道理，但地域和文化背景不同，肯定还有很多种说法。

麻将发展到今天，从城市到农村，普及率很高。麻将之所以有如此巨大的吸引力，还在于它变化多端的牌面组合和层出不穷的策略打法。我农村老家有一堂弟，牌龄已有 20 多年，村里人众口一词都说他是大神级的人物。逢年过节，我也多次围观堂弟打牌，他把控局面的能力特别强，一开局，将自己的 13 张牌溜一眼后，就全记在心里了，瞬间就确定了本局的战术打法。究竟是进攻还是防守，打牌的路数完全两样。牌面好，主动性更强，基本是常规打法，必打单牌和偏张，和牌概率大增。假设牌面七零八落，他会立即启动防御策略，先打中张牌，别人容易碰的偏张牌，他死死拿着不放。这种放弃和牌的打法，往往把牌面好的兴家拖到黄牌的无果结局，自己则全身而退，毫发无损。堂弟还有一大神力，就是打牌过程中，虽一言不发，但会敏锐地洞察和捕捉到对方打出每一张牌所透露的信息，对方打牌时流露出的一些形体动作，他也会和牌面有所联系，并进行有关联性的评估。这样下来，谁家和什么牌，他都会预判得八九不离十。堂弟虽然没多少文化，整天在外面打工，但身处牌局时，他审时度势、出神入化的应变能力，还是很让我佩服。

变幻莫测的牌局，如同前途未卜的人生之路，在面对困局和迷局时，如何进退自如、化险为夷，既是一种能力，也是一种智慧。空闲时间，我也和朋友去茶馆打几圈牌。我对打牌有几点个人认识：首先，打牌的四人，必须是经常来往的朋友，而且要能玩到一起。这个看似简单，其实也挺难的。和不熟的人在一起打牌，不仅要有一个试探磨合的过程，关键是让打牌似乎变了味道，好像纯粹为了一场博弈而来，失去打牌的乐趣。即便是熟悉的四个人，对输赢的心态不一样，也会影响到牌场的气氛，要尽量避免一些尴尬局面出现。其次，只打小牌。我觉得真正能在打牌中放松心情的，只能是打个小牌，输赢都很轻微，也显得一团和气，好聚好散。几年前，在宝鸡办事，吃完辣子火锅，晚上打过一次大牌，结果我手气顺，赢了不少，结束时，一个输家猛然一拳狠狠砸在牌桌上，怒吼着说："从今天开始，我金盆洗手。"我半夜微信转账把赢的钱发给对方，人家回复："牌场必须讲规矩。"坚决拒收。那天晚上虽然赢了，但心里并不舒畅。还有一点，那就是打牌要有自制力，频繁地泡在麻将里，是内心空虚的表现。当然每个人都有自己对打麻将的认识，也要尊重不同的观点存在。其实人的兴趣爱好还是要广泛一些，调整自己情绪和心态的方式很多，听音乐、看书、运动、旅游等都能起到放松心情的作用，何必整日在烟雾缭绕中厮杀得天昏地暗，搞得自己腰酸腿疼才离场，很是得不偿失。

我当广播新闻编辑的那几年

人生旅途，确实有好多十字路口，最终向右拐还是向左转，则是两种截然不同的命运路径和人生内容。这也佐证着柳青的名言："人生的道路虽然漫长，但紧要处却只有几步，特别是当人年轻的时候。"

我上大学时，已经开始不分配工作了。刚毕业，父亲通过他老同学儿子的关系把我安排到咸阳市某局办公室工作。档案都移交过去了，父亲还专门带着我去上班的地方认个门。回来的路上，我对父亲说："单位感觉还不错，但还是不适合我。"父亲有些意外且生气地给我一句："好多大学生都找不到工作，你还挑三拣四，我就这点能耐，你看啥适合你就干啥去。"父亲动怒后，我思想便有些动摇，打算就在咸阳市安家立业。某天中午，我正和隔壁家的三叔父在门口聊天，旁边收音机里传出的一则消息，立刻吸引了我的注意力："西安人民广播电台将在 11 月 1 日成立新闻台，即日起开始招聘编辑记者，具体报考条件和考试时间请拨打咨询电话 88402173。"听到此消息，我赶紧跑回家，把报考的咨询电话记在一个本子上，准备碰一次运气。之所以想碰碰运气，我觉得虽然自己大学专业不是学新闻的，但从小都在接触新闻。上小学时，母亲每天从村子学校拿回来《文汇报》《陕西日报》等报刊，父亲读过后，我也跟着读。到了上田皁初中和南郊高中，课间十分钟，我一般都会到报栏看会新闻，尤其爱看文体新闻，那时也就有了当一名记者的梦想。去西安应聘，因心里没底，就决定暂不告知父母。笔试那天，自己偷偷从西吴镇坐长途班车在玉祥门又倒 12 路公交车，提前半小时赶到振兴路小学考点。考题除一些新闻常识外，还有好几个围绕西安城市发展的论述题，好在考前我查阅了半年内的《西安晚报》，论述题没太失分，笔试顺利通过。到了面试，应试者由最初的 300 多人，被淘汰到就剩下 15 个人了。新闻台成立，编辑记者岗位计划聘用 10 人，意味着还有 5 人要被淘汰。面试的主考官有王建仁、任书明等。作为新成立的编辑部首位主任，王建仁让我阐述了广播新闻的编辑特点和规范要求。等我回答完毕，按照考试规定，几位考官并没有当场表态，让回去等通知。走出西安广播电视局大门，已经到了中午，振兴路两旁的饭馆林立，抬头看见有家快餐店，我就走了进去。女老板问："都要啥菜？"看着香馋的小排骨、粉蒸肉、条子肉等，我手不由自主地伸进上衣兜，早上来时带的 38 元，已经花去不少，还得留出回家路费，不够点肉菜。最终点了油麦菜和土豆丝两个素菜，吃碗米饭，也很满足。吃完饭，正一个人在振兴路上盲目地左顾右盼时，突然听到有人在叫我的名字，我带着疑惑回过头，吃了一惊，原来是上午刚面试过我的王建仁主任。他知道我从兴平赶过来考试，就说："这次考试的基本是西安市内，并且很多都有区县和国企新闻宣传经历，像你这从外地来考试，没有从业经验，非常少。但这也不是啥劣势，还是要拿个人实力说话。如果录用了，很快就能接到通知，先回家好好休息几天。"我和建仁主任在围墙巷口分开。在步行去南稍门坐 12 路公交车的路上，内心不时泛起一股股暖流。虽然彼此生疏，但能从建仁主任的语气和眼神中，看出他对一个从外地来谋职的年轻人的体恤与关爱，也显露出他令人信赖的朴实与宽厚。当 12 路公交车从永宁门进入南大街转盘，我注视着眼前缓慢移动、彰显着历史厚重感和沧桑感的古城墙，陷入了沉思。我自己今后的前程能和眼前这个既现代又古老的城市产生关联吗？如果没有考上，也就只能是这个城市的匆匆过客了，一切都还悬而未决。回家后的第三天，我正在地里帮四叔挖红薯，母亲叫我赶紧去村委会接西安打过来的电话。我扔下镢头一口气跑到村委会，电话那头正是新闻台编辑部王建仁主任的声音，让我第二天就去台里报到，正式入职。

1996 年 11 月 1 日，西安新闻台（中波 810）正式开播，作为编辑部的一名年轻编辑，我除了向几位经验丰富的资深编辑学习外，还须通过大量阅读新闻稿件，翻阅编辑类书籍，让自己尽快进入角色。经过三周左右的"以老带新",建仁主任就开始让我独立编辑各档新闻。我清楚记得,编辑完第二天早上7点直播的《西安新闻》一般都在晚上11点以后了。编辑部有张钢丝床,我干脆就不回租住的房间,直接睡在编辑部。当时《西安新闻》前5分钟是当天最新的"报刊荟萃",清晨6点,窗外还黑压压一片,投递员就从门底下的缝隙里把《西安晚报》《华商报》《三秦都市报》相继塞进来。听到窸窣作响的报纸声,我一骨碌从床上爬起来,一手拿剪刀,一手拿胶水瓶,把当天报纸头版的要闻,剪贴起来,再做简单的编辑处理后,一路小跑着上电梯,冲进直播间,交给即将直播的播音员。然后又赶回编辑部,打开收录机,收听自己编辑的《西安新闻》。当节目最后听到播音员播报自己名字的时候,我在空荡荡的编辑室,睡眼惺忪地斜靠在沙发上,充满怀疑地在想:我竟然承担着偌大一个城市新闻阵地的组稿重任,此刻不知有多少晨起的市民在家里、在公园、在路上收听着节目。想到这里,内心除了滋生片刻的成就感外,更多的是恐慌和压力,对自己今后能否胜任此项工作依然心里没底。想着想着,窗外晨光熹微,振兴路上逐渐传来清晰且稠密的鸣笛声,新的一天又开始了。

当时西安新闻台是中波发射,缺点是没有调频收听的清晰度高,优点是辐射范围广,西安临近的咸阳、渭南等地区都能覆盖到。每到周末,只要不是我值夜班,下午把各档整点新闻编完,就直奔玉祥门外潘家村长途汽车站,回兴平老家看望父母。有年夏天,搭最后一班长途车回家,车出西安城时已经暮色弥漫、华灯初上。由于陈皮村位于西宝高速 37 公里处南侧 1 公里，上车前，我先给父亲打电话，让他大约几点到高速公路桥下接我。夜幕下，长途车风驰电掣般在高速上疾奔。我坐在发动机盖上，一眼不眨地注视着前方，不断通过路两边的建筑物来辨识着车行驶的位置，总害怕坐过了地方。当过了咸阳西收费站，10 分钟后准时到达 37 公里处散区桥下。等车停稳，在一团漆黑中，父亲的手电筒光束由远及近在夜色中急促跳跃着，伴随着喊我的名字声。接上我后，他那颗焦急等待的心才放松下来。在两侧都是玉米地的一条小路上，父亲边蹬车边问话，工夫不大，就到家了。由于正处伏天，村里人此时还没有入屋睡觉，都在门口铺席纳凉，整个街道还处在喧闹之中。快到晚上 9 点，我正和父亲、四大、七大、九大在竹子床上拉家常，忽然听到村委会大喇叭里传出熟悉的西安新闻台呼台声。这时，九大问："你在哪个台？"我说："就在大喇叭放的这个台，马上就能听到我编的新闻。"听我这么一说，几个长辈都打起精神，伸长着脖子，仰起头朝向村子大喇叭的方向，认真地收听完由我编辑的一档整点新闻。在收听的过程中，夜色之下，我清楚地看到父亲的表情里洋溢着苦尽甘来的欣慰，甚至是几分自豪。虽不言语，但我能看懂父亲此刻表情背后的内容。我童年时长期经受病痛折磨，他一生最美好的 18 年都葬送给了一场浩劫，在这一刻，父亲终于找到了慰藉点、诠释点、支撑点。

　　20 世纪 90 年代末，毫无疑问是传统媒体发展难得的机遇期，无论纸媒，还是广播电视都迎来提档升级的春天。那时西安新闻台的广告部经常门庭若市，十分火爆。到了年底，台里给员工发放的福利，都是广告置换的实物。记得有一年临近过年的一天，我正在编辑部编《午间新闻》，楼道就有人喊："快到院子搬年货了。"几个人刚搬上来几大箱大米、菜油，又听到楼道喊声："水果和带鱼回来了，各部门快去院子领取。"就这样连续不断有年货运到院子，同事们轮番上下楼梯的脚步声以及搬运年货时欢快的笑声交织着在楼道里回荡。整个编辑部，除了编稿子的四张桌子，其他空间都被各种年货所占据。身处这样一个被浓浓年味包围的空间，自己的感受是温热的，也是别样的。

干编辑工作，特殊性就是常会在晚间等市上主要领导当天活动的通稿。一般本地新闻和国内国际新闻都编辑停当，编辑、播音员和审稿领导都得在台里等通稿。由于通稿有比较严格的审阅程序，因而留下的时间都会在2到3小时。我编完整点新闻后，利用此空档，步行15分钟到南稍门夜市，要么吃个孜然炒肉夹馍、喝碗八宝稀饭，要么吃碗热气腾腾的清真大烩菜，一天的疲惫感顿时荡然无存，瞬间能量满满。回到台里，在等通稿的同时，继续处理各类新闻稿件。

西安新闻台的成立，是传统媒体对受众群不断细分的产物，当时西安广播电台旗下除新闻台之外，还有西安音乐台和西安经济台。新闻台当时有两档节目拥有比较广泛的受众群，一个是每天晚上9:05由陈波老师主持的《家庭港湾》，另外一档就是午间新闻里一个板块《大众话筒》。陈波老师是西北大学教授，属于学者型主持人，他语气亲切、富有内涵的主持风格深受听众喜欢。《家庭港湾》作为一档围绕着婚姻、情感、教育、赡养等家庭话题的热线互动交流节目，由于话题设置贴近生活，群众参与度非常高。印象中我下晚班从振兴路骑自行车回陕西日报社单身宿舍，沿体育馆路、建西街、安东街一路穿行时，常看到三三两两的人拿着收音机，一边收听正在直播的《家庭港湾》，一边议论着当晚话题，向旁边人表达着自己的观点。《家庭港湾》能够火爆，虽与那个年代媒介传播手段单一，受众选择余地小有关，但陈波老师深厚的学养及亲和温情的主持风格才是最直接的原因。《大众话筒》其实是一个新闻曝光台，借助媒体的宣传作用，为老百姓的不平事、为难事向职能部门呼吁呐喊。有两件事记忆犹新：一件是自从设立《大众话筒》板块后，编辑部每天都能收到十几封全省各地的来信，经常有些外地听众长途跋涉登门反映问题。另一件是，我回兴平老家，正好碰见湾里村的琦娃叔来我家走亲戚。琦娃叔耳朵有些背，平时寡言少语，那天见到我则格外高兴，说道："我们村里人晌午打箔子（关中人用芦苇、荻子等材料编制而成的薄片，主要用于晾晒物品和作为房子的盖顶材料）时，收音机放在旁边，都在听《大众话筒》，这节目才是真正替农民说话呢，叔常给村里人说，我亲戚娃就在这台里呢。"作为这个节目的参与者之一，听到此话心里瞬间热乎乎的，那一刻我感受到了从未有过的媒体力量。《大众话筒》能够得到老百姓的普遍认可，现在回想起来主要是毫无顾忌地站在为弱势群体发声的立场之上，点评语言中对邪恶要么迎面痛击，要么夹枪带棒的冷嘲热讽，让老百姓听了觉得有人为他们撑腰，有为他们主持公道的地方，对他们而言更是一个非常必要的情绪出口。还有一点非常重要，在世纪之交媒体形态还不发达的前提下，《大众话筒》的节目宗旨和理念毫无疑问都具有时代超越性，如何让媒体成为底层百姓值得信赖的话语平台，如何把事件的观点第一时间转化为新闻等等，《大众话筒》都做了引领性的尝试和实践。

2003 年 5 月，全国一些省份都出现"非典"病例。因其是传染性很强的呼吸道疾病，西安市紧急成立"非典"指挥部，安排部署防治工作。采编部方正主任找到我说："现在指挥部秘书组要在台里抽一名记者，咱部门拖家带口的多，你还没成家，负担轻，你就去吧，啥时候疫情结束了你再回来。"当天下午，我就赶赴朱雀门里的建苑大厦报到。因为正处于疫情暴发的初期，走进指挥部 9 楼，气氛紧张，人人都戴着防护口罩在工作。秘书组有两项职责，一是撰写疫情防控工作的讲话稿，当时汇集了姚敏杰、王文华、董兆为、吴依伦等众多才华横溢的得力干将，让我大开眼界；二是负责疫情期间的新闻发布。我的具体工作是和新闻单位对接，通知疫情相关活动的新闻报道。50 多天后，疫情结束，指挥部的使命完成，宣布解散。因在疫情期间，常和西安电视台新闻部史晓英主任有联系，当我回到电台上班时，史主任给我电话说电视台新闻部正在重新组合，让我考虑一下，是否愿意从广播新闻部调整到电视新闻部。经过几天的斟酌权衡后，我找史主任，决定到电视新闻部当一名时政记者，从此翻开了我人生的另一篇章。

　　我在新闻台当编辑记者的那 7 年，是从青涩逐渐走向成熟的 7 年，在那里，我收获了一名新闻从业者宝贵的职业经验积累；在那里，我收获了作为社会角色应该具有的人生价值的塑形；在那里，我收获了一生中最珍贵的几个朋友，直到现在依然坚硬如钢，相伴四季；在那里，我收获了爱情，让在外打拼的我，能在繁华的都市一隅中寻得家的温馨。

路遥和皇甫村的不解情缘

路遥所著的《平凡的世界》成为影响几代人的励志大作。作者在生前多次动情地说："柳青是我走上文学创作之路的真正教父，很难忘在长安县皇甫村与柳青讨教文学创作的美好时光。"路遥和柳青这两位隔代的文学巨匠究竟有着怎样的师徒情缘？路遥在当时短暂生活过的长安县皇甫村有着何种感受和经历？带着疑问和思考，在一个风和日丽、槐香四溢的早上，我在皇甫村终于找到了柳青《创业史》中高生福原型刘远峰的儿子刘田民，一个当年能和路遥称兄道弟的关键人物。

走进刘田民家的小院落，搬来两把小凳子，我和刘田民老人面向而坐，中间放着一个漆面完全脱落的四方桌。清晨的阳光在柿树叶的摇曳下遮遮掩掩地洒在院子，周围显得格外的幽静和清新。说起路遥和柳青，说起路遥对黄甫村的情感纠葛，刘田民老人的思绪一下子回到了半世纪前的清苦岁月。

路遥和柳青

据刘田民回忆，当时柳青因为发表《创业史》已经成为享誉全国的大作家了。从小就在心里埋藏着一颗文学种子的路遥，深深地被其中的人物和情节所吸引，兴奋之余他决定来皇甫村向柳青讨教文学创作的相关问题。经过长途跋涉，路遥终于找到了柳青在皇甫村的住所。当看到自己日夜崇拜的文学大师是在一座破败不堪的古庙里进行《创业史》的创作过程时，路遥对柳青更加心生敬意。初次见到柳青，路遥没有半点生疏和拘谨，更像是见到久别重逢的亲人。两位对文学有着炽热追求的人，在文学创作与生活实践，文学创作如何体现时代价值等方面进行了深入的探讨。柳青建议路遥多读一些欧美文学，像法国作家巴尔扎克的《人间喜剧》，苏联作家肖洛霍夫的《静静的顿河》，托尔斯泰的《战争与和平》以及高尔基的《海燕》等世界名著，主要学习这些文学大师在作品构思和人物塑造方面的过人之处。柳青还对路遥说："文学创作离不开体验和观察，手中不能离开本子和笔。一定要把白天体验到的、观察到的记下来，到了晚上夜深人静时就及时写出来。""村里开群众会时，我就会放下饭碗，不失时机地观察生产队长双手叉腰讲话的神态，也会观察每个在场的群众各种表情反应。有一次，我看到村里几个老婆出门走亲戚，手里提着笼子，我快步赶上挡住她们，把笼子盖揭开看里面究竟放的啥礼品。这些都是文学作品细节描写的很好的素材。"第一次和柳青的彻夜长谈，对于刚走上文学创作之路的路遥来说深受启发，也使他心中朦胧的文学梦变得愈加清晰。和柳青熟悉以后，路遥把柳青当作自己的恩师，稍有空闲，他都会来皇甫村看望柳青，同时也有机会近距离地观察到柳青白天在田间地头采访农民时的情景，为自己的创作打基础。随着交往的增多，两个人的情谊也日益加深。柳青也非常喜欢这个怀揣文学梦想的小伙子。路遥每次来找他，柳青都毫不保留地把自己发表过的作品像《种谷记》《铜墙铁壁》《皇甫村三年》以及《狠透铁》等送给路遥看。路遥每次在皇甫村住几天要回延安时，柳青都会把坐长途车的路费早早准备好，再往他的布袋里装上一些干粮，一直送到村口的大皂角树下，语重心长地叮咛一番，才依依不舍地道别。时光荏苒，到了1991 年，路遥的《平凡的世界》荣获第三届茅盾文学奖。时隔不久，路遥一个人来到皇甫村柳青墓前，跪着向恩师汇报自己的文学成果，满含着泪水，向柳青墓连叩六个头，深深地缅怀把自己带上文学道路的教父——柳青。

路遥和王家斌

　　柳青在皇甫村落户，潜心从事文学创作以后，和村里的两个人成了结拜兄弟，一个是村党支部书记王家斌，《创业史》中梁生宝原型。另一个就是村主任刘远峰，《创业史》中高生福的原型。路遥来皇甫村请教柳青问题时，柳青常把他带到两位村干部的家里，让两位长辈多指教路遥，多向路遥说说农业一线的新鲜事。就这样，不长时间路遥就和两位长辈熟悉了。王家斌当时受柳青的影响，对路遥这个有志青年也非常喜欢。路遥一来到村里，王家斌就叫他住到自己家。有一年冬天，路遥在王家斌家一住就是半个多月。他白天跟着王家斌了解农业生产情况，晚上则借着油灯微弱的光亮阅读柳青送给自己的《延河》等文学刊物，一读就到后半夜。在王家斌家住的日子里，路遥不仅学习读书，也主动地干家务活。每天早上天麻麻亮，路遥就会早早地起来，把院子打扫得干干净净，然后把水缸的水用担子挑满。王家斌因为长期患病，身体虚弱。为了让老人尽快恢复，路遥好几次不吭声地走到几里以外的王曲乡买肉买菜，为王家斌改善生活，补补身体。王家斌也是逢人便夸路遥："跟自己亲儿子一样，很孝顺。"

路遥和刘远峰

刘远峰作为当时皇甫村的村主任，柳青的铁杆伙计，也是路遥常去拜访的长辈。困难时期，每家都口粮短缺，以吃粗粮为主。路遥一到刘远峰家，他就吩咐媳妇赶快先给路遥擀面，自己则和路遥谈起村里农村合作社的进展情况和遇到的问题。路遥一边听，一边用笔记本认真地记。一会儿工夫，热腾腾的一大碗面条端到了路遥面前，刘远峰手拍着路遥的肩膀说，快趁热吃，此时路遥的心里有说不出的感动。刘远峰在忙完村里工作之后有吃两锅子旱烟的习惯，农村人舍不得花钱买质量好的烟叶，都凑合着吃。细心的路遥看到眼里，记在心里。每次他从延安来皇甫村，都要先到西安给刘远峰买几斤好的卷烟叶子，再带上一袋好茶叶。当刘远峰吃着路遥送给他的卷烟时，会不停地自语道："真是个有心娃。"

和刘田民老人的交谈真挚而舒畅，短短两个多小时，我静静地聆听着一段段关于路遥的乡村记忆，用心品味着一个文学青年成功前的艰辛积累，幸福地享受着路遥在皇甫村尊老爱幼的佳话，这些，也许正预示着一个文学巨人的必然出现。

《昭君出塞》里的深情与大义

"一去心知更不归，可怜着尽汉宫衣。寄声欲问塞南事，只有年年鸿雁飞。"王安石的这首《明妃曲》描绘的就是中国古代四大美女中，最具民族大义的王昭君，远赴匈奴和亲的故事。秦腔历史剧《昭君出塞》演绎的正是王昭君离开汉宫，来到汉岭，再迈入胡地时那依依不舍、起伏多变的心路历程。在角色的刻画上主要体现王昭君美丽、含蓄、幽怨、凛然大度的丰富内涵，彰显出主人公为了国家和百姓得以安宁而牺牲自我的超脱之气。

昭君出塞的故事流传千古，《后汉书》记载得非常翔实生动："昭君字嫱，南郡人也。初，元帝时，以良家子选入掖庭。时，呼韩邪来朝，帝敕以宫女五人以赐之。昭君入宫数岁，不得见御，积悲怨，乃请掖庭

令求行。呼韩邪临辞大会，帝召五女以示之，昭君丰容靓饰，光明
汉宫，顾景斐回，竦动左右。帝见大惊，意欲留之，然难于失信，
遂与匈奴……"秦腔历史剧《昭君出塞》就从黎明时分，天空出现
浮云遮月，王昭君在汉宫的亭阁里身披长纱，手执琵琶，含泪弹奏
着乡音时，徐徐开启帷幕。在汉时宫廷音乐的渲染之下，王昭君即
将别汉和番。在这里，还没有跨上御马的昭君，依然是一位娇娆翩
翩的宫廷美人，有着女性天然的多愁善感和对家人的牵肠挂肚。一
段女声伴唱正映照出昭君此刻的心境："望穿双眼，望不见爹娘，望
断白云，望不见故乡。啊……心碎恨路长，恨路长。"紧接着是一
段哭音慢板，以叙述的方式道出了王昭君内心的苦衷和无奈：

怀抱着啊，金镶玉嵌琵琶一面，我这里啊，含泪眼别
汉和番。

眼睁睁啊，不见那南来飞雁。

恨只恨毛延寿啊，错描容颜。

凭妇人赴塞外平息边患，

实可笑汉室中文武两班。

今朝别汉，归期难。

放声哭出雁门关。

在汉元帝按图招幸制度之下，如花似玉的王昭君心想着自己将
被皇帝招纳，却轻视怠慢宫廷画师毛延寿，拒不贿赂示好。贪图小

利的毛延寿便暗施伎俩，故意在昭君的画像上点了黑痣，至此她被
贬入冷宫三年，无缘面君。昭君在后宫里郁郁寡欢，度日如年。北
匈奴首领呼韩邪单于主动对汉称臣，并请求和亲。失宠的王昭君心
想，与其在掖庭消磨时日，还不如为国出塞，自觉地充当两族和平
使者，肩负起民族团结繁荣的大任。上面的这一段唱，不仅流露出
王昭君远走他乡、骨肉分离的沉重心情，更有因自己被毛延寿使坏
而冷落后宫的无限惆怅失落之意。

> 纵马犹如离弦箭，
> 见刘王难于上青天。
> 琵琶声声泣别颤，
> 马蹄声碎走胡番。

当王昭君跨上御马，奔赴胡地时，作为演员此刻不管是在肢体
语言或心理状态上瞬间都要有较大的调整，才能体现出马下昭君和
马上昭君的角色反差。马下昭君，是一位雍容华贵、端庄大方的宫
廷美人形象，还有柔弱贤淑的一面，而马上昭君，由于使命在肩，
要抛弃一切的私心杂念，在表演上要展现出来那种英姿飒爽的决心
和霸气。中国戏曲学院尚派名家张娟和上海京剧院史依弘的《昭君
出塞》各有千秋。张娟刻画的王昭君舞蹈性更强，充分运用京剧的
各种步法和身段技巧，将风沙漫卷、胡马哀嘶的塞北景象烘托得淋
漓尽致，达到了"奔放处不离法度，精微处照顾气魄"的境界。史

依弘则是在表演的细腻性方面下足功夫，凭借自己坚实的刀马旦功底，加上"大青衣"必须具备的艺术内蕴，由她饰演的王昭君在人物感情的刻画上更胜一筹，通过眼神和一招一式表演，把昭君出塞时远离故土的幽怨、无奈等错综复杂的感情，演绎得出神入化。自从《昭君出塞》由昆曲移植为秦腔后，不少秦腔演员也都不同程度汲取了京剧名家之长，为我所用。在表演时通过翻身、圆场、转身卧鱼跳等一连贯的动作，把烈马奔腾的张力和氛围感营造得恰到好处。在角色定位上，昭君虽是小旦，但很多演员都会将武生的一些身段动作巧妙地糅合在这个角色的表演中，以展现王昭君舍身为国的烈女形象。

当王昭君来到汉岭后，有一句唱："汉岭云横迷雾，猛然间朔风吹透征衣。"此句用花音唱腔设计方式，来烘托王昭君骑马回头瞭望汉朝的锦绣河山、旖旎风光时，虽略有寒意，但开阔的视野和强烈的亲切感，还是令她心旷神怡，获取短暂的轻松惬意。到了分关，就是汉朝和匈奴的分界线，就要进入胡地。有一种说法叫"南马不渡北"，此时，昭君骑的马，也不愿意离开汉地，双蹄腾空，哀叫嘶鸣。眼前一幕，又触发昭君思乡之情：

满说到人有思乡之意，
那马乎岂无有恋国之心。
何况人乎，
莫说是个人，

就说是马到关前，

马到关前步懒移。

人影儿稀，人影儿稀，

又只见北雁向南飞。

冷凄凄朔风似箭，

又只见旷野云低，烟雨飘丝。

在那皇宫多锦绮，

又受洪福与天奇。

自幼在闺阁之中，

那曾受风霜劳役。

在西汉和匈奴的交界地带，也是气候和地理风貌的过渡带，由无垠的良田沃野转换到苍茫壮阔的漫漫黄沙。视觉的变化，使昭君意识到离汉地渐行渐远，此刻，她问马童是否还能看见家乡，当回答看不见时，她又拨转马头，想起爹娘，一别是永别。同时也流露出对皇帝的眷恋之情，汉元帝送昭君时，才发现她美若天仙，但悔之晚矣。

当真正进入胡地，金鼓、唢呐、号子等富有强烈民族色彩的音乐响起时，当"人似彪，发似蓬松，面沉煞威"的胡人摆阵迎接昭君时，她抛弃了所有的念想和牵挂，以呼韩邪"宁胡阏氏"的身份，义无反顾地肩负起为两个民族、两种文化的交流和交融，边界无战事、和平共处的使命。在剧终时，有一个非常有寓意的造型，昭君站在马童的腿上，仰望着远方，象征着昭君的深明大义，追求远大，志向高远。

从艺术审美层面来看，秦腔历史剧《昭君出塞》以其细腻的诗情画意，优美的语言表达和深远的理想追求，组合出动人心弦的戏剧场景。当今社会，在追求速成与功利的背景下，《昭君出塞》所体现的中国传统文化元素，注重意境的烘托和情感思想的艺术表达，都时刻提醒着我们，在追求互联网时代的现代文化过程中，要保持对传统文化的尊重与借鉴。另外，"昭君精神"当今仍具有鲜活的时代价值，那就是只有追求和谐共处、互利共赢的相处之道，才能不断推动人类的进步与发展。

悲愤欲绝中的"收放"艺术

秦腔经典剧目《焚香记》讲述了痴心女子敫桂英与薄情的状元郎王魁之间爱恨情仇、恩怨纠葛的故事。其中折子戏《打神告庙》是全剧情节的聚焦点也是表演艺术上的制高点。由敫桂英接到休书后的悲痛欲绝，到寄望海神爷能明察公断，再到面对冷漠的诸神，疯癫绝望的推倒香炉，怒打海神，直至在冰冷的现实中，无人体恤地自缢而亡。这出哀怨沉痛的悲剧戏，演员要通过念、唱、做、舞等技法把敫桂英情绪内在的演进层次与爆发节点表现出来，在呈现度上要体现收与放的辩证关系等，并且要严格符合戏曲艺术的特点与规律，非常考验一个演员的综合素养以及对角色的感悟度和独到的把控力。

关于王魁与敫桂英的故事，在中国民间流传久远，广为传唱。在南戏逐渐繁荣的宋元时期，宋人张邦基《侍儿小名录拾遗》中就出现类似于现在剧本的《王魁》，后来被推为"戏文之首"。《打神告庙》又名《情探》则出自明代传奇《焚香记》。其剧情大意是：宋时名妓敖桂英赴海神庙降香，见秀才王魁饥寒交迫，倒于雪地，心生恻隐，救回院中。慕其至诚好学，遂结百年之好。敖桂英伴王魁攻读三年，送其赴京应试，临行前二人于海神庙结盟发誓，永不负心。王魁走后，敖桂英苦苦等待，不料王魁高中后招赘相府，负却前情，差人送来三百两银子和一纸休书。桂英悲痛欲绝，奔海神庙，求海神主持公道，海神终未灵验，桂英绝望中怒打神像，痛斥王魁，最后自缢而亡。

在秦腔《焚香记》中，有一折戏叫《拆书》，就是当敖桂英满怀期望拆开王魁的书信，结果却是一封冰冷绝情的休书，当时她确如五雷轰顶，万箭穿心。为什么敖桂英的反应会如此剧烈，不能接受残酷的现实？其一，敖桂英雪中救过王魁的命。其二，在伴读王魁期间，二人结为夫妻曾相濡以沫，如胶似漆。其三，王魁在海神庙信誓旦旦，永不负情。无论从情义、恩爱还是誓约，似乎都能牢牢地捆绑住这桩婚姻。但对于学识与道德水平不成正比的王魁而言，当环境改变，荣华富贵加身时，人性里恶的一面就暴露了出来，他坚定地抛弃过往，不念旧情，过去和敖桂英的一切美好瞬间分崩离析。王魁作为一个见异思迁之人，不仅官府的环境适应得快，状元郎的身份也转换得快。可作为忠诚专一，日夜盼望着夫君归来的敖桂英来说，她的情感寄托就是王魁。所以《打神告庙》一开场，就是敖桂英在狂风暴雨、电闪雷鸣中奔向海神庙的场景。她在喊王魁"贼子"的同时，也唱道："寸寸相思化灰尘，王魁今日负恩义，要向海神问原因。"在这里，敫桂英已经从《拆书》时的精神崩溃，发展到对王魁无比的愤恨。她来到海神庙，也并非想挽救婚姻，而是因为海神爷曾见证了他们夫妻"若讳前言，男坠刀山，女沉枯海"的誓言，她想让海神主持公道，惩罚不义的王魁。

"对神灵不由我泪珠滚滚，尊一声海神爷细听原因"。可无论敫桂英在海神爷面前怎样的声声诉诉，凄凄惨惨，海神爷都无动于衷，并未显灵，一旁的小鬼和判官同样拒不作证，一声不应。这时的敫桂英在失望透顶之下又滋生出另一种怨恨来，她心想，我如此虔诚，风雨不避地给海神、判官和小鬼进香，而你们却也不敢冒犯已经中了状元的王魁，都在一起藐视和欺负一个烟花女子。在得不到同情和安慰之后，此种怨恨在敫桂英的胸中不断膨胀燃烧，失去理智的敫桂英一怒之下举香炉怒打海神，咒骂判官和小鬼。敫桂英的情绪由锥心泣血进一步滑向怒火攻心是一个转折，是一种失控状态下的放任发泄，但在舞美编排和演员的行腔道白上，还是要尽量体现出舞台的美感和度的把握。编排者非常巧妙恰当地加入了最能体现中国古典女性娇柔与美丽的"水袖舞"，来延长敫桂英手臂的肢体表达和情绪宣泄。像"水袖花子"和"慢抛袖"表现悲痛欲绝和怒火中烧，白绫似利剑击打海神的"冲袖"，都在艺术形体上蕴含着点和面的内在统一，既丰富了身体的舞蹈语汇，也强有力地掩饰着敫桂英在极端愤怒时击打诸神时的外在形象。

为什么在表演上要有一种掩饰和分寸感呢？这与敫桂英的身世和性格有着直接的关系。敫桂英虽因无钱葬父，坠入青楼，但毕竟出身书香门第，精通琴棋书画。作为一名有情操和素养的女子，此时虽恍恍惚惚、痛不欲生，把所有的愤懑都转嫁到海神爷身上，但在人物塑造上，还是要影影绰绰表现出敫桂英身上那股优雅之气。再有，敫桂英在性格方面本身就是一个腼腆内向型女子，如果性格泼辣，承受能力很强，那么事件发展的走向也不可能是这样。通过对剧中人物的准确定位，敫桂英这个角色塑造一定要收放有度，恰如其分。她再愤怒、再疯癫、再失控，也并没有彻底出格，没有让观者感觉到完全的歇斯底里，这是她自身性格特征决定的。王魁负义，如果放在价值多元的当下社会，对敫桂英而言，可能会出现不同的几种结局。可在当时男尊女卑的封建社会，女性的命运从来都不受自己掌控，痴情专一的敫桂英不可避免地走向一条绝路。她最终跳上供桌，在绝望中乱打一气后，用八尺水袖充当白绫吊死在海神庙的房梁上。

敫桂英作为一个美丽善良的弱女子形象，最后以结束自己生命的悲惨方式，来诠释忠爱节义，令人无比伤痛和惋惜。被誉为"戏文之首"的《王魁》其剧情的主人公敫桂英是名不见经传的普通百姓，以小人物作为主人公来体现悲剧特点，反映了当时创作者在塑造人物时思想认识上的成熟度和独特性。悲剧人物普通弱小，地位低下，这种平民化视角更能激发观者的极大同情和怜悯，产生强烈的艺术效果。所以宋元时期的一些戏剧作品，比如《赵贞女》《王魁负桂英》等都有着持久的艺术生命力，可为当下戏剧创作提供借鉴与参考。

在艺术和人性的双重本真中寻求新生

从甲辰龙年大年初三开始，西安三意社全体演职人员在两个多月时间里，马不停蹄地辗转在陕甘两地，为基层群众献上近100场的精彩演出，场场火爆，好评如潮。在演出市场不断萎缩，戏曲行当更是受到碎片文化极大冲击的大环境下，作为百年剧社的西安三意社为什么还能火遍陕甘，其背后究竟有哪些需要重视的现象或值得推崇的做法？广大戏迷为什么如此追捧、爱戴三意社及其演职人员？带着这样的疑问，我来到位于曲江新区的西安演艺大厦，分别走访了三意社侯红琴、刘戈兵、张崇学、王战毅、屈淑红、宫廷豪、马亮等演职人员，在真诚的分享和交流中，答案逐渐清晰，疑问逐一而解。在此过程中，也让我对这个百年剧社和其团队更怀有一份崇敬之情。

在文化根脉的沿袭上，三意社一直保持着"老秦腔"的传统基因。

1895年，由陕南艺人苏长泰组建的"长庆班"，经过将近20年的颠沛流离，终于在西安的骡马市成立"三意社"。来自民间的"三意社"最懂得老百姓喜欢看哪些戏，坚持着"继承发展"的办社原则。他们常年排练和演出的都是秦腔的传统剧目，像《下河东》《十五贯》《玉堂春》《辕门斩子》《五典坡》等，这些剧目，都保留着秦腔最原始、最本土的美感，能释放出秦人骨子里粗犷豪放、慷慨悲凉的浑然正气。100多年来，三意社一直秉承着"慷慨激昂，响遏行云"的艺术风格，坚持对一批"老秦腔"的传统剧目进行"精心打磨"使其重现舞台。春季巡演，《周仁回府》《金沙滩》《铡美案》《杨门女将》等剧目，在甘肃天水、会宁、秦安、甘谷等地演出，每场观众有两三万之多。来现场看戏的老戏迷们都说："三意社的戏，很规矩，有味道，能看出那些老艺人留下来的东西。"作为陕西本地的秦腔剧社，西安三意社为什么能在省外唱红？从秦腔的渊源来讲，陕西的西南部和甘肃的东南部都属古时秦国的势力范围，秦人在这片土地上以他们独特的声腔乐调，高昂激越、浑厚大气地抒发着自己的喜怒哀乐，这正是秦腔的原始状态。在陇东南，由于地形复杂，沟壑纵横，传统农业时代，很多地方只能"靠天吃饭"。为祈求风调雨顺，家家户户省吃俭用凑出钱，在庙会的那一天请"戏班子"唱神戏。这种习俗流传下来，秦腔就自然而然成为这一地带宗教场所最主要的祭祀形式。先民们在祭神的同时，也对秦腔所弘扬的忠孝节义投以极大的热情，达到一种心灵的净化和慰藉。所以，无论中古时秦地文化的源远流长，还是甘肃宗庙文化的兴盛不衰，都和"老秦腔"有着历史根脉上的黏合度。三意社走红甘肃，其背后正是传统文化在传承过程中的共融共通。

三意社的每一台戏，都是"由心而出"的灵魂之作。

戏曲是一门综合性艺术，无论是主角还是配角都要表演得形神兼备，才算是一台观众认可的好戏。在和三意社的演员交流中，大家都对"道归于心"这四个字有着深刻的体悟。2024 年 3 月 1 日，三意社在天水的马跑泉正演《下河东》时，突降大雪。扮演赵匡胤的须生演员王永进看到台下满身都是积雪却不肯散场的戏迷，很是感动，他更提起一股劲，心想绝不能因天气原因影响临场发挥，必须声情并茂地完成演出，才能对得起在雪地里坚守的每一位戏迷。王永进倾力、倾心、倾情的舞台表演，感染着台下的观众，他们用一浪高过一浪的掌声回应着演员的付出。这种观众和演员彼此影响、相互滋养的方式，正是一场成功演出应有的元素。《清风亭》中《盼子》是一折苦情戏，老旦康亚蝉每次演这出戏，都入戏很深，唱到悲痛之处，必会声泪俱下，如泣如诉。不少戏迷看到这里，也不由得黯然神伤，低头抹泪。小生演员杨升娟在《周仁回府》里《哭墓》一折那顿足捶胸、抢地呼天的演唱，更是撕搅着每一位戏迷的心。这种无言的，在艺术层面情感双向流动交融的场面，倾注着演员全部的精气神，成就了一部部"由心而出"的灵魂之作。

台上的主角在追求着尽善尽美，不容许有任何闪失的三意社每一位配角，更深知红花与绿叶整体性的逻辑关系，也在探索着自身空间的无限可能。国家一级演员王战毅，在戏迷当中还有一个非常网红的名字叫"王一抬"，就是因在《铡美案》中演抬铡子一角而名噪一时。话题到了这里，在秦腔界有一种堪称"现象级"的存在，就是三意社的演员从不论资排辈，只遵从角色需要。在舞台上经常看到一级演员李应红在打大旗，马璐璐在当轿夫，王战毅、李康定、李宁在抬铡刀。这种能上能下，以平常心态演好每一个角色，不仅是三意社的优良传统，更彰显出演员们过硬的职业素养。王战毅对于配角更有着与众不同的理解和感受："配角戏，跑龙套，都是过场戏，很难引起戏迷的关注。但小角色里依然有大讲究，像《铡美案》里抬铡刀，在有限的时间里，怎样才能在表演上赋予它更为丰富的内涵？铡刀本身就是正义的化身，从面部表情和脚步挪动上要体现出法律的威严和不可侵犯，特别在眼神里要透出一种以正压邪的气势来。"有了这样对小角色的定位，王战毅带领几个一级演员抬铡刀，台下观众都报以经久不息的叫好声。本是一个过场的环节，经过演员的精心排练，用心雕琢，反而成了一部戏里观众最期待的聚焦点和亮点。三意社演员对角色的理解，绝对没有主次和轻重之分，他们一心一意只顾塑造好自己在每一场戏里的角色。青年演员宫廷豪把这种现象比喻为"一颗菜"精神，所有的演职人员，就像一颗包菜，有菜叶、菜心和菜帮，作为一个团队，大家紧紧抱在一起，都在发挥着不可或缺的作用。在不论资排辈的同时，三意社还一直保持着对年轻演员扶持的优良传统。只要谁有实力胜任这个角色,三意社不看年龄和资历,大胆让他们挑重担,走向舞台的中心。像贾周峰在《大登殿》里主演的薛平贵、马亮在《金沙滩》里主演的杨继业、刘维莎在《窦娥冤》里主演的窦娥、杜玲敏在《周仁回府》里主演李兰英等等,都是年轻演员在挑大梁。

放低姿态,放下身段,三意社演职人员以他们最本真的淳朴与善良,自然融入戏迷当中,成为亲密无间的"一家人"。

喜欢三意社的戏迷,有一个共同的认识,就是演员不仅戏演得好,而且每个人都很厚道,没有任何架子,戏迷们也更容易接近,最后都成了朋友。三月份在会宁,侯红琴社长刚演完折子戏《探窑》,后台便挤满了来合影和献花的戏迷,见此情景,她索性走下台,来到戏迷当中,深情鞠躬,表达谢意,并满足每一位戏迷的合影要求。在秦安,热情的戏迷邀请侯红琴、康亚蝉、屈淑红去家里打搅团,她们没有拒绝戏迷的盛情,只是一再叮咛,只吃家常饭,不能额外增添麻烦。当几个人都满足地吃上一碗浆水鱼鱼后,又情不自禁在戏迷的院落清唱了几段各自的拿手戏。有一次在宁夏演出,当得知连续给演员们做了几天饭的村民顾不上看戏,非常遗憾时,三意社带队领导临时决定,带上七八名演员,来到舞台后方的用餐点,专门为他们清唱了三意社的经典唱段。一级演员王战毅不仅老生戏演得韵味十足,还有着很高的书法造诣。来甘肃下乡演出前几天,他都会集中时间在家写出几十幅书法作品,送给前来看戏的戏迷。在演出间隙,他又常去当地的自乐班,义务进行唱腔示范和指导。这些点点滴滴,所汇聚成的,正是一个有情有爱的三意社团队所具有的独到气质。侯红琴是一位低调务实的社长，在她的影响之下，三意社团队对戏迷的那份朴素情感，没有半点的矫揉造作，是由心而出的本能使然。他们深知，戏迷就是自己的衣食父母，只有把最佳的状态呈现在舞台上，获得戏迷的掌声和认可，才是一个演员一生的梦想和追求。也正是这份真挚可贵的情谊自然融会到了每个戏迷的心间，才会出现深更半夜戏迷自发开车去高铁站接送演员，才会出现戏迷从百公里之外骑着摩托车，把自家出产的苹果，送到演员手里的感人场面。

在互联网移动直播平台的加持下，三意社的传统文化推广及百年老字号品牌塑造都提档升级。

毫无疑问，我们所处的时代，是一个万物互联的信息化时代。西安三意社在下乡巡演过程中，充分利用智能化高科技手段，在快手直播平台上，对每场的演出盛况进行网络直播。有效借助新媒体传播实时性和互动性强的优势，使广大戏迷不仅现场可以观看，也可以通过电视投屏在自己家里，足不出户欣赏到三意社每场精彩大戏。在开戏前，主播都会来到后台，对演出前每位演员的准备情况进行直播报道，同时对直播间戏迷提出的一些戏曲常识方面的问题进行回答。2月22日晚间，三意社在伏羲庙演出《铡美案》时，快手直播间的在线人数达到创纪录的42万人，其他场次的直播在线人数也都会上万。有线下戏迷的热情捧场，更有直播间线上戏迷的积极互动、红心飘飘，使三意社每场演出都人气爆棚，场面火热。除了三意社快手官方账号对演出直播外，一批拥有大量粉丝的演职人员同样通过自己的快手私人账号直播三意社的演出动态，也在无形之中推广着传统戏曲、传播着三意社的老字号品牌。像"侯女神""康教授""马火火""屈汉子""王一抬""孙大衣""贾漂亮"等等，都是三意社员工在网络空间广泛流传、十分响亮的"网红名"。传统戏曲在新媒体推广上，三意社通过微信公众号、短视频、社交媒体直播平台等多途径、多手段的媒介技术，实现了宣传理念的创新和表达样态的革新，也充分地展现出传统艺术在信息时代的无限魅力和强大生命力。

悟与行的完美阐释

　　人到了中年，由于心理生理的原因，难免会身不由己地选择两种截然不同的生活态度。一种是放弃了理想和追求，开始把清净安逸当作自己今后生活的主格调。选择这种生活方式，没有对错之说，但总能反映出这类人精神世界的彷徨无助和空洞无依。而另一种则把使命和责任铭记心间，凭着自己的领悟和积淀在人生的道路上依然精力充沛，义无反顾地播撒着爱与美的种子。秦腔四大名旦齐爱云无疑正是后一种人生态度的优秀践行者，她通过自己设立的齐爱云艺术发展中心，连续不断地为年轻受众、为高校学子，甚至远渡重洋去国外传授和展示古老戏曲艺术的内涵和外在之美。她的精神和信念，以及艺术生涯长期积累后的悟思和行动都让人无比敬仰。

　　由于和齐爱云是微信好友，所以能通过微信朋友圈经常了解到她的一些戏曲普及推广活动，也有幸能通过文字和图片欣赏到齐爱云的艺术认知和美学修养，更能体会到她对这门古老艺术相敬一生、相伴一世的赤诚情怀和无限挚爱。在深受感染之余，站在旁观者的角度，我也在齐爱云艺术发展中心主动义务性地承担了向年轻受众传播戏曲美学原理与技巧这一长期性的公益活动，谈下我自己的感受和认识。

　　首先，浓重的校园情结是齐爱云进行这项公益活动的原始情感驱动。前段时间，我参加了一次齐爱云戏曲青年公开课高校行的首站，即西安交通大学的戏曲公益讲座活动。当优雅娴静的齐爱云走向讲台才思活跃地向大学生们讲授中国戏曲的厚重之美和本质之美时，我看到了被戏曲美学滋润着的每一个学子，也看到了因齐爱云的精彩讲授而沉浸、陶醉其中的每一个学子。此时此刻我似乎淡忘了齐爱云的职业，觉得她就是这座高等学府阶梯教室里很自然出现的一位称职的专业老师。通过那次公开课，我深深体会到齐爱云身体力行推进戏曲公益课堂进高校的必要性和现实价值。客观地讲，在信息时代的大背景下，在文化娱乐方式多元化的今天，让大学生们普遍接受和喜爱秦腔目前还不太现实。但通过讲义的方式，把秦腔经典剧目里所蕴含的忠孝节义的传统美德，以及秦腔服饰脸谱、表演举止所展现出来的传统美学原理，传授给正处于价值观成熟期的大学生却是非常必要的。它在无形之中会丰富大学生的价值审美，提高他们的内在涵养与气质。回过头来看齐爱云的从艺之路，虽然艺术学校给足了她戏曲表演方面的养分，但在求学阶段，她同时也失去了到高等学府学习深造的机会。对于天资聪颖，好学上进的齐爱云而言，虽有缺憾，但她更懂得顾此失彼的道理，所以在长期戏曲实践的同时，齐爱云时刻没有放松对文化艺术等相关学科知识的学习和钻研，她在无声无息地储备着自己的演艺经验和理论思考。路遥曾经说过一句话："一个人要成就一番事业，必须始终保持初恋般的热情和宗教般意志。"齐爱云正是凭借着一种可贵的坚毅和精神支撑，通过齐爱云艺术发展中心来为大学生义务传授戏曲美学。同时，通过这一途径，最终让她如愿地走进了向往中的象牙塔，走进了充满朝气的学生流，走进了被清纯和学养包围着的大学讲堂。所以怀揣着一个梦想和带着一种情结，站在大学讲堂上，有备而来的齐爱云是那么的自信满满，是那么的神采飞扬，是那么开心幸福。

其次，深重的恩师情谊是齐爱云持续性开设戏曲公益课堂的责任思量。

在秦腔界有一个共识，那就是齐爱云之所以能取得今天这样高的艺术成就，除了自身条件好，领悟能力强外，更与像马蓝鱼，李爱琴等几个有着知遇之恩的老艺术家多年的言传身教、精心栽培分不开。齐爱云在《游西湖》《窦娥冤》《打神告庙》等剧目中的角色演绎真可谓感天地，泣鬼神。能达到如此高的艺术峰值，既充分地展现了齐爱云的艺术才华，更包含着恩师们点点滴滴的倾心教授。几位恩师对齐爱云的塑造是一种由内而外的综合性艺术延展，不仅包含戏曲传承，也涉及了更广泛的为人处世之道。所以长期的耳濡目染和身心领悟，使齐爱云慢慢意识到，只有把从几位恩师身上学到的戏曲精髓和为人风范通过自己再推广和传授给更多的年轻人，让他们在驾驭了戏曲美学的基础上来设计工作和装点生活，这应该是报答几位恩师最好的方式，也是恩师最欣慰看到的事儿。所以背后一直有着几位恩师赞许关注的目光，齐爱云的戏曲公益课堂会深入持久地开展下去。

再次，传承古典戏曲的文化先觉和文化自觉是齐爱云走进高校开设公益课堂的社会担当。近年齐爱云有两次重要的海外戏曲文化交流活动，一个是赴美国华盛顿在马里兰大学与莘莘学子进行互动讲座，讲解中国戏曲的意韵行。还有一个是参加意大利米兰世博会陕西文化日活动，她表演的《天女散花》吸引了大量的国外观众驻足观看。两次对外文化交流使齐爱云切身感受到了中国戏曲在异国他乡所受到的热烈追捧。国外人如此喜欢和接受中国传统文化，而生长在这个文明国度的年轻一代对我们的国粹却在一天天地变得疏远和陌生，齐爱云开始意识到传统文化传承和推广的艰巨性和长期性。著名作家、中国文联副主席冯骥才有一段关于中国传统文化的精彩论述，他说："我国从原来较为封闭的社会向开放度更高的社会转变过程中，出现了明显的传承中断，但你不会马上感觉到。这个时候谁觉悟得早，谁就会给我们多留下一点东西。"那么齐爱云正是那些觉悟早的人，她清醒地认识到传统戏曲美学对年轻人推广和普及的任重道远和责无旁贷。她以自己的艺术感悟和文化先觉已经开始扎实有效地实施这一惠及更多年轻人的精神文化工程，我们有千百个理由为她的辛勤付出鼓掌点赞。

《丝路家训》：冬日里一股向上的暖流

中国的传统文化是中华民族智慧、思想、情感和历史的真实写照，也是我们当代人道德和理性力量的深厚源泉。继承和弘扬优秀的传统文化对于培养一个人的价值观念、道德情操以及审美情趣都至关重要。由西安广播电视台精心打造的优秀传统文化传承和普及节目《丝路家训》，在新年的第一天，穿着格外醒目和亮丽的新装和观众们如约相见。从第一期《自律立身》、第二期《因材施教》到第三期《父敬母爱》及第四期《见微知著》，这四期播下来，究竟向观众展示了怎样的思想脉络、艺术品位，以及文化容量呢？作为一名普通观众，连续追看了几期，便积蓄了不少感受和想法，很想说说。

在中国传统的安身立命观念中，最注重的是个人的自律和德行修养。孔子所倡导的"天下有道"就是要求人们在"仁、智、勇"方面加强德行和自律方面的修养，其目的在于不断完善自己，以使自己有能力肩负起当时"治国，平天下"的历史重任。所以开篇之作的《自律立身》正是中国传统家训文化中最基础、最本源的立身处世之道。让观者悟出自律立身不仅是古时人们正心养性之本，在当代社会，依然是一个人勇立潮头、独领风骚亘古不变的定律。第二期的《因材施教》通过春秋时期儒家思想中针对教育对象的性格、志趣、能力而提出的差异化教学措施，宣传扬长避短的重要性。孔孟时期的教育理念都有了针对学生资质和禀赋的不同，而实施的个性化教育。而当代家庭在对孩子的教育中，带有强迫性质的盲从现象却相当普遍。为了孩子将来能成龙成凤，各种兴趣班齐报，无形之中消耗了孩子的时间和精力，也在一定程度上抹杀了孩子的天性和兴趣爱好。所以通过家训的形式倡导"因材施教"的现实意义非常重要。第三期的《父敬母爱》让我们对传统文化中所提倡"孝"的内涵有了更确切的理解。节目中，北师大教授康震几次动情哽咽，其实触碰到了我们不少人的泪点，正是我们在行孝的过程中，仅仅做好了赡养，而在关心老人、尊敬老人方面都时有缺憾，甚至忏悔多多。近年来流感病毒活跃，我的老父亲前段时间也患严重感冒，不得不住院治疗。在我回去伺候老人时，每次输液他都很怀疑地三番五次问护士这是不是他的药、护士很不耐烦，但不吱声。等护士走后，我忍不住狠狠地数落了他几句，这肯定伤了父亲的心，他躺到病床上，一直面无表情。下午我回西安时，他也只是点点头。走出医院大门，深深的后悔和愧疚涌上心头，面对一个体弱的古稀之年的老父亲，自己当时的亲情和爱意、尊敬和包容都跑哪儿去了？所以第三期《父敬母爱》阐述的孝道，对当下每一个家庭都有学习借鉴价值，让我们每个人去反思自己是不是尽孝了，是不是按照古代家训文化所强调的"孝"是"养"和"敬"的完美统一，去理解和践行的？

已播出的四期《丝路家训》将具有典范意义的家训故事通过互动访谈、动漫演绎、影视片段等形式，运用现代科技传媒手段多视角、多维度地予以充分展现，使观众在生动有趣中获取传统文化精华的滋养，在历史变迁的脉络中获得为人处世的道理。

回眸我们所处的西安城，有着3100多年的建城史和1200多年的建都史。长期处于中国政治、经济、文化中心的西安，也无可争异地成为中国传统文化形态最丰富、因果相续最旺盛的地方。一个城市的文化气质、文化气韵以及文化气象需要多种样式的承载和塑造。身处西安，我们更有优势和责任去传承弘扬我们的传统文化，用文化的软实力不断焕发起西安这座城市的"精气神"。西安广播电视台新年之初推出的《丝路家训》节目，在短时间内能获得各方的认可和赞扬，一方面是广大的西安市民在得天独厚的汉唐文化熏陶和浸润下，养成了学习吸收优秀传统文化的习惯，家训本身具有调整身心、友爱家庭、和睦乡邻的作用，所以群众基础非常雄厚。另一方面《丝路家训》的推出，使中国优秀传统文化及西安的城市文化资源又多了一个承载和呈现的舞台，丰富了西安城市文化的表现形态。

　　一场大雪，使西安的气温一直在冰点以下。可一种新的文化事物，却在数九寒天的西安街头巷尾，不时听到大家提起它、热议它。几期节目播出后，每一位观众，或因为它而受感化，或因为它而受感染，或因为它而受感动，这正是冬日里的一股昂扬向上的暖流，一种强劲的文化力量！

寒冬中，遥想那个"意大利之夏"

　　2022 年 11 月的卡塔尔足球世界杯激战正酣，2200 亿美元的重金打造，毫无悬念是历届世界杯中最富丽堂皇的一届。无论多哈的海湾球场怎样的豪华奢逸，无论波斯湾的海风多么的风情万种，如果谈起关于世界杯的美好记忆，和我同属一个青春年代的不少"60 后""70 后"球迷，都会不约而同地把关注的目光从波斯湾移开，并越过阿拉伯半岛，聚焦到地中海的亚平宁半岛上。

　　1990 年 6 月 8 日，第 14 届世界杯足球赛在意大利米兰的圣罗西体育场揭开战幕。在四年一届的世界杯中，为什么球迷们还在为 32 年前的那届世界杯而铭心镂骨，念兹在兹？当那首熟悉的《意大利之夏》再度唱响时，为什么还有无数人为之动容，饱含着泪水在追溯过往？岁月的年轮虽在无声无息中增厚加深，但承载着一代人关于青春和足球的记忆，并没有因为年代的久远而褪色和尘封，它已凝结成每个人精神空间的组织结构，会一直伴随着他们去迎接人生的风雨和彩虹。

1990 年的意大利世界杯究竟发生了哪些传奇和经典事件？留下了哪些永恒的瞬间呢？对于中国球迷而言，有 1986 年墨西哥世界杯球王马拉多纳的独步青云，有荷兰三剑客在 1988 年欧洲杯掀起的橙色风暴，到 1990 年的世界杯时，中国球迷对现代足球已经有了一定程度的认知储备。那时候，黑白电视机开始在中国大面积被淘汰，球迷们能第一次通过彩色画面清晰地收看到这四年一度的国际顶级赛事。在传统印象里，体育大赛的开幕式基本遵循着同一种套路，即运动员举牌入场然后是团体操和有着鲜明的意识形态特色的文艺演出。但 1990 年意大利世界杯开幕式却以一种极富创新的方式成就了一段足以载入史册的经典。在这届世界杯的开幕式上，运动牵手时尚，强壮健硕的球员也不再是场上的主角，取而代之的却是一个个性感靓丽、顾盼生辉的意大利女郎。圣西罗球场俨然成了米兰时装周上的 T 台，成了向全世界展示意大利文化的演艺场。足球不仅有球星，还有美女，这对于当时还比较闭塞的中国球迷而言简直就是人间天堂，完全颠覆了他们的固有观念。当世界顶级名模穿着光鲜的衣服亮相时，中国球迷见识到了文化的多元和世界的多彩。在惊喜之中接受着一种阳刚与柔美互相辉映、时尚艺术与足球文化完美融合的艺术熏陶。

在开幕式上，由意大利流行歌手南尼尼和贝托尼演唱的《意大利之夏》堪称点睛之笔，瞬间就引燃了全场的激情。当时还在兴平县南郊中学上高一的我，只感觉这首歌和眼前旌旗蔽空的球场、随之疯狂的 6 万多球迷所营造的气氛相互烘托，天然合体。后来过去多少年才知道，1988 年，在汉城奥运会上，意大利作曲家乔吉奥·莫罗德尔就创作了《手拉手》，成为奥运精神的不朽表述。两年后，莫罗德尔为自己祖国举行的世界杯又奉献了神作——《意大利之夏》。直到现在，听到这首歌，如果你闭上眼睛，你的世界将在一片绿茵之中；如果你睁开眼睛，你将随着世界而欢呼！揭幕战就上演了本届世界杯最大冷门，面对马拉多纳领军的卫冕冠军阿根廷，非洲雄狮喀麦隆完成了一场不可思议的 1∶0 胜利。平民球队的喀麦隆能够创造以弱胜强的奇迹，正是放低姿态的立足血拼，才让不可能转化为可能，让阿根廷队在一次次凌厉的攻势中无功而返。顽强的意志力和协作精神最终成就了喀麦隆队的鸿鹄之志，也让卫冕冠军在揭幕战中颜面扫地，黯然失色。

在小组赛中，东道主意大利队由于神奇小子斯基拉奇的大放异彩而高奏凯歌。这位在世界杯开赛前的最后时刻才挤进国家队阵容的幸运儿，当比赛每处于艰难的胶着期，替补登场就能化腐朽为神奇，充当扭转乾坤的"关键先生"。意大利在对阵奥地利、捷克以及淘汰赛对阵乌拉圭、爱尔兰的比赛中，斯基拉奇都有如神助，场场进球。这种幸运神奇的光环在半决赛意大利点球负于阿根廷时才戛然而止，但斯基拉奇在狂热的蓝色海洋中庆祝进球的瞬间将成永恒，这也应验了一句名言:"幸运永远都眷顾有准备的人。"进入淘汰赛,有三场经典之战,巴西对阵阿根廷、西德对阵荷兰、哥伦比亚对阵喀麦隆。足球王国历届都阵容豪华,群星璀璨。相比之下,阿根廷队在已显疲态的马拉多纳带领下整体实力下滑严重,俨然没有了王者相。在这场遭遇战前,胜利的天平毫无争议地倾斜到巴西队一方。比赛的进程也证实着巴西队山呼海啸般的进攻势头,阿根廷队只能龟缩半场密集防守。比赛临近尾声,在多名巴西球员的包夹之下,球王马拉多纳在身体失去平衡的窘境中,却传出一脚匪夷所思的助攻,让心领神会的"风之子"卡尼吉亚完成对巴西的致命一击。球星的价值和作用正是在局势僵持中,当机会闪现,总能挺身而出,凭借一己之力挽狂澜于既倒。马拉多纳的"世纪助攻"不仅是智慧和经验的传神之作,也成就一段"以弱胜强"的足球佳话。

1990 年的荷兰队,是在 AC 米兰横扫天下的荷兰三剑客(古力特、范巴斯滕、里杰卡尔德)唯一的一次集体亮相世界杯,且正值巅峰。而德国队在国际米兰三驾马车(马特乌斯、克林斯曼、布雷默)的组合下也正如日中天。在万众期待中,这场针尖对麦芒的比赛并没有想象中的火花四溅,却早早因为沃勒尔和里杰卡尔德吵架双双被罚下而变了味道,比赛的走势也因此向更为沉稳的德国队倾斜。下半场"金色轰炸机"克林斯曼头球破门和布雷默绝妙的弧线吊射毁灭性地惩罚了橙衣军团的狂躁妄为,荷兰黑天鹅也最终为年轻气盛付出了代价,在愤愤不平中放手德国战车高歌猛进。哥伦比亚和喀麦隆的比赛颇具戏剧色彩,其主角哥伦比亚的疯子门将伊基塔常弃门而出，主罚点球。长发飘逸的他总是冲出禁区与对手的锋线球员斗脚法，神勇矫健的身姿令无数球迷倾慕膜拜。另一主角喀麦隆队 38 岁的米拉大叔在退出国家队三年后，硬是在该国总统盛情邀请下再度出山。"廉颇老矣，尚能饭否？"八分之一决赛，伊基塔依然在禁区外镇定自若地盘带过人，充当着"一夫当关，万夫莫开"的角色。嗅觉灵敏的米拉大叔怎能容忍他的放荡不羁，终于捕捉到稍纵即逝的良机，在禁区外抢下了伊基塔脚下的球后将球送入空门，进球后的米拉大叔兴奋地跑到角旗区跳起了扭臀舞，而场上的伊基塔一脸绝望沮丧的神情。哥伦比亚队虽然止步四分之一决赛，但队中灵魂人物"金毛狮王"巴尔德拉马在场上剽悍的球风、开阔的视野仍然让人津津乐道。后来跌跌撞撞的阿根廷闯入决赛，让巴西和意大利成为他们的刀下之鬼，绝非实力胜出，而是完全依仗于横空出世的第三门将戈耶切亚的神奇发挥。决赛之日，阿根廷却再没有气力掀翻日耳曼战车。当马特乌斯捧起大力神杯时，力不从心的马拉多纳流下了不甘的泪水。

1990 年意大利世界杯诸多的经典元素成就了一届无与伦比的足球赛事，也留下一串串深深浅浅的青春记忆。当我们还在为耳畔响起的那首《意大利之夏》而荡气回肠时，就说明我们也正在一天天变老。意大利世界杯的那一年，其实还有一首歌从春晚开始传遍神州大地，它就是至今还不时从广播中听到的《恋曲 1990》，歌中唱道："轻飘飘的旧时光就这么溜走，转头回去看看时，已匆匆数年。或许明日太阳西下倦鸟已归时你将已经踏上旧时的归途……"

晚霞的壮丽，是下一次朝霞的灿烂！

2022 年 12 月 18 日，卡塔尔世界杯决赛在异常残酷的点球大战中，梅西带领的阿根廷队以 7：5 战胜了传奇新星姆巴佩带领的法国队。这场比赛，毫无疑问是世界杯决赛史上目前为止最扣人心弦、最精彩绝伦的比赛，其含金量和信息量也都是历届世界杯决赛绝无仅有的。纵观本场比赛，究竟透露出哪些价值信息？又留有哪些思索的空间呢？

首先，这是一场众望所归的比赛，它代表了当代足球在新旧秩序的更迭中两个旗帜性人物的强强对话。说起世界杯决赛，球迷们的期望值当然很高，都希望进入决赛的两支队伍能够超常发挥，打出令人赏心悦目的比赛。可足球场上有一句名言叫"决赛无名局"，是说世界杯决赛经常会踢得枯燥乏味，沉闷异常。究其原因，进入决赛，主教练在布置战术上都比较保守，都害怕先失球，因而在防守端投入太多兵力，进攻端火力不足，导致双方都很难取得进球。比如 1994 年巴西对意大利、2010 年西班牙对荷兰、2014 年德国对阿根廷等。也有进入决赛后呈现一边倒的比赛，虽然对夺冠球队和球迷而言都欣喜若狂，但仍然缺乏硬碰硬、火花四溅的观赏性。比如 1998 年法国对巴西、2018 年法国对克罗地亚。真正在世界杯决赛中，90 分钟常规比赛踢成 2：2 平，30 分钟加时赛两队又各进一球，在点球大战才决出胜负的，也只有本届世界杯了。毫无疑问，在世界足坛，梅西和 C 罗一直处于绝对的统治地位。而在 2018 年俄罗斯世界杯法国战胜克罗地亚夺得大力神杯时，20 岁的姆巴佩就已经表现出王者风范，在法甲巴黎圣日耳曼队四年的锤炼，使姆巴佩在球场上更加势不可当，成为闪耀欧洲足坛的一颗巨星。本场比赛之所以成为"众望所归"的比赛，毕竟是当代足坛两个领军人物走上决赛场的终极较量。法国球迷盼望神奇小子姆巴佩能全面碾压梅西，成功卫冕。而除了法国球迷外，更广泛国家的球迷都愿意把这顶桂冠留给梅西和他的阿根廷队。究其原因，梅西虽多次获得"世界足球先生"和"世界金球奖"，在俱乐部层面更是夺冠无数。可令一代球王最遗憾的，就是虽然从 18 岁就跟随阿根廷队参加了 2006 年的德国世界杯算起，连续参加了 4 届世界杯，都没有幸运走到最后，没有实现自己的世界杯冠军梦想。一直有一种论调——"英雄人物的结局，一般都有悲情的一面"，卡塔尔世界杯，很可能是 35 岁的梅西谢幕之战，如果再折戟沉沙，球王将会抱憾终生。正是在这种成人之美思维的主导下，球迷们都希望阿根廷队队长梅西能够最终举起大力神杯，圆梦世界杯赛场。

其次，本场世界杯决赛，完全释放出足球艺术的无穷魅力，把足球运动蕴含的无限偶然性，彰显得淋漓尽致。

当法国队和阿根廷队最终进入决赛时，球迷们期待一场"火星撞地球"的精彩比赛。阿根廷队主帅斯卡洛尼在制定战术上非常自信，前场"三叉戟"异常活跃且富有侵略性。梅西的点球和"天使"迪马利亚的进球，使阿根廷队在上半场无论在比分还是在场上的优势上都完全压制住了雄心勃勃的法国队，姆巴佩在中前场的速度优势根本发挥不出来。当球迷们以为接下来的比赛还会延续上半场的走势，阿根廷队将轻而易举取得世界杯冠军时，如梦初醒的法国队，在下半场开始雄狮咆哮般地反扑。场上风云突变，体力开始下降的阿根廷队被动地处于守势。在紧要关头，球星的作用和价值凸显出来。姆巴佩利用他强大的突破能力，不断撕扯和撞击着阿根廷的防线，个人2粒无与伦比的金子般进球，不仅让德尚带领的法国队奇迹般地起死回生，也把阿根廷队打回到冰冷的现实当中，硬生生地被拖入加时赛。这种伟大的逆转，也只会发生在伟大的球队和球员身上，因为它们具备一切化腐朽为神奇的条件，把无限的不可能，转化为无限可能。按常规想，90分钟比赛后，双方队员的体能和技术发挥都会出现问题，但两支球队不愧为世界一流强队，经过短暂调整后，加时赛都表现出了极高的战术素养和意志品质，依然能打出娴熟流畅、令人眼花缭乱的配合来。两位球星继续着他们在各自球队扮演的"关键先生"的角色。109分钟梅西的补射得手和118分钟姆巴佩再度点球破门，轮番上演着"不可思议"的精彩瞬间，又把决赛拖入到点球大战。经历了这样的跌宕起伏，生生死死后，幸运之神最终还是眷顾到了梅西，成全他一个完美无缺的足球生涯。点球艰难获胜的阿根廷队时隔36年再夺大力神杯，加冕球王的梅西第一时间把金杯献给自己的恩师，在天有灵的球王马拉多纳。

再次，这场决赛，预示着"梅罗时代"即将落幕，以姆巴佩为代表，强势崛起的一代新星将完成世界足坛的"改朝换代"。

每一位球迷，如果回望自己走过的十几年，必然和梅西紧密相连，因为他的存在就是足球的象征。无论在阿根廷国家队，还是在巴塞罗那俱乐部队，梅西都为球迷呈现了无数美妙绝伦、不可复制的伟大比赛，也留下了属于"梅罗时代"的一串串美好记忆。英雄总有谢幕时，一代球王贝利和马拉多纳同样成就了一个时代的辉煌与荣耀。"晚霞的壮丽，必是下一次朝霞的灿烂"，本届世界杯决赛之所以能够打得如此荡气回肠、荆棘丛生，正是以姆巴佩为代表的新生力量向足坛固有秩序发起了强烈的挑战和冲击。法国队虽然屈居亚军，但23岁的姆巴佩以8粒进球，毫无悬念地荣获世界杯金靴奖。

新事物的出现，犹如破土而出的竹笋，迸发出旺盛的生命力，总让我们满怀期待。随着"梅罗时代"的渐行渐远，法国的姆巴佩、英格兰的贝林厄姆、挪威的哈兰德等都在迅速崛起，他们将义无反顾地扛起世界足坛"改朝换代"的大旗，以领军人物的角色，续写现代足球的无限传奇和不老神话。

足球与"选帅"

2024 年 2 月 24 日，正值中国的传统节日"元宵节"，中国足协的官网宣布，由克罗地亚老帅伊万科维奇担任中国男子足球队主教练。选择这一天官宣伊帅上任，可能祈愿在接下来的 2026 年美加墨世界杯亚洲区预选赛上他能带领国足突出重围，实现一个较圆满的世界杯梦想。虽然美加墨世界杯，亚洲将有 8.5 个出线名额，本是重大利好，但结合中国足球的现状，以及急功近利的"走马灯"式的换帅操作，要想实现世界杯梦想，国足最需要依赖的，恐怕是超出综合实力之外的，比如偶然性和运气的不断眷顾。

为什么我对这次选帅不太关注，或者没有抱太多期望呢？这和中国足协多年来忽视基层青少年足球的梯队建设和系统训练，忽视对球员进行精神文化、道德价值体系的系统培养，反是本末倒置地期望通过重金聘用世界名帅来冲击世界杯有关。中国足协"囊中羞涩"开始理性消费，这次选择伊万科维奇，虽然走出了"金元足球"的怪圈，以150万欧元搞定伊帅，但依然没有摆脱球员层面整体低能的残酷现实。中国足球，这么多年，除2002年日韩世界杯因韩国、日本作为东道主直接进入决赛，中国队在米卢的带领下幸运入围外，其余时间都处于屡战屡败，屡败屡战之中，长期被排除在世界杯之外。对球迷而言，要说还有一拨紧接一拨的热度，那就是频繁的换帅了。中国男足实力不济，人见人欺，但每遇主帅黯然下课，在极大好奇心的驱使下，球迷们便对换帅投入了极大的关注，都在评说、猜测，都盼着神秘面纱揭开的那一刻。在这个节骨眼上，主抓足球管理的足协官员们，暂时淡忘了他们自己工作的毫无起色，频繁出现在公众视野，大谈选帅标准和物色人选情况。从1992年6月进入国足的德国教练施拉普拉算起，英国的霍顿、南斯拉夫的米卢、荷兰的阿里汉、西班牙的卡马乔、法国的佩兰、意大利的里皮、塞尔维亚的扬科维奇，直到刚官宣的伊万科维奇。无论施拉普拉提出的"豹子精神"还是学院派霍顿严谨的足球理论，以及米卢的"快乐足球"再加上被誉为"战术大师"的银狐里皮等，虽然都是披荆斩棘、久经沙场的足坛大神级人物，但无论是谁，只要执教中国男足，几乎都折戟沙场、身败名裂。究其原因，不是主帅们无能，而是弟子们朽木不可雕，无力扭转乾坤。因而舆论界有一句调侃式的名言："中国男足主教练是世界上风险最大，事故率最高的岗位。"

为什么我们的综合国力与日俱增，足球运动的硬件设施世界一流，世界名帅纷至沓来，而我们的男足离世界足坛的主流却渐行渐远，非常尴尬地处于亚洲二三流的水平呢？首先，足球管理者在急功近利"出成绩"思维的主导之下，多少年来，没有形成一个持续成熟的套路打法，时而学英国，时而学德国，时而又学意大利，并没有科学分析中国运动员的特点，再结合世界足球发展潮流制定中长期的战术打法，国家队打法始终处于摇摆不定之中，很难形成稳定的战术风格，而我们的近邻日本队在打法上多年坚持学习巴西的地面传控技术流打法，非常讲究团队意识和整体配合，世界杯大赛多次战胜世界一流强队。其次，我们的足球人口和青训系统喊了这么多年，目前还处于不成熟、不健全状态。足球队整体实力的强大，说到底其背后是非常完善和庞大的青训系统和梯队建设。无论是欧洲强队还是亚洲的日韩，他们在青训方面投入都非常大，球员从小就在各梯队里接受非常严格系统的足球基本功和技战术培养。而咱们国家队在国际赛场经常会出现传接球基本功不过关、失误频发等，让人匪夷所思、哭笑不得的场面。同样在对战术的执行和理解上，更是大打折扣，根本达不到主教练要求的场面，而这些在欧美强队身上发生率极低。再次，在我国职业足球发展的几十年中，各俱乐部随着财团的资金注入，都变得财大气粗起来，失去理智地在足球转会市场，挥霍重金签下国际球星和著名教练，无形之中，国内球员的身价也水涨船高。在恒大俱乐部的带动下，中超赛场进入虚假繁荣的"金元时代"。2017 年，中超转会费膨胀到了极致，国内球员张呈栋以 1.5 亿元人民币的身价加盟中超新晋"土豪"河北华夏幸福，成为中超历史上首位本土亿元先生。正是在这种颇为荒诞，以追求金钱利益为标准的足球环境中，有几名球员还能在球场安心地练基本功，专心培养自己的意志品质呢。随着大财团的纷纷撤资，"金元足球"也退出中超舞台，这几年限薪制的推行，各俱乐部都冷静不少，大肆烧钱的现象一去不复返，但中国足球依然还处于剧烈的阵痛期和迷茫期。

2024 年 2 月 10 日，东道主卡塔尔成功卫冕亚洲杯。本届亚洲杯，除日本、韩国、伊朗、沙特等传统强队外，西亚球队明显崛起。除卫冕冠军卡塔尔外，约旦、伊拉克等队实力明显提升。像约旦淘汰韩国，伊朗淘汰日本的两场比赛，双方都打出了极高的战术素养，都体现出现代足球的整体意识和局部技术的细腻。而反观中国队则在本届亚洲杯三场比赛一球未进，早早出局。

新年伊始，中国足协又在球迷的热情关注下，签下了伊万科维奇，又是一次循环往复的过程，麻木之下，何谈期待？中国足球，如果不从底层和根子上剖析和解决长期存在的问题，还在头疼医头地通过更换主教练来寻得突破和生机，必然还会处于看不见任何春色的漫长寒冬之中。

长安约读

为文学插上另一只多彩的翅膀

周末的一个夜晚，当身边的一切都消停下来的时候，打开手机微信，戴上耳机听着获得第十届茅盾文学奖的陕西作家陈彦所著《主角》的音频版。但只听了一集就难掩失望地摘下了耳机，无心继续。不地道的陕西方言加上在音效的运用上找不到秦腔的蛛丝马迹，就明显冲淡甚至抹杀了作家搭建和烘托起来的，那专属于古老秦腔所蕴含的种种文学意象了。弱化了陕西元素和关中地域味道的《主角》音频版，无疑在一定程度上丢失了它应有的艺术感召力和饱满度，不能不说是一大缺憾。遗憾之余，就联想到，接触过的一些作家都有把自己的作品转化成有声读物播出的愿望，但似乎都存在共同的顾虑和担忧，便是在没有专业的朗诵者的情况下，生怕自己作品里呈现出来的思想内涵不能被演播者充分领会和理解，音频作品变得平淡索然，更甚者会使原著黯然失色。能不能集结有着多年播音主持和文学朗诵经验的专业人士，对一些有着较高文学和社会价值的小说、诗歌、散文作品在一个固定的平台定期地进行推广和展播，使文学艺术和朗诵艺术真正实现融合，催生出更多的能滋养人灵魂的精神产品。在这样的考量之下，《长安约读》应运而生了。

记忆犹新的场景就是上小学时，我和村里的几个伙伴放学后都跑着回家，急着把书包甩到一边，围在一个半导体收音机前，心驰神往、有滋有味地收听着中央人民广播电台的评书连播《岳飞传》。刘兰芳清晰洪亮、激越奔放、拟声状物的演播风格很快就把我们带入那激烈厮杀的古战场。半个小时后，几个伙伴都听得热血沸腾，结束后还意犹未尽地回味着其中的每个场面。上了中学，无意中在广播里听到李野墨演播的《平凡的世界》时，也同样为他那沉郁浑厚、娓娓如日光的演播风格所叹服。在聆听时，总能强烈地感受到作品中展现的对生命的热爱，面对生活的坚韧和不屈；能感受到，在对幸福、尊严、真善美的追求中，人物之间那朴实纯真、温暖感人的真挚情感。最近的一次，不少人和我一样，应该都被一篇朗读作品所震撼和感染，那就是斯琴高娃在央视《朗读者》中朗读贾平凹的不朽散文《写给母亲》。她之所以把这篇文章献给自己已经离世的母亲，是有着冥冥之中的情感契合的。斯琴高娃在朗读中，以深厚的艺术积淀和感悟力，在平实克制的语境中，把贾平凹母子情深的那种既痛彻心扉又意味深长的感情基调，演绎得入丝入微，情思悠长，境界超然，让每一位观者都潸然泪下。

无论是《岳飞传》《平凡的世界》还是贾平凹的散文《写给母亲》，能产生持久的听觉美誉度，究其原因，除文学作品本身所带给人们丰富的审美理想和价值领悟之外，不能忽视的就是演播者在对作品深刻体会和挖掘的基础上，不同程度地融入了自己的思想诉求和艺术感知。这种对作品的二次创作，既需要有一定的人生历练，也需要演播者内心世界丰盈。这样才能在文学作品中，通过语言艺术的魅力，铺陈作品的人情世相，承载作者的创作动机，驾驭作品的演化脉络。这样才能在收放自如中，让人听出一种言外之意、题外之旨、弦外之音，无形之中升华了主题，延伸了文学作品的想象空间。我们推出的《长安约读》邀请到播音主持界的各位艺术家，就是想尽可能地在贴近和把握作者创作意图的基础上，再有一次艺术的转化和加工，给作品插上一双腾跃的翅膀，在一个全新的领域绽放它无限的风姿。

中国作协主席铁凝在《朗读者》序言中有一句话："一个人内心的声音能够在广大的人群中长时间地回响，引导着人们放慢生命节奏，这顺应和满足了人们对精神生活的渴望，是世上最美好的一件事。"以文学朗读立身的《长安约读》便以此为使命担当，不断推出能给人们带来哲理启示、心灵熏陶和智慧启迪的精神产品，让那些孤独中的人、困境中的人、浮躁中的人、彷徨中的人都不同程度地从《长安约读》中为自己注入一些能量、拨开一些迷雾、得到一些温润、清静一下心绪，让人生少些沉沦，让生活再起亮点！《长安约读》期待着您的赐教和卓识，更等待着您的美文和佳篇。那就让我们"约"起来，以艺术家那富有共振和穿越的音质，来"读"出文学作品的一片崭新天地，释放出它别有洞天的意蕴和气象！

以声音的力量，送长安以美好

以专业的播音员、主持人朗诵陕西作家名篇佳作为主要呈现样态的新媒体文学播读平台《长安约读》，从 2019 年 10 月 6 日推出第一期贾平凹的散文《父亲的半瓶酒》到 2021 年 8 月 6 日推出作家吕志军的散文《那一年，我成了孤儿》，在将近两年的时间里，《长安约读》推送各类题材的散文、小说、诗歌作品 76 期了。从一个新生命的探头探脑、步履蹒跚到现在，每逢周末文学圈、播音主持圈以及新闻圈的朋友们都在转发着最新一期《长安约读》的有声作品。在这一年多的成长印记里究竟包含和凸显了哪些属于《长安约读》自己的独特风貌和精神气质？沿着《长安约读》出发时深深浅浅、扭扭歪歪的艰难足迹和生命轨迹，深入肌理地探寻梳理其中的文化脉络和价值走向，还是发现了一些值得一提的归属于文学艺术、播读艺术和音乐艺术无限交融后所产生的一种崭新的美学特质，以及由此衍生出的一些个人思考。

一、《长安约读》的萌生和起意

朗诵作为语言表达艺术在我国有着悠久的历史，可以说与人类劳动同时产生。《尚书·舜典》里有"诵其言谓之书，咏其声谓之歌"。《诗大序》记载："在心为志，发言为诗，情动于中而形于言；言之不足，故嗟叹之；嗟叹之不足，故咏歌之。"宋代文学家陆游诗云："横陈粝饭侧，朗读短檠前。"元朝文化大家贡奎有名句："闭门谢尘鞅，展卷自朗读。"这些一再佐证着古代文人墨客往往都有抒发心灵感悟，情不自禁地吟诗朗诵的良好习惯，也从侧面阐明了一个道理：文学起源于口头传诵，朗诵和文学本是一对不分离的孪生兄弟。但是随着社会的进步和时代变迁，特别是信息化发展的高歌猛进，古人那种饮酒赋诗、低吟轻诵的表达方式难以适应现代人的休闲观念和思维节奏。随之兴起的是有组织、有策划的各种读书会、朗诵会、作品赏析会。这些形式的朗诵活动，对于倡导和推动"全民阅读"无疑都发挥着程度不一的推动作用。每参加完此类活动，除极少数高品质的朗诵会外，都会留下诸多的缺憾和无奈。一个比较普遍和突出的问题就是文学作品和朗诵很难达到和谐统一的艺术境界。文学朗读作为一个再生性的口语艺术，它需要朗读者把自己的知识积累同作者的思想加以结合，把自己的生活体验同作者的感情加以沟通，调动起自己的真情实感，在二次创作的基础上，才能把无声的文字转化为饱含作者感情的有声作品。而现实情况是文字作品和有声语言往往被生硬割裂和无限错位，经常出现"文强播弱"或"播强文弱"的不对称现象。这种吃不透原作就降低标准，无形之中矮化甚至歪曲了作者创作意图和思想指向的有声播读常常令人失望，也常为这种状况而焦躁不安。曾几何时，古长安不仅是中国历史的底片也是中国文化的名片。身处历史文化底蕴深厚的千年古都，我们有义务倡导一种规范高雅的文学作品朗诵的清新之风。通过专业权威的朗诵艺术家们常态化的示范引领，可以让更多的朗诵爱好者拥有参照物，不断提高他们对文学作品的鉴赏力和表现力，为现代化的西安再增添几抹文化艺术的亮丽姿色。在此背景之下，一个以约请陕西作家的诗歌、散文、小说作品，约请陕西播音主持界朗诵艺术家们担纲作品播读的本土化纯文学微信公众平台《长安约读》应运而生了。

二、为什么突出了"约"

《长安约读》在创办之初就坚持约稿不投稿的原则，其唯一目的就是要保证文学作品的可播读性，使《长安约读》的特色和个性得以凸显。我们主动"约"作家的作品，主要考虑的是专业作家的创作都在具备文学性和思想性的前提下，更具创作的稳定性，整篇作品都会脉络清晰，逻辑严谨，浑然一体，这样就能够保证制作出来的有声作品自始至终拥有艺术感染力。还有一个"约"的原因就是，所选的文学作品必须适合播读。哲理性和政论性很强的作品都不适合作为有声作品来播读。那么适合播读的衡量标准究竟有哪些呢？

首先，要保证文学作品的纯洁度。我们办的是纯文学平台，不阿谀奉承，不歌功颂德，不空洞虚无，不歌舞升平，不严肃说教，就是要通过有声的文学作品播读来挖掘人性、净化灵魂、昭示生存者的价值和意义。

其次，要保证作品情感的饱满度。播读艺术本身就是一种情感的外在表达和渲染艺术。文学作品如果生动而富有激情，就为播读者提供了宽广和舒畅的二次创作的空间，使播读者的艺术感知和播音才华得以淋漓尽致地施展和释放。

再次，要保证作品情节上的舒展度。情节仿佛是文学作品躯体和框架中网格化的毛细血管，它的丰满和延伸程度不仅决定了作品的张力和活力，也同样为播读者创造了新的承载和演绎作品的艺术氛围。

"约"来了作家的作品，"约"主播也是一个特别重要的环节。每一位播读艺术家的播音风格、文学素养和生活阅历都不尽相同。同一部作品，选择不同的播读者，文学作品的语意方向、感想色彩以及美学尺度都会发生微妙的变化。如何实现播读者在"衔华佩实，含英咀华"后的"视域融合"是对文学编辑感知力的一大考验。所以对作品播读效果和艺术合成的预判就非常关键，每期的有声作品都应建立在对播读者风格特点充分了解的基础上，才能有的放矢，保证较高的优质成品率。

三、关于文学与朗诵的几点思考

曾经看到一句话记忆深刻："传达不只是简单叙述一个故事，它同时兼顾着一种附着于语言之上的意味，意味比故事还重要。"《长安约读》一直注重从朗诵艺术的角度去开发"语言之上的意味"，在文章的深层结构中挖掘渗透在字里行间和隐含在情节里的写作目的和精神诉求，尽可能让播读者通过自己独特的艺术感受和情感表达赋予作品更丰富的意味和内涵。

1. 朗读者的艺术感觉奠定了纸质作品转化为有声作品的基本基调

马尔库塞在《现代美学析疑》中写道："审美的根源在于感受力，它既要服从于文章所表现的外部世界的全部丰富性，又要以客观存在的无限性使人们看到物质带着诗意的感性光辉对人的全身发出微笑。"朗读者对文本的自我感悟力，来自朗读者以拥抱性的姿态，以自己的精神主体为中介去感受作品，进入作品的灵魂深处。《长安约读》第二期推出陈忠实的散文名篇《原下的日子》，播读者是著名小说演播艺术家凌江。为了准确把握创作背景和作者当年的特殊心绪，凌江不仅去书店买《陈忠实散文精选集》，还驱车来到白鹿原西蒋村陈忠实故居和灞河畔实地体验，不断获取崭新的感受，激发灵感，在播读前逐渐形成了关于这篇散文独特的审美价值观念。正是拥有了丰厚真实的艺术感知，凌江在播读中才能沿着陈忠实思想感情的流动方向进入"耕者忘其锄"的忘我境界，能够比较到位地将文章里的文字符号转化为意蕴深厚的声音形象。让每位聆听者不仅触碰到清晰的生活质感，也能捕捉到作者深邃的内心情感。

2. 朗读者的情感表达是有声作品的生命和精华

托尔斯泰认为："艺术感染力的深浅程度，取决于发自灵魂深处情感的真挚程度。"所以朗诵者的情感表达是一种高级的心理体验过程。优秀的朗读者在播读作品时，都使自己的情感处于积极的运动状态，随时配置和迸发恰到好处的情感表达，紧密地和作品中的人物同呼吸，共命运。《长安约读》在第 15 期推出了著名文化学者肖云儒老师的散文《母亲》，播读者是著名电视节目主持人孙维。读罢《母亲》每一位读者都会为文中"母子之间用脚步丈量感情"而眼热，也因一个高尚人格的精神遗产对影响和塑造另一个高尚人格的内在关联陷入深深思索之中。孙维在播读前的备稿时，就几度哽咽，完全沉浸在作品所营造的一种深沉厚重的情感氛围里。经过反复的琢磨推敲和聚积生发情感的特殊心境，孙维在作品录制时真挚自如地把文字里蕴含的情感沉稳地予以自然外露，感染力极强。所以经典的文学朗读，常常让我们觉得如春雨般朗润，如清溪般明澈，他们把文字里的真情提炼成天籁，赋文字以别样的韵味。

3. 文学作品中潜伏的内在语拓展了有声作品的创作空间

内在语，在戏曲和影视表演中叫"潜台词"。内在语在文学作品中无处不在，因为高明的作家都不会在文章的表层结构中直接暴露写作意图，而是通过场景、细节、人物对话等手法来烘托和显现创作主旨。所以只有在朗诵等语言艺术的表达中，我们才能够通过文字作品的内在语感受到作品真正的灵魂。《长安约读》第76期推出作家尤凌波的散文《梦中的故乡》其中一段文字："倏忽间，一个甲子过去，原先的长辈大多已作古，大沟也已被填平，沟底人家全都搬到平地，盖起二层小楼。没有了树林，没有了辘轳老井，更没有了牛马驴骡，家家都铁门紧闭，村人见了面，也只是淡淡点个头。"演播者王东在领会到文字里透露出作者对故乡眷恋、失落、淡漠等复杂的内在语后，运用了贴切的情感表达语气，在播读中总有一股弥漫在文字间的对记忆中故乡的难以割舍，同时又以一颗包容之心虔诚守望着当下故乡的深厚情结。内在语作为一种隐含式的语气表达，需要播读者以灵敏的艺术感觉和殷实的文学素养去调动情感流和意识流，使作者附着在文字里的想象空间和弦外之音得以妥当的外露和延伸。

4. 朗诵时恰当的音乐衬托，会起到渲染情景、引发联想、深化主题、揭示意义的整体艺术效果

音乐与文学有着天然的契合度和黏合力，音乐里孕育着文学的因子，文学中蕴含着音乐艺术的美学概念。运用音乐配合朗诵，可以使听众进入一个特定的意境当中，更好地体会作品的情感，感受作品的整体艺术魅力。为朗诵作品配乐，音乐编辑既要吃透文本内容，把握作品的思想内涵，又要熟悉配乐曲目的情感基调，实现二者的融合统一。往期《长安约读》中像邢小利的《冬天的草原》、王维亚的《龙池湾》、陈长吟的《穿越秦岭》等具地域特色的

散文作品，在音乐的选择上一定是体现当地民俗风情的曲子，增强亲切感。像吴克敬的《我把母亲抱在怀里》、周燕芬的《父亲的宝剑》、冯积岐的《习惯故乡》、朱鸿的《伸手够一够春天》、白玉稳的《家，真的在梦里了》等情感抒发类的作品，在配选音乐时，既要有适度的意境渲染，又要处理好情感起落与音乐徐缓的节奏，不能失去步调感。像方英文的《送别》、芦芙荭的《鞋匠胡二立》等小小说则有意识地增加现场音效，达到富有生命的情景再现。另外在《长安约读》的配音中，我们经常会适当地使用"留白"艺术，因为在我国自古就有"大音希声""大象无形"的说法。在播读过程中，创作主体和接受主体往往都会出现"接受""酝酿""回味"的状态。而此时运用"留白"艺术，可以辅助语言表达，达到"此时无声胜有声"的艺术效果，给听众留下思考和想象的空间。

《长安约读》其实就是一个文学艺术、朗诵艺术、音乐艺术集合而成的一个综合文化产品，只有三者无缝衔接、无限亲近、深度融合，才是《长安约读》一直以来追求的内在意韵和精神气象。在新的成长期，面对自媒体时代的挑战，《长安约读》将在保持风格中不断积聚传统文化的高强能量，不断汲取科技时代的新鲜养分，通过一流的录制编辑手段，使每期有声作品尽力展现出三者的合力之美，能听出有生活的提炼，有阅历的凝聚，有智慧的结晶，更有生命的律动。

在构建信仰大厦中"约读长安"

尊敬的文学艺术界和播音艺术界的各位前辈老师们以及现场的作家和读者朋友们，大家下午好！

以约读陕西作家名篇名作为己任，以传播清新高雅、声情并茂的朗诵作品为宗旨的《长安约读》经过一年多的摸索成长，目前已经有了自己眉目清晰的相貌，有了质地坚挺的个性，也有了日渐丰腴的内在。在文化多元和信息碎片化的生存环境下，在大众关注的兴奋点和维系点被遮天蔽日的短视频，抖音和快手直播所瓜分的现实下，一个纯文学的播读平台其成活的空间就显得异常的狭小和艰难。每当新一期的《长安约读》推出时，我都满心期待着在这个有限的受众空间能够获取尽可能多的关注和反响。当好评如潮，点击量一路飙升时，我也会产生如释重负的快慰感和成就感。如果推出后，阅读数寒酸，应者寥寥时，心绪也会随之跌落谷底。甚至会对创办《长安约读》产生片刻的动摇和困惑，对《长安约读》的前景也会产生短时的迷茫和气馁。但是能使我把《长安约读》坚持办下来的动力源泉正是有文学前辈们，像和谷老师、雷涛老师、朱鸿老师、陈长吟老师和安黎老师对《长安约读》的高度肯定，朱鸿老师和陈长吟老师还几次在不同的场合对《长安约读》提出了很具体的发展思路和中肯的意见。播音界的前辈和老师们更是不计任何报酬，凭着一种令人感动的职业热情和真挚的友爱投入到一次次《长安约读》的录制当中去。凌江、岳玲、王芳、彭波、王东等播音老师为了准确把握文学作品里的情感指向和深刻寓意，实现把深藏在字里行间的潜在语言情绪通过艺术的播读得以显露和明朗，他们都是在揣摩和感知中无限地深入作品中的人物和情景中去。《长安约读》一路走来，得到来自文学界和播音界老师和朋友们无私的厚爱和鼎力支持，使《长安约读》一直在你们的陪伴和相助中感受温暖，获取力量。在这里我代表《长安约读》向文学界和播音界的各位老师朋友，向今天来到现场参与《长安约读》线下活动的读者朋友们表达我深深的敬意和谢意，也送上我最真诚的祝福。

刚才在聆听文学前辈的有声作品时，突然想起延安诗人李炳智老师写给播读者的诗句："你们在用声音淘洗着字符的光芒，你们在用深邃锻造着文学的分量。"当优秀的文学作品和有着超然融通升华能力的播读者不期而遇时，那是多么幸福的知音，又是多么甜蜜的知遇。今天晚上我们有幸和现场的朋友们共同见证了文学朗诵艺术的饕餮盛宴，也共同感受到了文学朗诵艺术确实是生活的提炼，是阅历的凝聚，是思想的融会，更是两个生命个体的合力。

今天下午，当我走进蓝海风这个时尚气派的书店，看到一个偌大的书的海洋时，顿时觉得自己轻微而空虚，我没有在社会的大转型时期，适时地让自己的生活转型，让自己的精神转型，没有真正成为一个让书籍强大自己的人。其实我们现在并不缺少可读的书，而是缺少读书的人。我们也并不是没有时间读书，而是没有养成读书的习惯。上个周六是立冬，大自然进入了生气闭蓄、万物收藏的休养模式，我也希望今天来到现场的朋友们咱们一起在这个冬季里以书为伴，养精蓄锐，在《长安约读》有声作品的滋润下，不断充实我们的意识世界，不断构建我们的信仰大厦，不断提升我们的审美情趣，不断塑造我们的价值品格。

白鹿西去忆先生

　　关中大地的四月天，无疑是最撩人、最怡人的四月天。无垠的平川、起伏的沟畔、错落的民居都被那些正浓郁、繁茂的油菜、洋槐、泡桐花儿掩映和氤氲得风情万种。当我们为眼下的自然景致所沉醉、所神往时，还有一种思绪在此时也会阵阵泛起，情不自禁地想起四年前正是在这个最美好的季节离世的一位"陕西老汉"，他就是文坛巨匠，有着我们关中"正大先生"之誉的陈忠实。

　　关中之于陈忠实，《白鹿原》之于陈忠实，都有着丰厚而非凡的代表意义。常有一种说法是无论从陈忠实的性情或长相去联想，都非常契合关中的地域和文化特质。他那张沟壑纵横、棱角分明的脸，每一道褶皱里都隐藏着岁月的沧桑和不屈的烙印。他那双锐如鹰隼的眼睛，目光如炬，触及深远。他那憨厚的笑，凝神的思，甚至义正的骂都附带着典型的关中男人那朴实厚道、粗犷豁达、耿直豪迈、宁折不弯、刚板硬正的文化因子。关于《白鹿原》，陈忠实曾说过一段这样的话："回首往事，我唯一值得告慰的是，在我人生精力最好，思维最敏捷、最活跃的阶段，完成了一部思考我们民族近代以来历史和命运的作品。"陈忠实正是摒弃了先前写作中革命现实主义的陈旧模式，果断地"剥离"了自身非文学的因素，从"文化心理结构"的视角在《白鹿原》中去完成人物形象和文学语言的创造，最终实现了通过民族的传统观念和人格精神在时代大背景下的冲突和裂变，来探求民族的前途和命运。同时也实现了自己在文学创作中的最大心愿，就是融入了自己生命体验和理性思索的写作，真正"寻找到了属于自己的句子"。怀念陈忠实，我们怀念的是他那独有的文学气质、文学眼界、文学胸怀；怀念他为陕西文学和中国当代文学留下的注入了关中元素、地域风貌和人性风骨的精神遗产；怀念他敢于思辨，在自我否定中"蛹变化蝶"的勇气。

在陈忠实逝世四周年的日子，《长安约读》特意推出由陕西乡党、著名表演艺术家吴京安倾情演绎的话剧《白鹿原》里白嘉轩的一段独白，来寄托哀思，缅怀长者。如果说陈忠实先生的《白鹿原》让我们从文字里感受着关中文化精魂的话，那么吴京安凛冽悲怆的声声诉说则通过演播艺术把《白鹿原》推向了另一个精神维度的制高点。两位艺术家，同为关中人，在性情上融通度极高，况且也都达到了从生活体验早早进入一种生命体验和艺术体验的境界。

吴京安在剧中饰演的白嘉轩之所以形神兼备，声名远扬，其实正是一种血脉的接续和地域文化滋养下的艺术感知与心灵皈依。

此心安处是吾乡

当前的中国乡村社会，正经历着前所未有的巨大嬗变。绵延了几千年的农耕文明在后工业文明强劲的冲击与迅猛的换代中，完成了它的历史使命，在渐行渐远中与我们挥手作别。社会进步的车轮浩荡不息，当年轻新潮一族拥享着5G、人工智能、智慧云等尖端科技的时速切换时，还有不少的"60后""70后"的"城市异乡人"却在因乡村的嬗变，无情地阻隔了记忆中的乡亲乡情而惆怅无助。他们生活在城市，却依然不舍气力地去联通童年时期融入了个人情感和生命体验的乡村记忆，苦思冥想着自己的精神原乡。尤凌波就是这样一位沿着记忆的惯性执着地以营沟村为创作原点进行着密密麻麻的复原式书写，建构着自己丰沛广袤心灵牧场的作家。

当每次走进以抢救和保护关中地区典型民居为代表的关中民俗博物院，凝视着古民居内陈列的周、秦、汉、唐以来历代关中地区群众生产、生活、习俗、风情的物件时，我都不由自主地沉浸其中，难以自拔。这一座座被整体移建过来的古民居，正是我们关中民俗文化的基因仓和标本库，它汇聚着关中人的信仰取向和审美诉求。进入尤凌波的文字空间，也就进入了另一领域和境界的关中民俗风情的富饶之地。无论是《风从场上过》《沟底有人家》还是《那年冬，真冷》都有着对关中道人们淳朴憨厚风土人情的雕刻式、微观化的文学记录。其每篇作品所传达的情、所描绘的形、所揭示的理、所蕴含的意，都早已融化在我们关中人的血脉和精神气象之中，这就很容易让人产生认知默契和情感共鸣，读起来亲切如故，欲罢不能。

"此心安处，便是吾乡"。尤凌波用一颗虔诚澄净的心在守望着故乡，以一种坚韧的匠心在忠诚地修复着记忆里故乡的样貌。尤凌波说，他的故乡在梦里。作为他的读者，我们每个人精神层面的故乡，不仅在梦里也通过尤凌波的笔触延伸和安放到了以营沟村为核心地带的沟沟畔畔，旮旮旯旯。

相遇即成经典

作家陈彦在第十届茅盾文学奖上的获奖作品《主角》将在这个辞旧迎新的夜晚以小说联播的形式每期5集在《长安约读》独家推送，演播者为陕西广播电视台播音指导、中国播音主持奖获得者赵妍女士。这就如同"日月如合璧，五星如连珠"般的完美契合。

在陈彦的"舞台三部曲"《装台》《主角》《喜剧》中，戏曲元素沉浸最厚重、最丰满的还是获得茅奖的作品《主角》。经常听到文学界有种说法：只有陈彦能写出《主角》。这话听起来有些霸道和绝对，但凡读过《主角》的人，可能绝大多数会认可这个的说法。作为曾经长期在基层院团搞剧本创作和管理工作的陈彦，有着非常丰富的戏曲乐理和表演程式的经验积累，更有着深厚广阔的戏曲文化知识储备。在《主角》中，胡三元那潇洒飘逸的鼓点，"存"字辈老艺人对忆秦娥的悉心传授，排练温柔细腻的《白蛇传》及生死壮阔的《游西湖》等情节，陈彦都在充分有力地调动着自己的文学和戏曲资源库存，以精深的功力，精细的笔触，精彩的语言，潜移默化地渲染着秦腔的文化根脉。通过"忠孝节义"的传统思想观念，展示秦人骨子里浓烈的家国情怀和生活理想。陈彦在《说秦腔》一书中写道："世界上久演不衰的歌剧《图兰朵》《茶花女》《悲惨世界》都是凭借着优秀的故事登上经典位置的，而故事的本质就是文学，文学是戏剧不可撼动的灵魂。"所以有着中国古典文学和西方文学多年积淀的陈彦无论是对故事的文学性驾驭，还是对戏剧创作如何保持文学灵魂，都有着自己独树一帜的领悟，在创作实践上也就自然而然地彰显出他的优势和魅力来。

这次小说联播的演播者赵妍女士，从中国传媒大学播音主持专业毕业后曾长期在陕西广播电视台主持《陕西新闻联播》，目前为西北大学新闻传播学院播音主持专业的特聘教授。前段时间，在和她通话时才知，陈彦也是她多年的朋友，之所以想录制《主角》，除了想把朋友的作品通过自己的理解有声呈现出来外，还有个更重要的原因就是她的母亲本身就是一位专业的戏曲演员，其艺术生涯和人生经历与《主角》中的忆秦娥也有某些相似度。她从小就在一个戏曲艺术氛围很浓郁的家庭长大，对演员们的艰辛付出常怀恻隐之心。她想通过演播《主角》寻找母亲年轻时坚强不屈的影子，也想再次体验艰难岁月和时代转型时期小人物的命运遭际和起废沉浮带给社会的反思。当我在听完《主角》的音频版后，也不由自主地感叹，演播《主角》这本大容量的"命运之书"赵妍女士是再合适不过的人选了。一个出色的朗读者，只有在具备较高的人文内涵、文化品位、艺术价值的基础上，对朗读作品的心理体验过程和有声语言的表达过程实现有机的统一和完美结合，才能无限可能地演绎出原作的精神气质和独特风貌。在《主角》的演播过程中，能清晰地感受到，赵妍女士融入了自己的语言审美和情感领悟，使每一个篇章都被赋予了应有的色彩和画面的质感，能够有效地吸引和带动听者去探寻作者的内心依据。"故事是戏剧的命脉，也是文学的本质。"陈彦的《主角》把戏曲的文学化推向了一个高度，赵妍女士的音频版《主角》给文学作品赋予了新生命。这是机缘巧合，也是美丽邂逅，让我们一起在跨年的满心期待中去聆听朗读艺术带给我们的无限享受吧！

人物专访

活成"方正"

　　方正年长我 15 岁。1996 年 10 月，当 23 岁的我踏进位于西安市大南门外振兴路的西安广播电视局大门，成为一名新闻广播编辑时，38 岁的方正借着人生最美好的年华，凭着他秉性里携带着的正气与良知，意气风发地在新闻一线挖掘真相，揭露黑暗，替弱者发声。

　　还清晰记得，中午饭时，常和方正去振兴路的"小雨点"餐馆点几个凉菜，喝两瓶啤酒，或是到西后地菜市场吃碗浆水鱼鱼。在吃饭间隙，方正要么为刚编排播出的一组新闻而兴奋，要么为某个到新闻部来投诉的平民百姓而愤愤不平。有时也会毫无保留地谈起自己的身世，谈自己遇到的诸多坎坷，分享他的人生经验，目的是让我能有所借鉴，少走些弯路。

"皇皇三十载，书剑两无成。"当恍惚中又走过一大段人生历程时，回首沉思，自己依然庸庸碌碌，暗暗淡淡，但方正童年和少年历练期以及中年职业生涯发光期所凝结的人生智慧和价值观念，自始至终都是我走出人生困局和谜团的一把钥匙。

方正已退休在家 6 年，我也迈过知天命之岁。常常怀想方正给予我的支持与引导，自己虽无力把这种财富转化为令人瞩目的成就，但作为他职业生涯中后期相处最频繁的一位同事和朋友，内心时常生发出深度采访他的冲动，想让他思想的光芒和智慧的结晶得以系列化的文字展现。方正和我住同一小区，晚饭后常串门去他家。有一次把想采访他的想法说出口，方正摇摇手，谦笑着说："好汉不提当年勇，我现在最关心花园里各种菜长得咋样，其他都是过去式了。"方正虽婉言拒绝了采访，但我并没有灰心，一直在寻找合适的时机。作为一个喜欢文字的人，没有把自己身边最富有人生传奇性和人格丰富性的人物进行挖掘梳理，不仅是一个巨大的缺憾，也是一种失职。

机会终于在有准备中姗姗而来，在一个杏雨梨云、春色撩人的午后，我来到方正家的后花园。此时，浅绿色的木质花廊上深红、淡黄色的蔷薇花枝枝蔓蔓开得正盛，阵阵花香让人沉醉。在遮阳伞下，方正戴着花镜正在读陀思妥耶夫斯基的《罪与罚》，由于正处于深度阅读，我走到跟前，他才一惊抬起头。看是我，表情瞬间舒缓下来后说："这《罪与罚》把一颗在苦难中绝望挣扎的灵魂剖析得太逼真了。"寒暄几句后，我观察方正情致正好，就再次表达了采访他的想法。方正这次再没有拒绝，端起茶杯喝两口后说："你想问啥，咱就集中今天下午把这一说。"我虽有点措手不及，但很快沉静下来，在春晖沐浴、鸟语啁啾中开始了两个媒体人之间的情感交融和心灵碰撞。

问：一个人的童年是世界观和价值观形成的奠定期，这个时期总会有属于孩子们的简单快乐，可您几次谈及自己的童年时，我发现您的童年充满着情感投向的飘忽，甚至是分裂，没有太多幸福的体验，那就从您的童年说起吧。

方：1958 年的夏天，我出生在西大街，离钟楼饭店就一墙之隔。我舅爷常说就在西安的白菜心里住着呢。当时我爷在八仙庵对面开了个中药铺给人看病，手里有了些钱，就给三个儿子分别买了房子。那时经常搞政治运动，我爷害怕城里不稳定，把农村当退路，就在浐河西岸田家湾村的南边白杨寨买了块桩基，顺便把我伯的户口迁到农村。我三爸在东关，给我爸就留下西大街这套房。当我 3 岁时，不知何故，父母决定把我放到我伯家。所以我童年的记忆就是从农村开始，我伯和我伯母都对我后来性格的塑造和三观的形成起了决定性作用，并影响了我一生。我伯母是一个非常懂得仁礼待道的人，家里来人，桌子不空，远方亲戚来了，走时不让空着手。由于正处大饥荒的年代，常有乞丐来村里要饭，孩子们看见后都跑去关自家的门。我也去关门，后来伯母发现我这一举动后，表情严肃地说:"人可怜得都要着吃呢,那就是实在没办法了,咱没个白馍,可以给个黑馍,没个浑馍,可以给半个馍,今后不要把人关到外边。"就这几句话,一下子就刻到我的心上,影响了我一辈子。到后来我就看不成可怜人,看见我就想帮。有一年在长安路某机构门前,碰见一个告状进不了门的老太太在哭。大热天,我先把她劝到阴凉处,然后给了 200 块钱。我说这件事的目的不是想表扬自己,恰恰想表达一种悔意,后悔给得太少,因为我当时口袋至少装了 500 块。这些人都是社会的最底层,不仅可怜,而且有冤,我通过这种形式表达对她的同情,就是想让她不要绝望。

我伯是老高中生,跟我爷学过中医,就在村里当了赤脚医生。有一次我伯带我去医疗室,正好村支书也来了,他说:"德勤(伯名字)叔给我开些 B12,多开些。"伯说:"你规定一次最多给 3 支,咋多开呀?"这时,医务室另外一个人直接给支书递了一盒,让拿走了。伯晚上回家后,气不过就找到村支书家里,怒不可遏地说:"你自己宣布的规矩,却带头破坏规矩,她给你一盒,你个当支书的也就好意思要?"村支书自知理亏,不断给我伯回话,此事才得以平息。从那时起我就慢慢知道办任何事情都要坚持原则,不畏强权,要有和不正之风斗争的勇气。

在我 8 岁时,"文革"开始了,由于我伯家成分高,成重点批斗对象。有一天我看见村口的墙上写着"打倒漏划地主别德勤"的标语,感觉事情严重了,就赶紧跑回家。伯母正在给伯宽着心:"咱先把饭吃饱,一会上台批斗就是打也能挨得起。"过了几天,原班人马半夜敲开我家的门，伯母拄着拐杖，用手把我和伯一豁，说："你和你伯都朝后，这里有我呢。"她并没有表现出天塌下来的惊魂落魄，我伯母面对抄家护着我和伯的这一幕永久地定格在我的记忆中。也就在那一刻，我见识到一个农村女性难以撼动的坚韧与担当，脑海中我伯母的人格形象就是在那时被丰满地树立起来了。

有年秋天我和村里一个孩子在玉米地里打起架来，对方根本就不是对手，我骑在他身上正准备大显身手，对方突然高喊着："漏划地主家的娃还敢这么嚣张！"这话一下子就打到我的软肋上，我立即收起将要落下的拳头，倒退了好几步……

我印象从 7 岁开始就和家里人一起干活，主动替他们分担家务。当时红旗水泥厂附近有家奶牛厂，常年收购草料。和我村相邻的史家湾临浐河，到了春夏之季，那里水草丰茂，给了穷苦潦倒的老百姓一线生机。我放学回家，就拿上镰刀，背上竹筐，到那里割草。当我看见河岸边望不到边际的白茅草、蒲草、车前草，想到一架子车草能给家里换来一块五毛钱的生活补贴时，我的内心就格外亢奋，只管低下头，弯着腰，使出浑身的劲头，一步挪着一步地割着岸边的草。

西安环城公园的东南角是当时西安市冬储菜的库存点之一，白菜、萝卜等大量收购的冬菜都存放在这里。准备投放市场前，要做简单的处理，像白菜先要剔去表层的白菜帮子。可怜的农民们早就等待这一天的到来，伯不知道从哪里得到这消息，天还没亮，就带着我去给家里养的两头猪去抢白菜帮子。那个年月的冬天，一个比一个冷。几分钟我的手就冻得失去知觉，但在那个时刻，根本顾不上这些，满脑子想的都是看咋才能多装几袋。等我和伯拉着满满一车菜帮子饶有成就感地往回走时，双手才慢慢有了那种疼痒麻交织一起的感觉，这种感觉，我直到现在想起都怕。

那时，我家有几棵香椿树，春天时，我就把摘下来的香椿拿到韩森寨几个职工家属区卖。到了秋天，我家门口那棵大皂角树上又缀满着黑色的果实，我上树用竹竿敲皂角，之后装上七八麻袋，我伯驾车子辕，我拉梢子，到老动物园附近的物资回收站去卖。

那时就这么艰辛，人们就这么苦，我没有产生过任何疑问，觉得生活好像就是这样，事后再想，主要原因是我被伯父伯母的爱深深包裹着。

问：在您11岁离开农村回到西安城里后，绘制了您童年生活新的版图，塑造了您主体性格指向的白杨寨村以及您伯和伯母在您的心中的分量感发生变化了吗？

方：岁月的冷酷、农村的荒凉、农民过日子的艰难，惊醒了我的父亲。当我11岁时，他把我的户口又转到城里，回到他身边上小学。正由于我的童年深深打上了白杨寨的烙印，虽然来到了城市，但主要心思和牵挂注定还在那里。好长一个时期，我都会在星期天回白杨寨去看我伯和伯母。当我要回西安时，我伯就步行送我到田家湾，我再坐8路车。那里当年有很长的一段坡，我上车后，第一时间先瞅最后一排的座位，因为后排通过玻璃能看见我伯。看见他一直给我招着手，等车过了坡顶，伯彻底就在我视线里消失了。有一年腊月，我爸带着我在西大街买糕点，我看见好几样水晶饼，就脱口而出："这我伯爱吃。"我爸听到这话后，知道我的心还在我伯那里操着，对着我非常生气地说："我也爱吃！"因为那个阶段，我当着父亲的面说了很多这样的话。我上学时，父母给我吃早餐的零花钱，自己就省下来，等回村子时就交给我伯。也害怕我爸妈发现，就在房子的角落揭起一个砖，把攒的钱用塑料纸一包，放到里面。夏天把钱从砖底下拿出来后，偷偷放进裤头里面，到我伯家再掏时，都被汗水浸湿了，又是汗味又是尿臊味。

问： 进入少年时期，也适应了城市生活，但社会还正处于一个政治运动很剧烈的动荡年代，那时候的你是一个什么样子？

方： 我在上位于东木头市的 24 中时，就觉得自己一下长大了，爱憎非常分明，见不得谁以强凌弱。有天早上去学校的路上过南大街时，看见一个农民自行车后面绑了个架子车，警察发现后就挡住，说违反交规。农民求情说他妈在粉巷医院住院，因行动不便要出院才带着架子车。不管农民咋解释，警察就是不放，坚持要罚款。当时围观者很多，警察挥着胳膊驱散人群时，手戳到我的前胸，我说："你打人干啥？"警察说："我咋打你了？"我本来就看不下去他刁难老百姓，此刻胸中的怒火直往上涌，挥起拳头，重重砸

在警察的脸上。这个警察很老到，并没有当面回击我，而是先把被
扣架子车的农民放走了，然后把我带到西木头市"日夜烟酒门市
部"一侧的公用电话亭后面，一把撕起我的耳朵，使劲踢了我几
脚，狠狠地说："看你是学生，要不然打死你，快滚，出去不准给人
说我打你了。"又踢了一脚，才把我放了。

我记得我上中学时，主要是干活，大家都不关心学习。那时
除了和同学轮流挖防空洞外，在校办工厂干活。我压制的收音机里
用的磁棒，成品率非常高，其他班同学知道后，不少都来我这里观
摩。中学那几年，真是乏善可陈，处在政治运动的旋涡之中，个体
的力量根本没有回天之力。

问：咱们几次郊游路过樊川时，您都会停下车，掏出烟，深情
注目一会您知青下乡插队的这片土地。我知道，这地方是您因知识
贫乏感到无比恐慌，甚至绝望的地方，这份清醒意识的背后，是一
股什么力量的策动？

方：我印象是在 1976 年 11 月 24 日，那时刚 18 岁，就随着
知识青年下乡的大潮，被分到长安县樊村公社西樊大队。当我第一
天来到这里，没有太多陌生感，其实就是我伯家生活的再现和补
充。那时的口号就是"一颗红心向着党，扎根农村干革命"。当我
真正和农民没黑没明一起下地干活时，再次体验到农民的苦，以及
没有尽头的枯燥感。我就在想，自己这一辈子难道就交给这块土地

了吗？想到这里我就恐慌不已。也就从那时起，我开始意识到要改变现状，自己必须先要强大起来，通过读书来补强自己的知识短板，为可能到来的就业机遇做足准备。我哥当时在市话剧院，就给管图书的同事说："我兄弟下乡想借书看。"管理员对我哥说："这年月还有人找书看，难能可贵，没问题。"另外，在钟楼邮局的东边有个报纸杂志门市部，只要来百科知识类杂志，里面总是人山人海的，我买上几本后就拿到樊川利用晚上读书。知青宿舍一般到晚上11点就停电了，我后半夜就点着柴油灯读。我经常不知不觉就看个通宵，第二天早上，因为吸了柴油，鼻孔都成了两个黑洞。

问：在咱们这么多年交往中，您给我一种很强烈，也是很明晰的启发，那就是一个对文学怀有梦想的人或者说经历过文学作品强化熏陶的人，虽然没有承接起文学创作的使命，没有成为一个作家，但您很自然地把文学作品里的高度思想认知和对鲜活生命体悟的意识观念充分运用到现实生活和职场之中，有效转化和拓宽了文学的自身价值，我觉得您就是一个很典型的践行者。当时都读了哪些文学作品？阅读的体验和感悟现在还有记忆吗？

方：喜欢文学作品也就是从我在钟楼邮局报纸杂志门市部买的几本《人民文学》和一些报刊开始的。像刘心武的《班主任》、卢新华的《伤痕》、王余九的《窗口》等伤痕文学在当时具有强烈的开拓意义，是文学复苏的信号。当我在宿舍秉烛夜读这些作品时，虽然格调悲凉，但让人看到了即将迎来思想解放的曙光。其实对我个人影响最大的是接触到欧美文学以后。在樊川插队的第二年冬天，生产队队长把我分到饲养室，给牲口供垫圈土。我集中力量沿着崖坎挖下几马车土，晒上两天后，拉到了饲养室。这样干土就可以用十天半个月，而我则可以集中精力来读书。像《鲁滨孙漂流记》《斯巴达克斯》《格列佛游记》《悲惨世界》《基督山伯爵》《第三帝国的兴亡》《一千零一夜》等世界名著就是在这个时候接触到的。我在读每一本书时，都认真做着读书笔记，书中的一些经典语句我都会用红笔勾画后再做眉批。那个阶段的深读书对我后来的人格和人生规划影响很大。比如《格列佛游记》作者斯威夫特不愧是一位发散思维能力过人的作家，他把格列佛船长在小人国、大人国、飞岛国、慧马国的奇特经历，写得很玄妙和富于想象，情节都惊险而有趣。当时我就惊叹不已，一个作家可以这么开放的构思作品，每个故事看似荒诞不经，实则寓庄于谐。阅读后真让人脑洞大开，最大启示就是做事要大胆设想，不能让老套迂腐束缚住自己创新的手脚，让想象力变得无限可能，想象一定出奇迹。这一点我一生受益匪浅，影响巨大。我后来搞新闻广播和综艺广播的一些创意，包括交通广播出奇招的一些点子，都要感恩这部书。《鲁滨孙漂流记》是欧洲小说之父笛福晚年的作品，作为英国富商儿子的鲁滨孙在航海时因暴风雨飘落到荒岛上后，面对恶劣自然条件的生死挑战，在深陷绝境后激发出常人难以想象的潜力，自己伐树建房，养蜂种粮，一个人在岛上居住26年。说是奇迹，更是一种探索生命极限的伟大壮举。我看书不多，但善于学以致用，从文学作品中获得的感悟和理念性的东西，其实在后来的工作实践中都得以贯彻推广，效果很好。

问：无论是您的同事还是朋友，说起您都是"方正是一个敢于站出来为弱者主持公道，敢于为正义赴汤蹈火的人"。每次听到大家对您这样的评价，是何种感受？

方：我也常从侧面听到大家对我这样的评价，每次听到后我没有丝毫成就感，唯有的是悲哀。当我每次站出来与歪风邪气斗争时，大都是孤军奋战，形单影只，我是多么希望有人与我并肩作战，能为我声援，但大多数人都是在观望和沉默，这就是社会现实。

我记得在 1979 年时，响应国家号召，知青开始返城。西安市卫生系统招工，用人单位明确是儿童医院。我当时体检和政审都通过了，只等通知，可迟迟收不到。通过打听才知道，卫生系统、二商系统和长安招工办三家勾结把我调换到商业系统。这样被坑，我是咽不下这口气的，就多次找长安县招工办，但他们一直推诿扯皮。某天一大早，我用力推开长安县招工办领导的门，高声说道："你们在招工中竟敢违背政策，偷换用人指标，证据我都掌握，一会儿我就向上级告发。"这位领导深知背后的来龙去脉，就马上软了下来说："小伙子，你的问题下周再上会讨论一下。"又赶紧给我递过来一杯水，我毫不客气，随手就把一杯水给他泼的满身都是，并说："你不把我从商业系统调回卫生系统，我就把你从领导位子上拉下来……"没隔几天，就接到招工办通知让我去一趟。招工办主任说："你的事，闹得太大了，影响很不好，现在把你已经调回卫生系统了，回去办手续吧。"可是在卫生系统报到时，给的答复是我被分配到了精神病院。县招工办被打败了，可"儿童"在卫生系统又被"精神"了。一气之下，我从卫生局要回了档案，并说："你们不要我是不行的，要了我是不来的。"于是又回到了西樊大队，大概隔了半年，灞桥区广播站招人，感觉这个工作和自己的兴趣爱好能沾些边，经过考试就被录取了。

关于我看不惯仗势欺人，还有一件事情我印象很深。我在电台当记者后，有一天，我电大同学找到我，拿了一沓照片和一封告状信，说他们房管系统一个基层单位的门卫被人打了，原因是一个女的下班后，来到他们单位院子洗衣服。当时天已经黑了，门卫就过去提醒着说："你赶紧洗，我有事要出去，一会儿要关门。女的一声不吭，还是不紧不慢地洗着。隔了会儿，他再次说："我有事要出去，你赶紧走吧，我要关门了。"这时，把女的气恼了，就喊来她老公。男的是个警察，过来二话不说，直接上去就拳打脚踢了一阵子，更为恶劣的是打一拳撒一张百元币，踢一脚又撒一张百元币，并叫嚣："只要我这身衣服在，打你就是白打。"我感觉这欺人太甚了！有一天，国家部委一名领导来西安检查工作，市级主要领导陪同。作为采访此活动的记者，我瞅准时机走到那位市级领导跟前说："我这有份告状材料，性质非常恶劣，麻烦您看一下。"领导说："好，你把材料给我秘书。"隔了一段时间，我同学给我说，那个警察已经被清除出公安队伍了。

问：从一个敢于仗义执言、不畏强权的热血青年，再到中年之后尽可能扶持年轻人，乐意替年轻人打伞架桥，这种行事风格上的更迭，应该都是建立在深刻的人生体悟基础之上，这又是怎样的一个在思想层面迈向丰富性的过程？

方：我在灞桥区广播站工作时间不太长，又听说市广播电台招播音员。人往高处走是正常现象，我就先背着单位去试播，没想到市电台播音部负责人听后很满意，就给电台领导汇报后同意把我调过来。我觉得这一步会是改变我命运的关键一步，就马不停蹄回灞桥区委广播站办理工作调动手续。当时这位站长因当年我来广播站挤占了他一个亲戚调动的机会，一直对我耿耿于怀。我俩也因业务问题吵过架，每次都是我压着他。听说我准备调动工作，他认为发私愤的时机终于来了，就铆足劲要"卡"住我。并对着他的下属扬言："他小别（我）去公社大站我放他，但是去市台，我绝不会放他，因为他要往高处走。"我找过几次，人家都以人员紧缺为由拒绝放我。我也很清楚站长的病在哪儿犯着，把我逼得实在没办法了，有天一大早，我拿了半瓶白酒，坐在区委区政府干部上班进门必经的路边，宣布绝食。围观的人都想搞清楚啥原因，我说"我考到市台了，广播站站长不放我，原因是我跟他原来吵过架"。我一路走来，对付这些领导，就是一定要把他见不得人的地方曝光。这些伪君子都道貌岸然，他们的阴暗面总害怕见阳光。果不其然，我这一喊一闹，绝食的事很快传遍区委区政府，许多人表示，不应该拿人家娃的前途泄私愤。站长真是慌了，马上给办公室主任交代："永安，赶紧给小别办手续，该我签的字，我现在就签。"就这样，终于实现我的愿望，成为市台的一名正式员工。

到了市台不久，有天突然收到那个站长给我写的一封信，拆开信后，是用红笔给我写的，有个说法，红笔是绝交信。大意是讽刺我用不高尚的手段达到了高尚的目的。我以其人之道，还治其人之身，把寄来的牛皮纸信封一撕，故意撕的毛毛茬茬的，在其背面，也用红笔回了封信："你用不高尚的手段，百般阻挠，故意刁难一个年轻人的进步之路，以发泄你的怨恨，实为小人。"

这件事对我后来如何对待年轻人进步影响重大而深远，在新闻台时，咱的一个主持人因参加央视主持人大赛回来晚了，险些造成节目误播，台里中层开会研究处理意见。我当时就站出来反对处理这个年轻人，我说："首先确实应该严厉批评，但年轻人毕竟是在事业上想再进一步，顾念这一点，应该宽大为怀。我不知道各位咋样，我年轻时，每要求进步的时候，我多么渴望当时的老同志在背后能理解并帮一把。但是我不仅没有得到帮助，反而每到关键时得到的都是阻挠和打压。现在我们也都变成老同志了，当我们面对年轻人要求进步的时候，应多些包容，多给他们创造机会，多做成全年轻人的善事好事。"这是我思想深处的东西。当我面对年轻人，我要做一个开明、包容的老同志。这不是偶然得之，我长期在多种场合替外聘职工争取平等发展机会而大声疾呼，这都是我这思想统领下的言行。

问：再说说文学和作家，无论是在灞桥区广播站，还是后来的综艺广播，其实和陈忠实、贾平凹这些大作家接触的机会很多，我知道您很敬仰他们，但感觉您却一直在回避这样的机会，究竟是怎样的一种心理动机？

方：在灞桥区广播站时，有天晚上，陈忠实敲开我宿舍的门说："小别，你这有烟没？西影来个导演，说个剧本的事情。"我说："有有有，刚好前几天给公安灞桥分局录音，人家给一盒大前门。"陈忠实说："我只要几根。"我说："您都拿去。"第二天他又把抽剩下的还了回来。当时我也很欣喜，想着咱还能给一个大作家帮上一两根烟的忙。还有一次就是纺织城有个工人体育场，春节搞一个大型群众娱乐活动，我播音，他写稿子，并排坐着。但我没主动走近，总感觉作家有神秘感、神圣感，咱够不上，顺其自然。那时候陈老师的短篇小说《信任》已经获得全国短篇小说奖，和人家谈文学距离太大了。由此引发我想到另一件事，我有个朋友和贾平凹是丹凤乡党，两个人很熟悉。他女儿妮妮在上小学四年级时候，写了篇作文，骑着自行车到贾平凹家。见了贾平凹说："叔，我写篇作文，你给我改改。"贾平凹看了半天面露难色地说："我娃这作文，叔咋还改不了。"咱和人家陈忠实如果聊文学就是这种距离差。我在综艺广播当总监的时候，有天晚上在曲江南湖和岳玲（妻子）走路，突然看见贾平凹一个人在散步。当时综艺广播编辑已经上门采访过了贾平凹，正在制作节目，准备近期安排播出。这时，只要走上前说我是综艺广播总监，贾平凹肯定能记起采访之事，也就自然能搭上话。但我很快就决定不去打扰他，不要把一个作家，从他的那个世界硬拽回来，让他在自己的世界里多走一会，也许一个精彩的故事情节就生成了。

问：我知道您是从西安广播电台的一名播音员转岗成为编采中心的记者，为什么要努力寻求一种变化？当时对记者这个职业您是如何给自己定位的？

方：我 1983 年底正式到市电台，干的是播音工作，原因是记者的岗位已经满编，只有当播音员才能进市台。当然我总感觉播音员读的都是别人的稿件，并没有自己的思想和观点，但新闻记者和编辑就会有一些能表达思想和观点的机会，主观能动性更强，自己的一些想法能够在这个平台得以表现。究竟怎样才是我认为合格的记者或真正意义的记者，我用几件事给你阐释它。

1998 年 3 月 5 日傍晚时分，我正在家里吃饭，突然听到窗外连着几声巨响，我以为地震了，我赶紧把方天（女儿）拦腰一抱，跑到房间钻到床沿和墙的狭窄空间里，用身子护着女儿。看半天又没动静，就出门打探，发现小区的人往西边看，那边格外亮。很快，各方信息在空中交会，得知西郊日化厂旁边的天然气罐爆炸了，正一片火海。于是我骑着摩托车直奔事故现场。眼前一拨又一拨人在往安全地带撤离，我骑着摩托高速往里面冲，作为一名记者，我一定要想方设法到达事故最前沿，把我亲眼看到的最真实场景，通过我的视角发出现场报道。这时，武警正在清场，看见我骑着摩托车还在往可能发生连环爆炸的现场开，拦住我后不容分说，让赶快掉头。我拿出记者证，武警说："一定要小心，随时还可能再爆炸。"正说着，就看见前边几百米处的天然气罐又爆炸了，感觉火光就在头顶。我拿出大哥大，第一时间向台里发回了现场连线。

参加 1998 年 12 月在泰国曼谷举行的亚运会报道，是我记者生涯遇到诸多挑战的一次艰难采访活动。台里临时开会决定派我去亚运赛场报道时，第二天亚运会就要开幕。在没有组委会记者证，没有一个前方联络人的情况下，我与另一名同事登上了飞往曼谷的航班。虽然没有做报道前任何的准备工作，心里发虚，但既然台里把如此重大的采访任务派给自己，信任重于泰山。来到泰国后，我自己联系，寻求华人帮助，买票进入观众席，看比赛，发现场报道。每天晚上寻找时机混进比赛场和亚运村，获取大量比赛背景材料，然后再发回录音报道。在闭幕后的中国代表团庆功大会上，我又混进中国驻泰大使馆，顺利采访到中国亚运代表团团长伍绍祖。那十几天始终肩负着巨大的责任和压力在高速运转，每天晚上想到第二天的采访内容就焦急得浑身发汗，整夜失眠。好在结果比预想得要好很多，还算顺利完成了采访任务。等到临回来的那一天中午，在房间的镜子里，我人生第一次发现自己有了白头发。

有年冬天的某个晚上，我正和小唐（同事）喝酒，3536次列车是西安到北京，列车长给我打电话："你是方正吗？我是3536次列车的列车长，我们正在行进在西安到北京的路上，刚过三门峡。在我们车上发现一个走失的5岁小孩，只说他家在宝鸡，说不出具体住址。"我放下电话，就联系上宝鸡广播电台，在晚间节目中不时插播这条消息，第二天早上，终于和孩子家长取得联系。列车回到西安当天，父母见我后当下就跪下了。媒体现场也采访了我，当时感觉自己很有幸福感。现场我问列车长是怎么找到我的，他说新华社和陕西日报社的两位记者在补卧铺票时，听到这件事后，就脱口而出说给他介绍个记者，一定会，也一定能办好这件事。

问：其实咱们的工作有交集，更多是在您担任中层领导以后，从电台新闻中心副主任，到综艺广播总监，再到交通广播总监，给我最深刻的印象就是您义无反顾地肩扛破旧立新的变革大旗，大刀阔斧地重建富有冲击和活力的新闻和生态节目。新旧观念的交锋，势必阻力重重，为什么会义无反顾走创新求变之路？

方：1996年10月新闻台成立，我被任命为采访部主任。我当时就认为，新闻的生命是真实，写作与播出形式贵在创新。所以新闻类节目就要讲求策划创意上的标新立异，要把新闻线索的采集点延伸到最底层的老百姓当中，关注他们的疾苦，能替他们发声。我这一生都是在抗争中走过来的，绝不会向旧势力妥协。此背景下，我主张创办了《大众话筒》一个专门为老百姓排忧解难的热线节目。节目前期是新闻调查，后来由于人力有限，改成新闻点评。我认为，事件是新闻，观点也应是新闻，通过犀利独到的新闻点评，让反映问题的老百姓感受到这个栏目鲜明的亲民立场。当时来信来访连创纪录，每天都能收到几十封群众来信。我记得《大众话筒》还组织了诸如为蓝田"泥腿子"记者贾清民捐款，救助长安贫困患病少年于锋等爱心活动，引起的社会反响非常大。在新闻理念的创新探索上，我给《大众话筒》制作的片头是："你或许有点困难需要社会帮助，你或许对某些现象总想说上几句，午间新闻为你架起《大众话筒》，88402187 为你打开。"《大众话筒》平民化的调子降得那些所谓的"老新闻"们都接受不了。

2008 年 6 月，当我接到筹办综艺广播的任务以后，创造了新中国广播史上两个半人，105 天办一个广播的纪录。在筹办之初，我就下定决心，这个广播对其他广播而言是一个理念上的重大冲击，过去一提到广播，就会想到庄重，语调都是激昂的，说出来的话都是口号式的，也有些是陈旧往复，亘古不变的。比如报时，"刚才最后一响是北京时间 21 点整"，就这几句话，反反复复几十年。我就把报时形式全改了，比如让贾平凹说："刚才最后一响，不是贾平凹时间，是北京时间 18 点整。"让陈忠实说："12 点陈忠实在白鹿原上给你说说人的痛苦与欢乐。"这对当时整个广播界都是一个观念的重大冲击。广播网络化后，节目的创新创意其实没有神秘感，出来后它的形式就开始快速复制，贬值很快。综艺作为一个文学类广播，好多节目的编排和创意用了文学艺术的手法，但是不能失去作为媒体的敏感度和传播信息的快捷度。重大时令节点和事件就必须采取新闻式反应、综艺式制作。比如有一年西安冬天干燥无雪，我就让文学编辑写雪的诗歌，然后制作好《盼雪》《咏雪》《戏雪》三部曲，静等下雪后播出。有天傍晚突然下雨了，据经验判断，这场雨很可能最后变为雪。于是安排编辑随时观察，适时播出。果不其然次日早上大雪纷纷，当不计其数的西安人一觉醒来，首先听到的是综艺广播里播送的《盼雪》《咏雪》《戏雪》三部曲，随后才打开窗户，欣赏银白世界，是何等曼妙的心情，这就在于前期的策划和预判意识的执行。

如何培养文学编辑？综艺广播开播的时候，这些年轻娃都是我招来的，正式报到那天，我让在办公室挂起横幅："综艺是平台，1024 广播频率是跑道，做人、做事是双翼，蓝天是目标。"大家都到了之后，我让先看横幅，然后说："你们此刻都站在我的眼前，但我眼前看到的，不仅仅是你们，更似乎看到你们身后父母都在说：'我把娃交给你了。'这个责任沉甸甸的，所以从今天开始，我会极力给大家铺设好成长的跑道，也会严格要求，接下来就要看你们每个人能否翱翔蓝天。"为了尽快适应工作，进入角色，我要求所有文学编辑在每个周一下午集中进行时事和文学常识考试，别的频率周一开例会，我们这里没有例会，是考场。开始我自己出卷子，后来让他们轮着出，坚持了几年，最后成了一件很神圣的事情。为了拓宽文学编辑的阅读量，我决定以捐赠为主要来源，在综艺广播办公区建立了全台唯一的图书角，陈忠实、贾平凹、李星以及兄弟频率的员工都给捐了书。

把我调整到交通广播当总监，属于临危受命。经济下滑、市场萎缩、新媒体的巨大冲击，交通广播作为全台创收大户，如何通过提高节目质量和影响力来吸引广告客户重新投资，成为难解且必解之题。在节目创新上，我重点想到双频联动。这些主持人，都是一个栏目就做了十几年，没有新鲜感的刺激，也焕发不出职业激情。我和新闻广播领导商量，在栏目不变的前提下，把两个频率的大部分主持人进行互换。面对崭新的栏目，每个主持人的积极性和创造性都被激发出来，也使节目呈现出不同以往的风格，听众好评如潮，也有效带动了广告创收。全国最大的广电网站把此事列为全国广电当年值得关注的八大现象之一。

问：在自己的职业生涯之内，能够让大部分的精神追求和思想主张在工作中得以彰显和落实，也是一件幸事。临近退休的那几年，除了抓节目外，还有没有您持续关注的事情？

方：咱们台的外聘职工占80%，一线主要岗位占比更大。但是受旧的用人制度的制约，外聘职工始终不能获得提拔，收入也和在编职工有一定差距。我每逢台中层会上，必提出这件事，后来也都没有任何回音。虽然凭借我一己之力一时从根子上扭转不了这种局面，但在我的能力范围内，我会从派活、从二次分配上实现在编和台聘职工收入上的一视同仁。

有一名员工干了多年的主持人工作，台里一直没有聘用，他没拿过一分钱的工资，凭着热爱一天到晚地干着，我就很同情这个娃。我在交通广播临近退休的时候，台里招一批主持人，我让娃报名，最终把娃招了进来。后来，这娃她家长找到我办公室当面道谢，并拿出酬金，在推拒中突然有人来，为避免尴尬，我用文件盖上。她认为我就收了，说声还有事就很快告辞了。事后，我就发短信过去："孩子没有一分钱的工资白白干了六年，早都该解决了。这钱您无论如何都得收回，既给孩子一个洁净步入职场的记录，也给我一个不负'方正'二字的职场句号。"她妈看到后留言："话都说到这份上了，那我就过来取。"

问：我感觉绝大多数人在临近退休时，心情是复杂的，有些人甚至是茫然的，毕竟要开启另一种模式的生活，对这个岗位难免有不舍之情。您当时是怎样的一种想法？

方：我觉得人要接受和顺应自然规律，到年龄了就要心甘情愿地退下来。我在退休前两年就找过人力资源部主任，我说甘愿从我身上先开刀，让这些还在岗的老同志先退下来，让位年轻人，但我的愿望始终都没实现。退休前三个月，我就把办公室属于我私人的物品慢慢往回捎，上班的最后一天下午，我把办公室钥匙交给物业办主任，胳膊肘夹了份当天报纸，轻松地走出了广电中心大院。现在已经退休6年了，我没进过一次台里。

从午后到傍晚，从丽日当空到灯火阑珊。在长达4个小时如江河奔流般倾泻而出的交流中，我又一次领略了方正飞扬的神采，灵动的思维，严密的逻辑以及扑面而来的满身正气。这是原来的方正，也是现在的方正。在访谈结束后步行回家的路上，晚风徐徐，夜色如水、自感因卸下一件大事而步履轻松。但思绪还依旧停留在洋洋洒洒，波澜起伏的对话之中，又不由自主地对他在性格和人格方面的特质进行着梳理和归纳。

方正的童年，本该在城市里享受阳光快乐，但命运并没有这样安排，而是让他去了条件艰苦的农村和伯父伯母共同撑起另一个极度穷困且多事的家。我很认同爱默生的观点："每一种挫折或苦难，其实都附带着较大有利的种子。"

正是有伯母面对乞丐讨饭不让关门，才有了他后来常怀怜悯之心，坚定地扶弱济贫，给困苦中的人以光和热。

正是有伯母面对抄家，手拄拐杖，气势凛然，才有了他后来每遇大事的沉着果敢，磊落坦荡。

正是有伯父怒冲支书家斥责论理，才有了他后来的不畏强权，刚正不阿。

正是有在知青下乡时秉烛夜读欧美文学，才会有后来在办各类广播节目时的特立独行，反弹琵琶。

正是有在招工和调动工作中坏人作梗，屡受磨难，才有了后来他甘为人梯，不遗余力为年轻人创造上升机会，为外聘职工争取待遇孤独地呐喊。

"失之东隅，收之桑榆。"方正错失了童年的城市时光，也错失了不少欢声笑语。可正是埋在苦难岁月里的那粒种子，在破土而出之后，就不惧寒霜，风骨傲然，呈现出不拘一格的生命气象。方正是一个典型的在经历的事件中提炼总结、不断成熟的人。所以童年时期的遭遇和挫折最终都沉积成为丰厚他人格质地的最大资本，也使他后来的性格塑造在表现力层面总有追溯的源头。

退休后的方正，既是原来的方正，又是一个彻底改头换面的方正。他让生活做减法，停止几乎所有"内耗"式的应酬和交际，专注于精致的、自我志趣的实现。

他以老农的角色回归田园。后院的一方畦畦，是他尽情创作的乐园。他乐此不疲地在春种秋收、夏耘冬藏中感受着自然生命勃发与萎败的节律。

他以探索者的热望去走访世界。在气势磅礴的尼亚加拉瀑布，他去欣赏充满魔力的水帘飞泻之势，感受大自然神奇的力量，在涤荡心灵中激发敬畏之心。他乘坐冲锋艇，顶着飓风恶浪，穿梭冰川，在北极点品味冰封世界里独特的冷峻之美，在寒冷而孤独的冰原上体验人的承受极限。在迪拜的七星级帆船酒店，他去体验极尽奢华之下的人性幽微以及建筑构造上的理念超越。在欧登塞·安徒生的故居前，他顿悟到安徒生为何写出的是童话，而陈忠实为何写出的是《白鹿原》。

他以温故知新的执念在重读名著。知青下乡时期读过的世界名著，退休之后又重新拾起。《悲惨世界》《复活》《红与黑》等作品有了他丰饶人生阅历的加持，又衍生出多点的心灵契合和价值领悟。

这就是方正其人，一个方方正正做人，爱憎分明、有棱有角，又时时刻刻闪现着智慧，释放着善爱，在无限延伸自己生命宽度的人。

在流派传承中实现人生梦想

秦腔肖派（大肖）是著名秦腔表演艺术家肖若兰先生创立的秦腔流派，它以唱腔上婉约缠绵、善用鼻腔共鸣、长于以情动人、表演细腻自然等特点在西北地区影响广泛而深远。作为肖派传承人、梅花奖得主的李淑芳，近年来她以一己之力，凭着对秦腔事业的执着和热爱，默默无闻地做着秦腔流派以及肖派的传承工作。在一个风轻云淡的上午，我来到西安东郊一座写字楼的肖派学社，围绕着秦腔流派传承等话题对李淑芳进行了专访。

1. 简单介绍一下什么是肖派？

肖派是肖若兰老师创立的一个秦腔流派，能留传下来说明它有独特的地方。好多人都说秦腔没有流派，秦腔是有流派的，只是原来可能没有那么重视，不像人家京剧，有梅派、程派等。但是近些年大家已经对流派的传承做了大量的工作。肖派在唱腔上基本遵循了易俗社"典雅婉转，甜绵圆润"的艺术特色。因为肖老师常年患有鼻炎，她就把这种缺陷，运用到声腔当中，通过鼻腔共鸣逐渐形成自己独特的演出风格，最终成为影响广泛的肖派艺术。肖老师把舞台上的事业，视为她的生命，她是一个没有其他爱好的人，这就是她伟大的地方。肖派不是哪个机构命名的，而是由广大戏迷和专家的认可，秦腔的后来人不断传唱最终形成的。

2. 您是什么时候喜欢肖派唱腔的？

那是我十几岁上周至戏校时，一个偶然的机会，在广播上听到《数罗汉》，虽然不知道是谁唱的，只是觉得这个唱腔特别好，很适合自己，就询问戏校老师。最后一个拉板胡的老师告诉我那是秦腔名家肖若兰唱的。从那时候起，我就爱上了肖派。但是没有一个渠道让我认识和接触肖老师，自己也根本不敢想这事。时间到了1985年，我考上周至剧团以后，就在县上买肖老师的录音磁带听，光录音机就听坏了四五个。就这样跟着肖老师的唱腔学着练着，每天去排练场板胡老师也给我拉的是肖派唱段。我记得我们团里当时的一些老艺人，因为年龄大些在看管衣箱，当我练唱的时候，他们就凑过来听，惊讶地说："哎呀，这娃唱的像是肖若兰的戏么！"后来当我顺唱的时候，旁边的同事都不练功了，凑过来一大堆在听我练唱。

3. 您是通过什么途径成为肖若兰老师学生的？

当时周至剧团有个导演景老师，有一天听了我的练唱后就很激动，就问我想不想跟肖若兰老师学戏，我说当然想呀，这是我梦寐以求的事。原来景老师的爱人在易俗社工作过，后来调到周至剧团，和肖若兰老师认识。肖老师当时因为年龄和身体的原因，也在西北五省物色接班人，也见过很多学生，都不太满意。所以景老师托人把我推荐给肖老师时，她也没抱太大的期望，为了避免不满意时的尴尬就说："先不要让娃来，给录个盒带，叫娃唱几句让我听听再说。"我就赶紧给剧团文武乐队老师们买了几盒烟，请他们配合我录了一段《于无声处》，之后托人把磁带送给肖老师了。隔了几天，有天中午，肖老师正在家里擀面，她女儿小丹刚下班回来，肖老师就随口给她说："把你雷风叔介绍周至那娃的磁带放上让我听一下。"她女儿刚下班，有些累，虽不太情愿，但还是把磁带放进录音机，就忙她的事去了。这时，录音机里就播放一句："梅大姐，你可知是谁把你害。"因为肖老师正在擀面，听到这一句马上就生气咧："小丹，让你放周至娃的磁带，你把我的磁带又放的啥呢。"她女儿很不耐烦地说："明明就是周至娃的磁带呀。"肖老师在吃惊中知道错怪了女儿，手里拿着擀面杖，还勒着围裙就跑到客厅来，站在录音机跟前，一口气把这段听完了。又跟她女儿说："小丹，你给你雷风叔说让周至娃明天就来。"第二天我们就在钟楼饺子馆吃了一顿饺子宴，给老师鞠了个躬，就是一个很简单的拜师仪式。

4. 当您真正接触肖派，近距离接触肖若兰老师时，都有哪些让您难忘的珍贵瞬间？

自从那天简单的拜师仪式后，我基本上就是周至到西安两点一线，跟肖老师在她家给我排戏。刚开始住在骡马市附近的一个招待所，每天晚上几十块钱。后来肖老师看这娃也挺不容易的，就让我吃住都在她家了。晚上跟老太太住在一起，她就给我讲戏到半夜，讲到我都睡着了，猛一激灵，就让老师再给我讲一遍。白天她给我排完戏，坐到沙发上休息时，我喜欢讲笑话，有时把肖老师笑得前仰后合的，想起和老师相处的情景，太亲切温暖了。记得老师给我排的第一出戏是《河湾洗衣》其实当时我想让她给我排《藏舟》但被老师一口拒绝了。肖老师说："你还没到排这个戏的阶段，你目前也没到那个火候上。"排《河湾洗衣》时相对比较顺利，但老师对唱腔和表演的每一次点拨都是画龙点睛的效果，当时自己对唱腔的理解根本就不到位，肖老师能把每一句唱词的内涵讲出来，能让我一下子就开窍了。到了 1995 年，我想参加西安市石榴花大赛，想用《藏舟》参赛。当我找老师排这出戏的时候，她已经患上贲门癌正在住院。老师虽患重病，但没有拒绝我的请求，语重心长地说："你先看录像带把动作和唱腔弄熟悉，然后我在医院里给你排。"等我在家里把《藏舟》的唱腔和动作都基本搞熟悉后，就来找肖老师。在医院排戏，场地和道具都是难题，躺在病床上的肖老师对我说："我让你叔在医院找个烂拖把，把底下丢掉，就当船桨。"那天下午，我就把肖老师搀扶下楼，在医院的院子给我排起了《藏舟》，这一下子吸引了大夫和护士，都围了过来。我以前说起这个场景哭得稀里哗啦的。到后来，肖老师已经瘦得皮包骨头了，行动更加艰难，我就把她抱到院子里，让她坐着，我自己在演唱，让老师在抠戏。在顺唱时，肖老师就每一句唱词给我讲解此刻胡凤莲的心理活动，每个神态都代表什么情绪，要求我都必须做到位。

5. 大家都知道《藏舟》是肖若兰老师的代表作，您作为肖派的传承人，是怎样理解这出折子戏的艺术成就的？

人们一提起肖若兰老师，就自然会想起《藏舟》，说到《藏舟》也自然想起肖若兰，这已经成为一种模板了。也就是说，肖派的特点运用到胡凤莲这个人物身上就那么贴切，就那么适合，她就应该由肖派来唱。我现在才理解，老师当年为啥不急于给我排《藏舟》，因为这个戏太难拿捏了，特别不好演。《藏舟》有几个层次和段落必须把握好。胡凤莲失去父亲后，刚大哭大悲过，这个时候有人喊她帮他渡江，她出场时，一定是呆滞的、冷静的、没有表情的，而不是哭哭啼啼，这才符合现实生活中人悲痛至极后的表情特征。然后一个段落，碰见田玉川后，再见到唐将，对他们那种恨，还要把田玉川藏到船舱，害怕人发现。这种复杂的心情，你要一点一点地去剖析，去分析这个人物的心理活动。然后把田玉川救上船后，孤男寡女在小船上的相处，过了也不行，欠了也不行。有对田玉川的崇拜，还有懵懂的爱慕之心，再想到卢世宽打死她父的仇恨，演唱时要有爆发点，但不能过。你在月光下、在江心的一只小舟上，不能唱得太爆，但唱得太平静可能把观众唱瞌睡了。当田玉川拿出蝴蝶杯，胡凤莲接的时候，不能笑得太过，因为还处在失父之痛中，那种笑意一定要表现出来，这种拿捏确实很难。所以肖派已经根深蒂固融入《藏舟》的戏里边了，我现在演《藏舟》还在抠细节，尽可能达到自己心目中的完美。

6. 现在大家都知道这几年您一直在做着戏曲的传承工作，通过肖派学社让肖派艺术能薪火相传，具体都做了哪些工作？

2009 年我退休后，当时也很迷茫，不知道方向。到后来，我慢慢意识到，我是个秦腔人，自己的一切都融进了秦腔里，我必须为秦腔的传承，为肖派传承做些实事。在我的书法老师种明善和其他几位秦腔前辈艺术家的支持下，2014 年成立了秦腔流派传承中心。传承中心相继办了 5 期传承班，有苏（育民）派、刘（毓中）派、王（天民）派、余（巧云）派、肖派等。传承班的学员都是来自基层专业院团的演员，都是免费培训。每期传承班都有汇报演出，场面非常火爆。成立肖派学社，我就是想把肖派艺术传承给更多喜欢肖派的专业演员和戏迷，能让肖派得到更广泛层面的传播和弘扬。其实让我感受最深的就是很多戏迷在学肖派，我经常去基层演出，看到不少戏迷在学唱肖派的戏，让我很欣慰，肖派传承到了最基层。要说我有一个中长期的规划，那就是能让肖派学社有一个良性发展，能使学员们在这里真正领会到肖派艺术的精髓，熟练掌握肖派的艺术特色。

文学评论

有根的书写总能瞭望到生命源头的葳蕤与日暖

约 20 年前，尤总还当西安日报社专稿部主任时，在位于朱雀门里的西安新闻大厦六楼迎面碰到过几次，后来也再无缘遇见。印象中的尤总儒雅文气、稳重寡语，当时感觉只有出身城中大户才会修养出这等的气宇和风度。当相继读过尤总的两部散文集《风从场上过》《沟底有人家》后，才对他的认识回归正位。原来尤总思想的世界竟然是用炊烟袅袅、唢呐声声、磨道深深、村道弯弯、地窖幽幽、巷风习习等等，这些关中村落巷院里的自然和人文风情所编织而成的一个朴朴拙拙、敦敦厚厚的精神空间，这显然是人的一种更高贵形态。

每当捧起《风从场上过》或《沟底有人家》，总会有两个记忆中的情景浮现眼前。一个是想起小时候村里的六爷，到了晌午就会从屋里端出来一碗飘着葱香和油泼辣子的干面，圪蹴在暖和的碾盘上，嘴吹着、手搅着，然后眼珠子瞪着、脖子上的血管暴着，吃面的样子很是撩人。另一个情景是镇上古会唱大戏，台下的老戏迷，一旦看见名角助阵，唱到紧火处，嘴上就吧嗒吧嗒地吸着早已灭火的烟锅，眼睛只顾瞅着台上。阅读这两本书的每一篇章，就有那种六爷刨干面时的舒坦和倭也，也有那种老汉入戏后，被韵味十足的唱腔牵引之下的忘我和攒劲。

在社会转型、城市化进程强势推进的背景下，中国社会的文化形态也在加速和农耕文明挥手作别。这对乡村文学创作或"乡土叙事"都起到了令人痛惜的阻断和切割作用，乡村文学的叙事视域和叙事空间都受到了空前的挤压和侵占。贾平凹也曾感叹说："乡村变化太大了，记忆中的故乡形状在现实中已经没有了。"在"乡村叙事"的困境和困惑期，尤总的两本散文集《风从场上过》《沟底有人家》在创作文本的价值向度上，无疑有着非常丰厚的底色。他的散文创作，始终用饱含深情的农家叙事和乡土文化守望者、乡土尊严维护者的立场进行着触须根脉的书写。散文集里，像《燕子归来》《坐席》《老碗会》《独轮走田埂》《熬娘家》《打胡基》等等篇幅，通过引人入胜的细节之美，来回眸故里乡愁，来描摹山川人物。这种很老实的笔调，又很老到的笔力，给我们描绘和渲染出了农耕文明的原初安详和村民之间那种可贵的厚道和淳朴。"平素谁家摊了煎饼，都是先叫娃给你三妈家、二大家拿几张。""她二婶，进来坐一会嘛，今待客呢，你看这么厚的雪，人家大女婿还非要推个车子来，尽成了行李嘛。""主家们最后入席，在这之前，还要操心行了礼的谁没来，哪位长辈下不了炕，都要端一碗饭菜送到炕头前，不然就是失礼，要挨骂哩！""来到集市，寻块空地，旱烟叶、自家编的草帽草鞋依次摆开，庄稼人羞于吆喝，自顾低头吃着粑粑，有人来问价了，还嗫嗫嚅嚅地叫人家看着给。""过了两天，借面的人必定会端一升冒了尖的通粉来还，纯朴的乡里人都是这样做的，若是哪天借了通粉，那么还的必定是头道白面。"这一幅幅有烟火、有温度、有质地的画面，让我们恍惚间都回到了童年时生活过的那个快乐村庄，跟着村里的大人们一起赶忙罢会、一起月影下摇瓜庵、一起给牛割苜蓿……瞬间感觉我们还没有长大，还是那个年代的孩子。像这样有着强烈年代感和复旧意味的朴素情感抒发，让我们这些曾经有过乡村经历的人，都会亲切如故，沉浸其中。

没有人能走出自己的情结，正如没有人能走出自己的回忆一样。丹麦哲学家克尔凯郭尔说："回忆就是想象力，是作者的一次语言旅行。"尤总的散文写作，正是凭借着富有情怀的乡村记忆，在唯美如画的语言旅行中总能嗅到他对人们内心世界的体贴和观照，也总能瞭望到作者生命源头那旺盛的葳蕤和气象。我们身处一个文明化程度愈来愈高的社会环境，新事物代替旧事物是必然规律。如何客观理性地看待融入了那个时代的人们血液里的乡恋乡愁？尤总在《沟底有人家》后记里做了必要的阐明："本书所收录的，正是关中道上、终南山下过去乡村的生活点滴，透过这些点滴、剪影，试图唤醒已然消逝的古朴民风民俗，是对优秀传统的一种呼唤。绝不是因对故乡的思念和眷恋，就把贫穷品德化，就把落后浪漫化，而是一个漂泊在外的游子对故乡深深地叩拜，是对昨日乡村的骊歌、挽歌和赞歌。"

季节的馈赠　厚重的交代

　　关中大地的四月总是一年中最醉人的季节，每个村村落落都棉絮缭绕，桐花迷眼，槐香袭人，到处都慢悠悠地升腾着一股股阳气。饱含了作家吴文莉对大地与生命深刻领悟的又一部力作《叶落大地》终于在这个充满生机的季节里问世了，这无疑是对这个季节的馈赠，是给关中渭北这片广袤沃土的厚重礼物。

　　就陕西的作家群而言，吴文莉的身上总有一些和其他专业作家不一样的文化艺术个性，积淀多年的绘画创作思路和美学思维以及长期对佛教的虔诚信仰，使吴文莉的文学创作之路烙上了个人的鲜明特征。记得肖云儒老师在吴文莉所著的《叶落长安》序中评价道："作者具有很强的形象记忆能力、形象联想能力和形象表述能力。"这样高的评价。也许吴文莉的创作灵感正是常常得益于其他艺术形式的启发和诱导。所以品读吴文莉的新书《叶落大地》就如同进入一个地理环境复杂但景色宜人的峡谷中，要以一种探索、寻觅和不断感悟的阅读态度去走进她的《叶落大地》，去感受发现之美。

关于生命的状态，哲学家高宣扬教授曾说："当生命在另外一个地方发现适合于自己生长和发展的条件时，所激发出来的创造潜力是巨大的。"在小说《叶落大地》中，作家吴文莉所塑造的冬莲形象正是一位在逆境中奋起，在绝境中重生的山东女强人。受中国封建礼教下男权思维的长期影响，中国的传统女性都以柔弱、温顺和依赖性为主要特征。作家吴文莉把冬莲设置为《叶落大地》的人物核心，寄托了作者特殊的创作思绪，也彰显了作者的创作韧性和自信。作者笔下的冬莲没有一点柔弱温顺的痕迹，更谈不上有依赖性。在背井离乡的绝境中，冬莲身上始终有着强烈的、活下来的愿望。面对着出生不久的儿子守东，面对着待开垦的荒野，面对着繁重的播种与收割，冬莲把一种信念和精神支柱转化成为身体的能量，在田地间一天天地挥洒汗水，收获希望。如果说我们读《叶落大地》整体觉得比较硬朗，没有那种轻飘感的话，正是因为作者赋予了冬莲多重的性格使命。她既要呈现女性勤劳善良、坚强隐忍的一面，又要在某种意义上承担起山东汉子那种刚毅和顶天立地的支撑力。

作家似乎都对大地有着炽热的爱恋和特殊的情感，艾青的一句"为什么我的眼里常含泪水？因为我对这土地爱得深沉"现在读起来依然使人内心难以平静。所以许多作家正是从大地的博大包容、无私滋养万物中获得启发和创作灵感的。大地的神奇力量在吴文莉的《叶落大地》中也得以闪现，她对着关中最好的土地凝视，看着收割麦子的农民，看着一望无际金黄色的土地，她在顿悟中为冬莲寻找到了灵魂安放的地方。所以"叶落大地"既是一种自然规律，也隐喻了作者对慈悲为怀、心中有佛的冬莲有了一个她认为是最合适的指向性精神回归。

路遥说过这样一句话："作家的劳动绝不仅仅是为了等待，更重要的是要给历史一个深厚的交代。"从吴文莉满含着对渭北大地的敬畏之情，对一群山东人迁徙关中所怀的敬仰之心，而形成的逐渐清晰的创作动机和热望来分析，作者也是肩负着一种历史责任感去筹划和创作《叶落大地》的。民国时期黄河下游地区的常年灾荒，使得山东一带灾民们被迫离开自己的家园，走上了逃荒迁徙之路，最终在渭北大地安家落户，并不断地繁衍壮大。这是一段充满着艰辛和血泪的创业史，是一段真实的历史事件。如何让现在生活在山东村的村民对祖辈们在渭北大地开荒种粮、重建家园有一个追溯式的重探，传承好祖辈们所留下的自强不息、艰苦创业的精神遗产，这就是吴文莉义无反顾的责任担当。所以《叶落大地》不是一本单纯的小说，而是一部具有浓烈纪实色彩的文学作品。作者依靠翔实的历史背景，加上多次深入山东村采访体验获得第一手真实资料，以虚实结合的创作手法完成了这部著作。正由于此，《叶落大地》的每个人物形象都饱满而鲜活。我去年春天也有幸去山东村采访，所见的一景一物，男女老少，现在联想起来都能在《叶落大地》这本小说中看到他们的影子。这应该算是作家吴文莉在这醉人的季节给渭北大地每个山东村的一个深厚交代吧。

乡土底色之上的生命呈现

对于"80后"青年作家史鹏钊而言，2016年无疑是他文学创作道路上意义非凡的一年。虽然他不是为了评奖而创作，但接踵而来的以中国散文最高奖冰心散文奖为代表的至少5项散文大奖归其名下，足以说明了在文学创作时代价值的层面，专家评委们对史鹏钊所营造的"艰辛之中饱含暖情，清苦之下不失欢乐"的乡村文学世界给予了肯定。我也土生土长在农村，整个童年都无限地亲近着自然，贴近着泥土。每当捧起史鹏钊的乡村散文集《光阴史记》和《出村庄记》时，其中如此令人眼熟，又如此让人眼热的文字，都会自然而然地接通和接续上我的童年那难忘的一幕幕往事。读史鹏钊的作品也是在回味和回望自己童年的乡村记忆。

　　日本的风景画巨匠原田泰治在他的画集《故乡，心里的风景》序言中有这样一段话："伊贺良村是我出生成长的地方。从事绘画创作后，我无论走到哪里，都是透过伊贺良村的回忆进行采风和创作的。我异常珍惜这份从记忆之泉喷涌而出的创作欲，也深深懂得拥有一个坚实起点的重要性。"史鹏钊在自己的散文《喊一声大地我热泪盈眶》中说："我是史家河村田野上的一株白草，我把根须扎在了那里。"原田泰治画中的伊贺良村、史鹏钊笔下的史家河，他们都是对生养自己的故乡有着深厚的情感寄托和深刻的生活体悟，也都把幼时在故乡所得到的温润和滋养转化成了异常珍贵和丰厚的艺术创作素材。所以在乡音、乡愁、乡情的萦绕之中，在构筑自己精神"根据地"和"写作地理学"之下，作者所呈现的每一部作品都展现着独特的乡土气息和生命状态，散发着独到的文学气味。艰苦岁月里，史鹏钊吆喝过牛拉碌碡碾麦，在路边的窝棚里看过玉米，在山坡上放过牛，寒假里给麦地拉过土粪，有了这样丰富的农事经历，他的散文《无处安放的故乡》《牛的今生》《乡村的模样》《想起卖瓜的父亲》等都是用眼睛看到的色彩，用鼻子闻到的鲜醇，用耳朵听到的悠韵，用胳膊腿体会到的艰苦汇聚而成的感官写作。和那些观念写作和意象写作相比较，这种写作明显带着自然界的光泽、温度、朝露和清纯。

　　被誉为"近代环保之父"的美国作家利奥彼特在自己的著作《像山那样思考》里有句名言，"这个世界的启示在荒原"。这是我在阅读史鹏钊的乡村散文作品中，时不时会想起并深受启发的一句话。毫无疑问，现代都市是文明的综合体，一切物质和文化产品都因为有着岁月的打磨、人为因素的雕琢以及科技催发下的嬗变而失去了事物原始形态下的状貌，让人看不到本真，也容易引发各种疑虑。而史鹏钊的散文《父亲的窑洞》《枣树硷》《磨面》《木犁》等都是用最朴实的语言、最憨厚的语调来描述和反映生活在史家河村的乡亲们在艰苦的自然条件下所呈现的人性最纯美的品质和原始的生命力。这些文字真正挖掘出了困苦之下，顽强坚韧的生命个体本能释放出的善爱与壮丽。

故乡，对一个人的影响究竟有多深远，对一个人的后天塑造究竟有多重要，我没有认真思考过。通过拜读作家史鹏钊的散文作品，我突然意识到，故乡从孕育一个人生命开始，也像母亲那样以无私的大爱哺育着他。让他沐浴阳光，也让他经历风雨；让他领略大地的宽广，也让他感受山道的艰难崎岖。有了这样得天独厚的积累，有了故乡如此丰实的给予，走出史家河的史鹏钊是踏实的、自信的。我也更能体会到，在自己的脑海里，经常能浮现出了一个清晰而具体的故乡，是一件多么幸运且幸福的事。

感官与灵魂缔盟，获取解析大地的
精神密码

　　作家李慧第二本散文集《我从土中来》于日前付梓出版。在两天的集中阅读体验中，能强烈感受到作者以勘探者的坚定，以沉浸式的姿态，以张家岗、三畤塬、小沣河等为主要地理标识，在进行着以大地为本的自然生态描摹。这种主动聆听大地呼吸与脉动，感应荒野神秘力量和生命飞扬的性灵书写，时常都是在感官视野和精神视野的双轮驱动下自然完成的，让读者在阅读中自觉进入其新乡土叙事王国。李慧所营造和打理的乡土王国由于全方位接通了人与自然的连接渠道，在领悟式语言风格的装点下，总能呈现出宽阔、深透、温情、恬淡的气质相貌。

　　散文集中的《我从土中来》是一篇很有代表性的作品。之所以有代表性，不仅仅是作者把此篇名确定为书名，更重要的是我们能从这篇文章里清晰地洞察到作者对于土地的诸多独到认知和深刻体悟。在城镇化强势涌入，乡村版图不断退变萎缩的现实下，乡土写作的困境和乡土作者的焦虑是显而易见的。如果仅停留在一般意义的记忆书写，而缺乏挖掘人与土地变化的深刻反思，其价值又有几何？在《我从土中来》里作者超越了特定具体的地理概念，以大格局下的精神乡愁和原乡意识进行着自然情怀的书写铺陈。李慧把每次的回归田野称为"从钢筋丛林里的出逃"和"自我流放"，这正是其日渐聚集的田园情结和反哺意识之下对大地母亲的生理和精神诉求。只有双脚落地，只有在土地的接纳中，她才能找到证明自己活着的"呼吸阀"，才能获得归属的心安。对于老村庄的叙事，作者有着更沉稳深远的理性书写："这些在建造和拆毁之间轮回的黄土里，埋着我们的先祖，他们的气息本就没有走远。""土墙土房的外在，就是黄土地的孪生，它深藏着延续、情意和梦想中的香火不断。"以这样的微观视角对土地的观照，正是体现出作者对"周而复始，生生不息；天人一体，物我同源"生命大道的彻悟与反思。

《张家岗记事》《张家岗的皂角树》是散文集中有着相当分量的两篇力作。对于一个不再有故乡的人来说，对于一个把写作当成自己人生最好去处的人来说，有关作者和张家岗的陈年旧事一定会郑重地、以记录体的形式呈现。这是一个书写者应有的责任自觉，也是对一种记忆所背负重担的心灵安妥。看过这两篇文章，让我见识到了有内蕴文章的开阔布局以及叙事过程的层峦叠嶂。《张家岗的皂角树》写得很有纵深感，不仅有日常的烟火，有内在自我的问寻，更写出了一个生命个体成长中的青涩和纯情。

散文集中令我最推崇的就是关于二十四节气的四篇文章《春深如故人如旧》《麦月始末》《红衰翠减是清秋》《冬天的原野》。推崇的原因是每篇文章都充满着声音、色彩、味道和世相的生动描述，是作者对自然界一花一木、一虫一鸟通过听觉、嗅觉、味觉、触觉、视觉的捕捉后所形成的具有特殊情趣和意境的文学表达。李慧的这种能力是过人的，也许是特异的。《处暑》里有一段文字："秋天的味道在乡村是浓郁的，庄稼和野草共同制造着秋天的气息，像抓了一把新割的野草在鼻下，又像是熟透的蜜桃散发着香甜。蟋蟀是声音的主角，那些雄性高昂的鸣叫，呈现出秋天应有的意韵，草丛里黑而油亮的促织引领着虫子们的和鸣，高高低低密织着秋意。"这样有着坚硬质地、丰富肌理和带着呼吸的文字，是作者在感官功能完全打开状态下的敏锐接收，是用耳朵、鼻子和眼睛完成的写作，是我们常人难以体验的情景高贵与思想愉悦。

陈彦在谈到作家怎样深入生活时说："建议一定要到田野里去，到生活最真实的场域里去，要写出生活毛茸茸的质感。"在李慧的散文集《我从土中来》里，每篇的字里行间都是毛茸茸、湿漉漉、沉甸甸、香飘飘的。因为农村土生土长的李慧最懂得只有双脚踏在土地上，只有让心灵扎根，只有徜徉在自然的怀抱里，才是最靠近真实的地方。一旦感官和灵魂自然缔盟，就会不断获取乡土叙事的新路径，拥有解析大地的新密码，李慧正是进入这一写作领域的探索者、收获者和享受者。

心向清欢玉澄明

　　身处在以智能共享技术为主流趋向的竞争时代，如何在诸多生存压力之下还能保持属于自己的心灵方向和精神立场？如何拥有一种建立在现实生活之上的充满想象力的自由生活模式？读罢作家白玉稳新近出版的随笔散文集《不跪的山羊》后，我发现作者超旷的人生态度和洒脱的生命境界很完满地回答了以上问题，也让我形成一种清晰的判断：文学给予白玉稳了另一种生活，使他拥有了一份澄明淡泊的处世心境。汤峪的山水在滋养白玉稳的同时也铸造了他昂首挺立的人格品节。

　　当下的白玉稳究竟是怎样的一个生命状态呢？"白天能有时间看书，能有时间写字，能有闲暇呼朋唤友，和同道一起，呼啸山林，醉饮灵泉。夜间看窗外星空，想天地之间的明明灭灭。""只有在读书中才能忘却身外的是非非，只有在文字的书写中，才能释放情绪，做回自己。"这就是当下白玉稳的生命状态，他在精进式地通过富有哲理的文学书写，来发掘和表达自己精神解放及心灵自由的生存舒张。一篇篇视角独特、意味有致、情趣优雅的文字，犹如一朵朵馨香馥郁的奇葩，在这块有着广阔情感和想象思维空间的伊甸园里尽情舒展，恣意开放。白玉稳这种生活期望和文学期望和谐共生的模式，是建立在童年承受苦难和化解苦难过程中，磨砺内心和完善德行的修行之果，也是在中年叱咤风云、如履薄冰中沉沉浮浮后的蜕变与重生。一个人的路，虽重在后天的机遇和造化，但冥冥之中似乎早有定论。白玉稳的童年如果没有"身上的疤痕和心灵的创伤，是不断结痂，不断脱落"，如果没有铁虎沟的茅屋里被困一周的经历，也许活不成现在的样子。童年的苦难也好，中年某个时期的沉沦也罢，再加上曾经面临过生死的考验，这些最后汇聚成蕴含着爱与美的能量流，实现了个体生命的精神超越。所以泰戈尔说："你今天受的苦，吃的亏，担的责，忍的痛，到最后都会变成光，照亮你的路。"白玉稳文学世界中的生活，是看透了生活之后依然热爱生活，其创作的价值世界广袤而富藏，因而他是在文学与现实双向镜子的美学对映中，享有着自己的人格尊严和精神高贵。

白玉稳说他只佩服一个人，那就是陶渊明。他大概佩服陶渊明的率性而为，自由洒脱，更佩服陶渊明那种境由心起、心灵无染的恬适。他在《自适独醉》里有一段话："从家里做客如云，到现在每天一个人静修，是可喜的变化。""人的心境到了此时，是世俗红尘中的人看不明白的。如果他们都明白了，你就不明白，你就和他们一样，还会争名逐利，钩心斗角。"陶渊明也有诗云："野外罕人事，穷巷寡轮鞅。白日掩荆扉，虚室绝尘想。""结庐在人境，而无车马喧，问君何能尔，心远地自偏。"不同历史年代的两个文人，在作品中都流露出精神上蝉蜕于一切世情俗虑的超然心境。为了生计依然奔波的白玉稳，当然难以实现像五柳先生那样全身心地归隐田园，寄情山水，但经历了人世间的各种磨砺和浮华之后，白玉稳懂得了陶渊明"养真与守拙"的真谛，悟出了"先有绝俗之特操，后乃有天然之真境"的大道。因而白玉稳一定能从曾经的"酒痴"和"牌痴"中走出来，也一定会有面对年轻司机飞扬跋扈时的释然一笑，更会有"在柴房里弛然而卧，假寐不醒"的自足自满。

看白玉稳的每一篇随笔，就像汤峪山里的一汪清泉，清净寂然地顺势而流，不急不缓，不着不染。他想表达的就是当下某个时段的一种真实的情绪、一种特别的心境、一种心灵深微处的深刻体悟。我很赞同他的观点："做文和做人一样，故弄玄虚，云里雾里，真没有什么意思。文字就应该像说话，怎么舒服怎么来。"

阅读每一部文学作品，都是窥探作者文字语言敏感度和想象思维活跃度的一次契机，从中亦能剥离出作者自己渗透于文字间的内在气质和品格秉性。在《不跪的山羊》里，我们时不时能感受到一股强劲的凛然之气："我就是一只山羊，血液流淌在汤峪河里，脚步奔跑在汤峪山上，昂首挺立，不跪红尘，哪怕化石成雕。""自己就是汤峪山崖上的一棵根须扎在石缝里的树，饮天地之精华，从骨子里茁壮自己，笑对日月。"白玉稳把自己比作一只羊或是一棵树，总归都离不开汤峪山的沟沟壑壑，这是对自己血地之恩的虔诚膜拜和深情回望。一只站立成山的羊，一棵挺立在突兀山崖上无畏风雨的树，都让我们领略到了它的风骨和气节，感受到它的坚韧与不屈。尼采先哲有言："我们的最高尊严就在艺术作品的价值之中。"白玉稳在经历了人生的起起落落之后，不再为外在的藩篱所束缚，形成了"宁可穷以济意，不委屈而累己"的人格品节，并把它浸透在富有深厚人性意蕴的文学创作中，不仅文人的风骨赫然矗立，艺术价值之上的高贵尊严更是夺目耀人。

生命和使命的双重抵达

    曾经听到过一个观点，孤独旅行时，人的灵魂要比身体移动得更慢，正是这种"魂不附体"，身体和心灵才摆脱了彼此的桎梏，体验到真正属于自己的、最真实的存在和活跃。从最初拜读作家鱼鹏的首部非虚构纪实作品《徒步北京》到后来再读刊登在《延河》上的两篇纪实体散文《珠峰路上》和《入埃及记》，脑海里常会联想到这样的说法，因为走在旅行之路上的鱼鹏，卸下了在都市丛林里背负的重重铠甲，他以一个朝圣者的虔诚，期待着"一场又一场只属于身体和灵魂的独自上路"，这也注定其每次旅途，都是不断向内心更深处出发，遇见另一个自己的精神远游。在欣赏鱼鹏的每一篇文学作品时，我们都能读出一股强烈的诗性语言之下的人性微光和生命悲悯以及作为一个文学信徒笃定的使命意识。

　　《徒步北京》里的一句"如果精神沦陷，物质越多越空虚"应该是对当时还处于迷茫状态的鱼鹏冲击力最大的一句话。也可能因了那句话，鱼鹏意识到，在物质富足之时，只有旅行和读书，才能不断扩大自己对实体世界和抽象世界的参与和认知，也只有在更极限苛刻的自然环境中去接受磨难和挑战，才有机会和另一个有生命价值的自己猝然相遇。如果说《徒步北京》只是一次孤独旅行的尝试性热身，那么《珠峰路上》和《入埃及记》确是作者真正意义上生命和灵魂的现场抵达。《入埃及记》里有这样两段文字："无尽黄沙从远处慢慢溢出，潺潺涣涣被阳光驱赶着流淌，偶有露出的石头温顺地把身体蜷缩在沙砾中。我想沙漠里若有生命那就是石头，它在沙漠里是异类，正和人在地球上一样默默地抗争、服从、进化最后到和解。""苏伊士运河此刻就像一根金手杖，静静地躺在沙漠里，列强都想抢过来抓在自己手上。有财富的地方，哪怕藏在寸草不生的荒漠里，依然会上演血腥的掠夺和杀戮。人的趋利性那么残忍，可是掩盖人性罪恶的城市里，依旧花红草绿，平静如水。"《珠峰路上》同样也有两段文字："刚下车，一阵蚀骨的寒冷从裸露的手指传遍全身，瞬间被石化般浑身僵硬。一只盘脚羊静静地站着和我对视，眼睛里看不到一丝惊悚。风把它背后的毛发吹得竖立起来，像活着的雕塑。何必打扰呢，人类侵占它们太多的生存空间，好不容易才有避风的港湾，打扰岂不是罪过？""住在这里也好，守着贫瘠，守着简单的生活，不在物欲里沉浮，不在精神垃圾里苦苦泅渡，你能说他们不幸福吗？"摘录出来的这四段文字能多维度、立体化地领略到作者身处凶险莫测、恶劣无常的自然环境中，以超凡的勇气和毅力在竭力展示人与自然、人与人、人与动物的抗争与共处。能感受到作者在走出世俗的樊篱后，以更博大的善爱之心在体恤和记录着一次次真实的遇见，在孤独中实现着生命的重生和灵魂的自由。

在《徒步北京》一书中，鱼鹏坦言：自己是靠着灵感生活的人，他每次出行，并不是"一日看尽长安花"的浅尝辄止，而一定背负着文学创作的使命和责任，以文学朝圣者的动机，在旅行中释放自己的灵感，检验自己的阅读和生活积累。《入埃及记》里一段文字："你的城市是我的陌生，我的城市又是谁的陌生？你没有召唤，我手心攥紧雪花千里迢迢来交换你眼中的火焰。我的城市干枯千年的河床底，何日能等到你捧来撒哈拉沙漠的一粒沙子？"这种完全摆脱了语言工具性的诗意表达，正是外化出了作者的诗性审美，反映出作者在创作时的思维穿越以及思路的敏锐宽阔。阅读鱼鹏的文章，不时会遇到使人惊喜的句子，遇到固态事物常能泛起生命浪花的句子，遇到把细节心灵化后流淌于内心的真实情感的句子。"始于风景，止于诗心"。对于鱼鹏而言，抵达现场也就实现了旅行的全部意义，因为他萃取了异域视野下生存的经验，构筑起了以旅行和文字为精神经纬的心灵世界，那些远方的故事，会长久地温润和丰饶他的生命旅途。

心灵深处的温润与观照

由知名主持人孙维倡导策划，几名年轻人具体创意实施的 E 路诗语微信公众平台，在新年到来之际，也迎来了第 100 期的精彩诵读。这个以传播丝路文化，展现诗歌魅力的精神文化产品在诞生之初就备受"微友"们的认可和关注。几个月下来，E 路诗语由当初的涩嫩到现在逐渐地丰熟，也经历了一个从内容到形式不断完善和修正的过程。我作为 E 路诗语的旁观者、追随者、聆听者、受益者，也在不定时地领悟着 E 路诗语为我所营造的另一种精神家园，享受着 E 路诗语中朗读艺术与诗词意象惬意融合后的绝美境界，思考着 E 路诗语持续快速地向多层面受众扩展和延伸的社会价值需求。

站在文学审美的维度来看，只有小说演播了，诗词朗诵了，戏曲表演了，才能把作品中蕴含的美学元素和创作意图最充分地展现和升华，这对于广泛层面的受众来讲他们受到的感染或得到的启发也更强烈和完整。就目前的时代背景而言，无论是社会转型、价值观多元、工作生活的压力还是城市空间的压抑感以及经常性无理由的情绪低落，以上这些情形，使得人们总要寻求一种渠道和方式去释放调整。散步、看电影、游泳等固然都是释压的好办法，但都不能给人以新的能量和方向感。而孙维所倡导策划 E 路诗语，正是其长期职业积累和生活阅历积淀之后所做出的能陶冶人情感，丰富人的精神，充实人的心灵，树立人的信仰的责任担当。在我们生活的这个城市，肯定有为数不少的人因为职业和年龄，或迷茫，或浮躁，或失落，或疲惫都不约而同地走进 E 路诗语为我们精心设立的心灵驿站，来歇歇脚、吸吸氧、静静心。在聆听中感知生命的美好、自然的博大，感受那份心灵深处弥久的温润与关照。

E 路诗语的 100 期，不仅渗透着以孙维为代表的策划创意团队的心血和汗水，更彰显了这个团队在诗词鉴赏方面的造诣以及选择播读诗词的刻意用心，无形之中是对一种审美情趣的流露、表达、向往和追求。所以每一期的 E 路诗语听后都延绵着不尽相同的情绪和韵味。

比如播读诗人冯至的作品《我们站立在高高的山巅》不仅能够让听众体会到诗句中那破茧成蝶后的超脱与淡定，播读者那种从容高远的艺术风格也得以淋漓体现。再比如对何其芳的爱情诗《预言》的播读中既要读出淡淡的哀怨中透出一丝欢快的气息，又要营造一种梦幻中的意境，让听者有清晰的分寸感和层次感。而泰戈尔的作品《我的眼睛不眠地守望者》则应读出困境之下，心中的希望和梦想不灭，表现出坚韧乐观的生活态度。

诗人荷尔德林指出："诗人的天职是还乡。"我想这里的还乡更多成分是指返璞归真，回归心灵的故乡。在物质和经济社会的主导之下，建构每个人的精神家园，让我们的心灵不再漂泊流浪也是一项宏大的人文工程。E 路诗语的推出，正是通过文学播读的艺术力量，引导一些人，召唤一些人，鼓励一些人，激发一些人，催醒一些人，感染一些人，让人们在聆听和领悟中获取无尽的智慧哲思和能量。精神家园建构是一个较为漫长的系统建设，E 路诗语已经是在路上的开拓者和先行者，也相信有更多的后来者投入和践行。满怀希望的 2016 年已经到来了，坚信 E 路诗语在众人的期许中会更精彩。就像诗人徐志摩《再别康桥》中的那句"撑一支长篙，向青草更青处漫溯"那样的唯美，那样的优雅，那样的富有意境。

果然《果然》

　　首次发现廉晓丹的世界，是前段时间在新闻部办公桌上放着一本装订非常精美别致的新书，名为《果然》。当信手拈来，瞪大眼睛一看，封面人物竟是我的同事廉晓丹。出于新鲜好奇，便兴趣盎然地坐在一个角落，静静地翻看起来。不大工夫，诗文中涌动着的情势之阔，激荡着的意象之秀，弥漫着的淳朴之香，就不停地熏润着我，陶冶着我。因和晓丹不在一个部门，平时并无过多接触，但就是碰面了招呼式的寒暄，他也总是给我留下一个睿智厚实，才情兼备的好印象。所以晓丹出书我并不太意外，只是有些吃惊他还显涩嫩的年岁就拥有一本老成持重的个人专辑了。在纪念西安三意社建社 100 周年座谈会上，我见到了为此书作序的著名诗词作家商子秦老师。当我提起他为一个从未谋面的作者写序言时，商老师满脸堆笑地拉着陕西腔说，关键人家的东西正经。在序言中，商老师已对晓丹的诗文给予了权威性的剖析和赞许，也客观中肯地指出了不足，提出了建议。由于我本身对诗词隔行隔山，疏于碰摸，故不敢妄评，只略谈一下在拜读《果然》的过程中所引发的感想和思索。

首先，《果然》问世，是作者沉积之后的能量迸发。《论语》里有句话"人而无恒，不可以作巫医"，说的就是恒心对每个人发展起着至关重要的作用。能看得出来，晓丹是一个有爱好、有想法、有追求的人。也能感觉到，他为实现自己的追求在长期地、默默地做着积累和准备。无论是书中的诗词还是散文和评论，都能在细微之处彰显出作者的一种视野，一种境界，一种情愫，一种主张。设想一下，如果没有作者长年累月、坚持不懈地阅读和思考，这些有厚度、有温度的美文是不可能呈现在我们读者面前的。还有一点让我有些惊叹，就是书中作品几乎都是作者近两年的新作。如此的数量和整体上乘的品质能在短短两年之内完成，不得不佩服晓丹自身所具备的能力和能量。对一个初出茅庐的文学青年而言，这种排山倒海的势头和井喷式的能量迸发，完全有理由为作者预见一个清晰明媚的未来。

其次，《果然》问世，是作者觉悟之后的思想丰盈。

最近一段时间，我经常不由自主地把晓丹在《果然》中所写的后记和韩国的一位民众版画家李喆守新近出版的一本版画散文集《梨花飘落的夜晚》中的篇章进行比较。作为退隐归田多年的版画作家，李喆守的散文让人读出了人性的返璞归真，读出了大自然的神奇曼妙，更读出一种历经人生沧桑后的成熟和淡然。在《果然》的后记里，作者在第三个本命年到来之际，他想到了时间的珍贵，想到了自己的幸福坐标，也想到了对天地日月的感恩。如此这些，其实正是作者在反复进行着人生感悟和深度反思后的认识变革，只有以只争朝夕的紧迫感使自己尽快成熟起来，才能完成自己心属的使命，实现自己的个人价值。所以李喆守的散文和《果然》的后记有着内在的互通和默契。在这个价值取向多元化的时代，在这个微信绑架人的时代，晓丹能守得住清静，能把自己精神世界的情感倾诉和价值理念都充分地通过作诗为文这一途径展现和实现，这是一种有能力的创作幸福，肯定比那些早晚都在微信刷屏、晒美食、秀美图的人要高尚充实得多。

　　无论沉积也好，觉悟也好，其实都是自身内在的修为。只要具备了这种素养，晓丹的创作之路今后就会少了些"果然"而多了些"必然"。还是引用商子秦老师在序言里的最后一句话作结："文学创作，廉晓丹依然在路上。我也坚信，在路上的廉晓丹是令人可畏的，更是令人可敬的。"

后　记

　　从1996年10月算起，我从事新闻编辑记者工作接近30个年头了。大约在10年前的一个晚上，当我在电视中看完自己拍摄的一条政务新闻后，从未有过的空落感突然地袭上心头。脑海中悬浮的一个问题令我愈加的沉重甚至惶恐，回想起我编辑采写过的无数稿件，到此刻竟然空空如也，在我的记忆里竟没留下任何痕迹。如何才能在拥有自己文字的意义世界里任意驰骋，自由无羁地表达思想感情呢？就在那天晚上，我暗下决心，必须开启一场自我的发现探索之旅，让文字把生活中的百般滋味无拘无束地铺陈描述；让文字把久远年代的记忆深情地拾起，并忠实地记录；让文字在保持自我意识中，撷取深刻的哲理思考，收获独特的审美体验和心灵滋养。拥有文字的写作，也就从那时起扬帆起航了。

　　弹指一挥间，大约10年断断续续、时有时无的写作，汇聚成即将出版的个人作品集《北垾子》。回望这时断时续的写作之路，除了记录历史过往，书写生活感悟外，也有不少篇幅是在参加新闻采访活动或文学艺术活动后形成的文章。正是自己媒体人的身份，才有更多的机会参与和见证一些重要的文化活动，接触到一些不同凡响的人物，观察、学习和借鉴往往都是从此刻开始的。长期的新闻实践，培养了我对事物的敏感度，更使我初步具备了在纷繁错综的事象中甄别和取舍文学素材的能力。这几年，虽然传统媒体步履维艰，但我对这份职业始终情有独钟，始终持有一份敬畏之情，怀着一颗感恩之心。几个朋友曾建议，应该起个更有涵盖量，更雅致的书名。当然，也有其他比较合适的书名在我脑际闪过，权衡再三，最终还是确定为《北埝子》。因为每个人都需要一个精神扎根的地方，需要一个埋藏自己记忆的地方。第一本作品集，必须献给建立起我自己地理、经验、意义写作符号的故乡。书名虽然直观上有些"土气"，但在"土气"中，却恰恰标识着我的"出发地"和每一篇作品的"来源地"。

　　龙年的腊月二十六，西安城迎来今冬真正意义的第一场大雪。一大早出版社通知我拿样书，在去北大街的地铁上，我的心情忐忑不安，即将要见到的《北埝子》，该是一个什么模样呢？当编辑下楼提着一个纸质手提袋，把5本样书送过来时，我就像当年我儿子出产房时的激动与渴望，接过后就迫不及待地打量着这个既熟悉又陌生的新生命。然后急促地走到后宰门西口，在一家能避风雪的便利店里拿出一本就翻阅起来。虽来不及细读，但《北埝子》第一次使我有了整体性的直观感受。这些不时还显青涩和稚嫩的文章，真实地代表着我对当下社会生活和人间万象的认知水平和审美情趣，也使我真切地实现了能够独立自由表达，拥有了属于自己文字的最初愿望。出了便利店，纷纷扬扬的雪花已将万物包裹在白茫茫的世界里，城市静谧了许多。走在北风呼啸的大街上，心却格外的轻松踏实。

《北垟子》要结集出版了，在短暂的欣喜之余，也清醒地意识到，文字虽然沉淀了我苦难岁月的温馨记忆，凝结了我情感世界的永恒瞬间，承载了我精神家园的返璞归真。但我的写作，目前还处于生活体验之上的写作，还远远没有进入以文化思潮和哲学思辨为内核的生命体验层面的写作。虽然拥有了属于自己的文字，但还没有进入不断实现思想和艺术自我突破的真正意义的文学创作。"人生就是一场修行"，如何去把沿途的风景中领悟到的人生奥妙与真谛升华为生命体验层面的高级表达，这是一项长期而艰巨的任务，我很乐意在接受挑战中遇见另一个自己。